SO-AHJ-871

31621210380503

El
Libro
del
CemenTerio

Neil Gaiman

El Libro del Cementerio

ILUSTRADO POR
Chris Riddell

Rocaeditorial

Título original: *The Graveyard Book*
Text copyright © Neil Gaiman 2008
Ilustrations copyright © Chris Riddell 2008

Primera edición: octubre de 2009

© de la traducción: Mónica Faerna
© de esta edición: Roca Editorial de Libros, S.L.
Marquès de l'Argentera, 17. Pral.
08003 Barcelona
correo@rocaeditorial.com
www.rocaeditorial.com

Impreso por Brosmac, S. L.
Carretera Villaviciosa - Móstoles, km 1
Villaviciosa de Odón (Madrid)

ISBN: 978-84-9918-030-4
Depósito legal: M. 29.004-2009

Todos los derechos reservados. Quedan rigurosamente prohibidas,
sin la autorización escrita de los titulares del copyright, bajo
las sanciones establecidas en las leyes, la reproducción total o parcial
de esta obra por cualquier medio o procedimiento, comprendidos
la reprografía y el tratamiento informático, y la distribución
de ejemplares de ella mediante alquiler o préstamos públicos.

Vibran sus huesos
sobre el empedrado.
Sólo es un desharrapado
que se ha quedado sin dueño.

Letrilla popular infantil

«El hombre Jack se detuvo en el rellano de la escalera.»

Capítulo 1

De cómo Nadie llegó al cementerio

Cabía una mano en la oscuridad, y esa mano sostenía un puñal, cuyo mango era de brillante hueso negro, y la hoja, más afilada y precisa que una navaja de afeitar. Si te cortara, lo más probable es que ni te enteraras, o al menos no lo notarías de inmediato.

El puñal prácticamente había terminado lo que debía hacer en aquella casa, y tanto la hoja como el mango estaban empapados.

La puerta de la casa seguía abierta, aunque sólo un resquicio por el que se habían deslizado el arma y el hombre que la empuñaba, y por él se colaban ahora jirones de niebla nocturna que se trenzaban en el aire formando suaves volutas.

El hombre Jack se detuvo en el rellano de la escalera. Con la mano izquierda, sacó un enorme pañuelo blanco del bolsillo de su abrigo negro, y limpió el puñal y el guante que le cubría la mano con la que lo había empuñado; después, lo guardó de nuevo. La cacería casi había terminado ya. Había dejado a la mujer en su cama, al hombre en el suelo del dormitorio y a la hija mayor en su habitación, rodeada de juguetes y de maquetas a medio terminar. Sólo le quedaba ocuparse del más pequeño, un bebé que apenas sabía andar. Uno más, y habría acabado su tarea.

Abrió y cerró la mano varias veces para desentumecerla. El hombre Jack era, por encima de todo, un profesional, o al menos eso creía, y no se permitiría sonreír hasta que hubiera concluido su trabajo.

Aquel individuo, de cabellos y ojos oscuros, llevaba unos guantes negros de piel de cordero muy fina.

La habitación del bebé se hallaba en el último piso. El hombre Jack siguió subiendo por la escalera; la moqueta silenciaba sus pasos. Al llegar arriba del todo, abrió la puerta de la buhardilla y entró. Calzaba unos zapatos de piel negra tan afanosamente lustrados que parecían dos espejos negros, de modo que la luna creciente se reflejaba en ellos, como una miniatura.

Tras el cristal de la ventana, se veía la luna real, aunque no lucía demasiado, pues la niebla difuminaba su resplandor. Pero el hombre Jack no necesitaba mucha luz; le bastaba con la luz de la luna.

Le pareció distinguir la silueta de un niño en la cuna: cabeza, extremidades y torso.

La camita disponía de una barandilla alta, para evitar que el bebé pudiera salir solo. El hombre se inclinó sobre ella, alzó la mano derecha, la que empuñaba el arma, se dispuso a apuñalarlo en el pecho...

... pero bajó la mano. La silueta que había visto era la de un osito de peluche. Allí no había ningún niño.

Los ojos de Jack se habían acostumbrado a la tenue luz de la luna, así que no quiso encender ninguna lámpara. Al fin y al cabo la luz no era imprescindible; él tenía sus propios recursos.

Olfateó el aire. Ignoró los olores que él mismo había llevado a la habitación, desechó los que no le interesaban y se concentró en el olor de su presa. Olía al niño: un leve aroma de leche, como el de las galletas con trocitos de chocolate, y el penetrante olor de un pañal desechable empapado de orina. También percibía el aroma del champú impregnado en los cabellos de la criatura, así como el de algo pequeño, un objeto de goma («Un juguete pensó, y enseguida se corrigió. No, algo para chupar…») que el niño debía de llevar consigo.

El bebé había estado allí. Pero ya no estaba. El hombre Jack se dejó guiar por su olfato y bajó la escalera hasta el piso intermedio de aquella casa alta y estrecha. Inspeccionó el cuarto de baño, la cocina, la secadora y, por fin, el recibidor que había al final de la escalera, donde no encontró nada más que unas cuantas bicicletas, un montón de bolsas apiladas y vacías, un pañal usado y los jirones de niebla que se habían ido colando en el recibidor por la puerta entornada.

Emitió un leve gruñido que expresaba a un tiempo fracaso y satisfacción. Acto seguido, metió el puñal en la funda, que guardó a su vez en el bolsillo interior del largo abrigo que vestía, y salió a la calle. La luna brillaba en el cielo y las farolas estaban encendidas, pero la niebla lo asfixiaba todo; envuelta en una luz mortecina y en una sorda sonoridad, la noche ofrecía un aspecto tenebroso y amenazador. Echó un vistazo calle abajo, hacia donde brillaban las luces de las tiendas cerradas, y luego miró calle arriba, hacia lo alto de la colina, al camino que pasaba por delante de las últimas casas antes de perderse en la oscuridad del viejo cementerio.

Olfateó de nuevo el aire. Después, sin prisa, la emprendió colina arriba.

Desde que el bebé echara a andar, había sido para sus padres motivo de alegría y de preocupación a partes iguales, pues no paraba quieto un momento: correteaba por todas partes, se subía a los muebles y entraba y salía de los huecos más inesperados. Aquella noche el pequeño se despertó al oír algo que se estrellaba contra el suelo en el piso de abajo. Y una vez despierto, no tardó en aburrirse, así que se puso a buscar el modo de salir de la cuna. Las barandillas eran muy altas, igual que las del parque que tenía en la planta baja, pero estaba convencido de que podría trepar y saltar de la cuna. Sólo necesitaba algo que le sirviera de escalón...

Colocó su osito de peluche, grande y rubio, en un rincón de la cama y, luego, agarrándose a los barrotes con sus diminutas manitas, puso un pie sobre las patas del osito, el otro en la cabeza, y se dio impulso para pasar la pierna por encima de una barandilla y se dejó caer al suelo.

Fue a aterrizar sobre un montón de peluches que amortiguaron el golpe; algunos de ellos se los habían regalado con motivo de su primer cumpleaños, hacía menos de seis meses, y otros los había heredado de su hermana mayor. Se llevó un susto al toparse con el suelo de manera tan brusca, pero no lloró porque si llorabas, aparecían papá o mamá y te volvían a meter en la cuna.

Gateando, salió de la habitación.

Los escalones eran cosas muy peligrosas y difíciles de subir, y aún no se manejaba con soltura en ese terreno. Sin embargo, había descubierto que bajarlos resultaba bastante sencillo. Sólo tenía que sentarse en el primero y arrastrar su empaquetado culete de escalón en escalón.

Llevaba puesto el *tete*. Su madre estaba intentando convencerlo de que ya era muy mayor para usar chupete.

Con el trasiego de bajar la escalera, el pañal se le había ido aflojando y, cuando llegó al último escalón y se puso de pie, se le cayó. Lo apartó con sus piececitos y se quedó solamente con la camiseta del pijama. Subir por aquellos empinados escalones para volver a su habitación o despertar a sus padres se le antojaba demasiado complicado; en cambio, la puerta de la calle estaba abierta y resultaba muy tentadora...

El niño salió de la casa con paso vacilante, mientras la niebla se le enroscaba alrededor, recibiéndolo como se recibe a un amigo después de muchos años sin verlo. Al principio echó a andar con inseguridad, pero poco a poco se afianzó y, aunque bamboleándose, caminó más deprisa colina arriba.

A medida que se acercaba a lo alto de la colina, la niebla se iba haciendo menos densa y la luz de la luna creciente, si bien no tan clara como la luz del día, resultaba más que suficiente para ver el cementerio.

¡Mirad!

Allí estaba la vieja iglesia funeraria, con su verja de hierro cerrada con candado, su torre cubierta de hiedra y un arbolito que crecía en el canalón, a la altura del tejado.

También se veían lápidas, tumbas, panteones y placas conmemorativas, y algún que otro conejo correteando por entre las tumbas, o un ratón, o una comadreja que, saliendo de entre la maleza, atravesaban el sendero.

Todas estas cosas podríais haber visto aquella noche, a la luz de la luna, si hubierais estado allí.

Aunque quizá no habríais podido distinguir a una mujer pálida y regordeta que caminaba por dicho sendero, cerca de la puerta principal; y de haberla visto, al mirarla con más atención por segunda vez, os habríais dado cuenta de que no era más que una sombra hecha de niebla y de luz de luna. No obstante, aquella mujer pálida y regordeta estaba efectivamente allí, y se dirigía hacia un grupo de viejas lápidas situadas cerca de la puerta principal.

Las puertas del cementerio estaban cerradas. En invierno se cerraban a las cuatro, y en verano, a las ocho. Una verja de hierro con barrotes acabados en punta rodeaba la mayor parte del cementerio, y el resto del perímetro quedaba protegido por una alta tapia de ladrillo. El espacio que separaba los barrotes era lo suficientemente estrecho para que nadie pudiera colarse por él, ni siquiera un niño de diez años...

—¡Owens! —gritó la mujer. Su voz sonaba como el susurro del viento entre los árboles—. ¡Owens! ¡Ven, tienes que ver esto!

Se agachó, mirando algo que había en el suelo, mientras se acercaba otra sombra, que resultó ser un hombre canoso, de unos cuarenta y tantos años. El hombre miró a su esposa y, a continuación, desvió la vista hacia lo que ella contemplaba. Perplejo, se rascó la cabeza.

—Señora Owens —dijo, pues pertenecía a una época en la que el trato era mucho más formal que ahora—, ¿es esto lo que creo que es?

Y justo en ese momento, aquello que estaba siendo observado debió de ver a la señora Owens, pues abrió la boca, dejando caer el chupete, y alargó su regordeta manita como si quisiera agarrar el pálido dedo de la mujer.

—Que me aspen —masculló el señor Owens— si esto no es un bebé.

—Pues claro que sí —replicó la mujer—. Pero la cuestión es: ¿qué va a ser de él?

—Ésa es, desde luego, una cuestión importante, señora Owens. No obstante, no es cuestión que nos incumba dilucidar a nosotros. Porque este bebé está vivo, de eso no cabe la menor duda, y por lo tanto nada tiene que ver con nosotros, no forma parte de nuestro mundo.

—¡Mira cómo sonríe! En mi vida he visto una sonrisa más encantadora —exclamó la señora Owens, y acarició con su incorpórea mano el fino cabello rubio del bebé. El pequeño rio alborozado.

Una gélida ráfaga de viento recorrió el cementerio y desmenuzó la niebla que cubría las tumbas situadas en la falda de la colina (se debe tener en cuenta que el cementerio la ocupaba por completo, y había senderos que ascendían hasta la cumbre y luego volvían a descender, trazando una especie de tirabuzón en torno a ella). Y a todo esto se oyó un estruendo metálico: alguien estaba sacudiendo los barrotes de la puerta principal, asegurada con una cadena y un voluminoso candado.

—Ahí lo tienes —dijo el señor Owens—; debe de ser alguien de su familia que viene a buscarlo. Deja al pequeño hombrecito en el suelo.

—Pues no me parece a mí que sea nadie de la familia —replicó la señora Owens.

El tipo del abrigo negro había dejado de sacudir la verja y estaba echando un vistazo a una de las puertas laterales. Pero también se hallaba cerrada a cal y canto. El año anterior se habían colado varios gamberros, y el ayuntamiento se había visto obligado a tomar medidas.

—Vámonos, señora Owens. Déjalo correr, no seas obstinada —insistía el marido pero, de repente, vio un fantasma y se quedó con la boca abierta de par en par y sin saber qué pensar ni qué decir.

Habrá quien piense —y no sin razón— que resulta extraño que el señor Owens reaccionara de esa forma ante la visión de un fantasma, ya que tanto él como su esposa llevaban muertos varios siglos, y todas, o casi todas, las personas con las que se relacionaban estaban muertas también. Pero aquel fantasma en particular era muy distinto de los que habitaban el cementerio: la imagen se veía algo borrosa y de color gris, como la tele cuando hay interferencias, y transmitía una intensa sen-

15

sación de pánico. Se distinguían tres figuras, dos grandes y una más pequeña, pero sólo se veía con la suficiente claridad a una de ellas, que gritaba:

—¡Mi bebé! ¡Ese hombre lo busca para hacerle daño!

Un estruendo metálico. El hombre iba por el callejón arrastrando un contenedor de basura con el fin de subirse a él y saltar la tapia del cementerio.

—¡Protejan a mi hijo! —les suplicó el fantasma, y la señora Owens entendió entonces que se trataba de una mujer. Claro, era la madre del niño.

—¿Qué les ha hecho ese hombre a ustedes? —preguntó la señora Owens, aunque estaba casi segura de que la mujer no podía oírla. «Seguramente hace poco que murió, pobre mujer», pensó.

Siempre es más fácil morir de forma serena, despertar llegado el momento en el lugar donde a uno lo enterraron, aceptar la propia muerte e ir conociendo poco a poco a tus convecinos. Aquella pobre criatura era toda angustia y pánico, y ese miedo cerval, que los Owens percibían como un ultrasonido, había logrado captar también la atención de los demás habitantes del cementerio, que acudían desde todos los rincones del lugar.

—¿Quién sois? —inquirió Cayo Pompeyo, cuya lápida había quedado reducida a un simple trozo de mármol cubierto de musgo, pero dos mil años atrás pidió que lo enterraran en aquella colina, junto al templo de mármol, en lugar de repatriarlo a su Roma natal. Así pues, era uno de los ciudadanos más antiguos del cementerio y se tomaba muy en serio sus responsabilidades—. ¿Estáis enterrada aquí?

—¡Pues claro que no! No hay más que verla para darse cuenta de que acaba de morir. —La señora Owens rodeó con un brazo el espectro de la mujer y habló con ella en privado, en voz baja y serena.

Al otro lado de la tapia, se oyó otro golpe seguido de un gran estrépito. Era el contenedor de basura que se había volcado. El hombre había logrado subirse a la tapia, y su silueta se recortaba ahora contra la nebulosa luz de las farolas; se quedó quieto un momento, a continuación se descolgó por el otro lado, agarrándose al borde de la tapia y, finalmente, se dejó caer en el interior del cementerio.

—Pero, querida mía —le dijo la señora Owens al espectro—, el niño está vivo. Nosotros no. ¿Qué cree usted...?

El bebé las contemplaba perplejo. Alargó sus bracitos hacia una de ellas y luego hacia la otra, pero no encontró nada a lo que agarrarse. El espectro de la mujer se desvanecía a ojos vistas.

—Sí, sí —dijo la señora Owens en respuesta a algo que nadie más había oído—. Le doy mi palabra de que lo haremos si podemos. Y volviéndose hacia su marido, le preguntó—. ¿Y tú, Owens? ¿Querrás ser el padre de esta criatura?

—¿Cómo dices? —dijo el señor Owens con el entrecejo fruncido.

—Tú y yo no pudimos tener hijos, y esta mujer quiere que protejamos a su bebé. ¿Lo harás?

El hombre del abrigo negro había tropezado con una rama de hiedra. Se enderezó y siguió caminando con cautela por entre las lápidas, pero espantó a un búho que estaba posado en una rama de un árbol cercano. Al ver al niño, se le iluminaron los ojos con un brillo triunfal.

El señor Owens sabía en qué estaba pensando su mujer cuando empleaba ese tono. No en vano llevaban casados, en vida y después de muertos, más de doscientos cincuenta años.

—¿Estás segura? —le preguntó—. ¿Completamente segura?

—En mi vida había estado tan segura de algo —respondió la señora Owens.

—En tal caso, adelante. Si tú estás dispuesta a ocupar el lugar de su madre, yo seré su padre.

—¿Ha oído eso? —inquirió la señora Owens al desvaído espectro, reducido ya a una simple silueta, como un relámpago distante con forma de mujer. Ella le dijo algo que nadie más oyó y, después, desapareció.

—No volverá por aquí —aseguró el señor Owens—. La próxima vez que despierte lo hará en su propio cementerio, o dondequiera que la hayan enterrado.

La señora Owens se inclinó hacia el niño y extendió los brazos.

—Ven aquí, pequeño —le dijo con mucha dulzura—. Ven con mamá.

Para el hombre Jack, que se dirigía hacia ellos con el puñal ya en la mano, fue como si un remolino de niebla se hubiera enroscado de pronto alrededor del niño y lo hubiera hecho desaparecer; en el lugar donde había estado el bebé no quedaba nada más que la niebla, la luz de la luna y la hierba meciéndose al compás de la brisa nocturna.

Parpadeó y olfateó el aire. Algo había ocurrido, pero no sabía qué. Contrariado, emitió un gruñido similar al que hacen los animales de presa.

—¿Hola? —dijo en voz alta, pensando que a lo mejor el niño se había escondido. Su voz era sombría y ronca, y tenía un dejo extraño, como si a él mismo le sorprendiera su sonido.

El cementerio guardaba celosamente sus secretos.

—¿Hola? —repitió. Esperaba escuchar el llanto de un bebé, o un balbuceo, o cualquier ruido que le diera una pista. En cualquier caso, lo último que esperaba oír era aquella aterciopelada voz:

—¿En qué puedo ayudarlo?

El hombre Jack era un tipo alto, pero el recién llegado era más alto que él; el hombre Jack vestía ropas oscuras, pero el atuendo del recién llegado era aún más oscuro; los que reparaban en el hombre Jack —y no le gustaba que repararan en él— se sentían incómodos o terriblemente asustados, pero cuando el hombre Jack miró al extraño, fue él mismo quien se sintió incómodo.

—Estaba buscando a una persona —replicó el hombre Jack mientras deslizaba con disimulo la mano derecha en el bolsillo del abrigo, para esconder el puñal y, al mismo tiempo, tenerlo disponible por si acaso.

—¿En un cementerio cerrado, y de noche? —replicó el extraño con ironía.

—Se trata de un bebé. Al pasar por delante de la puerta, oí el llanto de una criatura, miré por entre los barrotes y lo vi. Cualquiera en mi lugar habría hecho lo mismo, ¿no?

—Aplaudo su sentido cívico. Pero, aun suponiendo que lograra usted encontrar a ese bebé, ¿cómo pensaba sacarlo de aquí? No tendría intención de escalar la tapia llevando a un niño en brazos, ¿verdad?

—Habría gritado hasta que alguien saliera a abrirme.

En éstas sonó un tintineo de llaves.

—Bien, pues yo soy ese alguien. Soy yo quien habría salido a abrirle la puerta —repuso el extraño y, cogiendo la llave más grande del llavero, le indicó—. Venga conmigo.

El hombre Jack siguió al extraño y sacó el puñal.

—Entonces usted debe de ser el guarda, ¿no?

—¿Lo soy? Supongo que sí, en cierto sentido.

El guarda lo conducía hacia la puerta lateral, o lo que es lo mismo, lejos del bebé. Pero el extraño tenía las llaves. El hombre Jack no necesitaba nada más que un puñal en la oscuridad, y después seguiría buscando al bebé toda la noche, si hacía falta.

19

Alzó el arma.

—En el supuesto caso de que hubiera visto a un bebé —le dijo el guarda sin volver la cabeza—, dudo mucho que esté dentro del cementerio. Quizá se haya equivocado usted. Al fin y al cabo, no es frecuente que un niño visite un sitio como éste. Seguramente lo que oyó fuera un ave nocturna, y es posible que lo que vio a continuación fuera un gato o un zorro. Este lugar fue declarado reserva natural hace unos treinta años, ¿sabe?, más o menos después del último funeral. Ahora, piénselo bien y dígame, con honradez, si puede usted asegurar que eso que vio era un bebé.

El hombre Jack reflexionó unos instantes.

El guarda accionó la llave y le dijo:

—Un zorro, eso fue lo que vio. Hacen unos ruidos francamente extraños, no es difícil confundirlos con un llanto humano. Ha cometido usted un error al venir aquí, caballero. El bebé que anda buscando estará esperándolo en alguna parte pero, desde luego, aquí no.

El extraño esperó un momento para dar tiempo a que esa idea se asentará en el cerebro de Jack, y luego, con una elegante reverencia, le abrió la puerta.

—He tenido mucho gusto en conocerlo —le aseguró—. Confío en que ahí fuera encontrará usted todo cuanto necesite.

El hombre Jack salió y se quedó quieto junto a la puerta del cementerio, y el extraño, a quien él había tomado por el guarda, echó la llave y la puso a buen recaudo.

—¿Adónde va? —le preguntó el hombre Jack.

—Hay otras puertas, además de ésta —respondió el extraño—. Tengo el coche aparcado al otro lado de la colina. Pero hágase a la idea de que no estoy aquí. Es más, olvídese de esta conversación.

—Sí —replicó el hombre Jack, amistoso—, eso haré.

Recordaba haber subido hasta allí, y si bien al principio le había parecido ver a un niño, éste resultó ser un zorro, y recordaba también que un guarda muy amable lo había acompañado hasta la calle. Así pues, guardó el puñal en su funda.

—En fin —dijo—. Buenas noches.

—Buenas noches, caballero —le respondió el extraño a quien había confundido con el guarda.

El hombre Jack echó a andar colina abajo, y continuó buscando al bebé.

Oculto entre las sombras, el extraño lo vigiló hasta perderlo de vista. Luego subió a la explanada situada un poco más abajo de la cima, dominada por un obelisco y una lápida conmemorativa dedicada a Josiah Worthington —dueño de la destilería local, político y, posteriormente, baronet—, quien, casi trescientos años atrás, compró el viejo cementerio y los terrenos colindantes para más tarde cedérselos al ayuntamiento a perpetuidad. Pero, previamente, el viejo Josiah se reservó el mejor emplazamiento —un anfiteatro natural desde el cual se veía la ciudad entera, y mucho más— y se aseguró de que el cementerio seguiría siempre cumpliendo esa función, y por eso, todos sus habitantes le estaban muy agradecidos, pero no tanto como Josiah Worthington, baronet, creía que deberían estar.

En el cementerio había más o menos unas diez mil almas, pero la mayoría de ellas dormían profundamente, o no sentían el menor interés por los asuntos nocturnos del lugar; por esa razón los que se hallaban reunidos en aquel momento en el anfiteatro a la luz de la luna no llegaban a trescientos.

El extraño se unió a ellos con tanto sigilo como la propia niebla y, desde las sombras, observó el desarrollo del procedimiento sin decir nada.

21

En aquel preciso instante, era Josiah Worthington quien estaba en el uso de la palabra.

—Mi querida señora Owens, su obstinación resulta... En fin, ¿no se da usted cuenta de lo ridículo de esta situación?

—No —respondió—. La verdad es que no.

La mujer estaba sentada en el suelo, con las piernas cruzadas, y tenía al niño dormido en su regazo. Ella le sujetaba la cabeza con sus pálidas manos.

—Con la venia de Su Señoría. Lo que mi esposa quiere decir —intervino el señor Owens— es que no es así como ella lo ve. Sólo intenta cumplir con lo que considera su deber.

El señor Owens conoció a Josiah Worthington en vida; de hecho, elaboró buena parte del exquisito mobiliario que decoraba la mansión del baronet, situada en las afueras de la vecina población de Inglesham, y, aun después de muerto, seguía imponiéndole mucho respeto.

—¿Su deber? —se extrañó Josiah Worthington meneando la cabeza, como si intentara sacudirse de encima una telaraña—. Usted, señora mía, se debe a este cementerio y a la comunidad de espíritus inmateriales que en él habitan, y su deber en este preciso instante consiste en devolver a esa criatura a su verdadero hogar que, dicho sea de paso, no es este cementerio.

—Su madre me la confió a mí —replicó la señora Owens, como si ese sencillo argumento bastara para zanjar la discusión.

—Mi querida señora...

—Yo no soy su querida señora —lo interrumpió la mujer poniéndose en pie—. Y, si he de serle sincera, ni siquiera entiendo qué hago yo aquí hablando ante un hatajo de acémilas con más años que Matusalén, cuando debería estar ocupándome de este niño, que se va a despertar de un momento a otro y lo más probable es que esté muerto de hambre... Y lo que a mí me gustaría saber es dónde voy a encontrar comida para alimentarlo en este dichoso cementerio.

—Y ése es en definitiva el quid de la cuestión —terció entonces Cayo Pompeyo—. ¿Qué piensa usted darle de comer? ¿Cómo va a cuidar de él?

Los ojos de la señora Owens eran puro fuego cuando respondió:

—Soy perfectamente capaz de cuidar a este bebé. Y lo haré tan bien como su propia madre. Ella misma me lo dejó a mi cargo. Fíjese: lo tengo en brazos, ¿verdad? Lo estoy tocando.

—Vamos, Betsy, sé razonable —dijo Mamá Slaughter, una anciana muy menuda que aún lucía el enorme gorro y la capa con los que fue enterrada—. ¿Dónde va a vivir?

—Aquí mismo —contestó la señora Owens—. Podríamos concederle la ciudadanía honorífica del cementerio.

Los labios de Mamá Slaughter formaron una diminuta «o».

—Pero... —replicó la anciana—. Pero yo nunca...

—¿Y por qué no?, vamos a ver. No sería la primera vez que le otorgamos esa distinción a un forastero.

—Eso es cierto —dijo Cayo Pompeyo—. Pero el forastero en cuestión no estaba vivo.

Y llegados a este punto, el extraño no tuvo más remedio que darse por aludido, y comprendió que había llegado el momento de intervenir en el debate, de modo que, no sin cierta reticencia por su parte, salió de entre las sombras y tomó la palabra.

—No, no estoy vivo —admitió—. Pero comparto el punto de vista de la señora Owens.

—¿Opina usted lo mismo, Silas? —le preguntó Josiah Worthington.

—Sí, señor. Para bien o para mal, y creo firmemente que será para bien, la señora Owens y su marido han tomado al niño bajo su protección. Pero para sacarlo adelante va a hacer falta mucho más que la generosidad de dos espíritus bondadosos —advirtió Silas—. Va a hacer falta todo un cementerio.

—¿Y qué me dice respecto a la comida y todo lo demás?

—Yo puedo entrar y salir de este lugar. Puedo encargarme de traerle comida —replicó Silas.

—Todo eso que dices suena muy bonito —terció Mamá Slaughter—, pero tú vas y vienes a tu antojo sin dar cuenta a nadie de adónde te diriges ni de cuándo piensas volver. Mas si estuvieras ausente una semana, el niño podría morir.

—Es usted una mujer muy perspicaz. Ahora comprendo por qué todos la tienen en tan alta estima —afirmó Silas. Si bien no podía manipular la mente de los muertos como hacía con la de los vivos, era capaz de ser muy persuasivo y adulador cuando se lo proponía, y ya había tomado una decisión—. Muy bien. Si los señores Owens se comprometen a ejercer de padres, yo me comprometo a ser el tutor de este niño. Permaneceré en el cementerio y, si surgiera cualquier eventualidad que me obligara a ausentarme algún tiempo, me encargaría personalmente de buscar a alguien que le trajera comida y se ocupara de él mientras yo esté fuera. —Y añadió—: Podemos utilizar la cripta de la iglesia.

—Pero... —protestó Josiah Worthington—. Pero... Un bebé humano. Un bebé vivo. Vamos a ver, vamos a ver... ¡Vamos a ver! ¡Esto es un cementerio, no una guardería, maldita sea!

—Exactamente —repuso Silas asintiendo—. Eso que acaba de decir es una gran verdad, sir Josiah. Yo mismo no habría sabido expresarlo mejor. Y por esa misma razón, creo que es de vital importancia que la misión de criar a este niño interfiera lo menos posible —y perdonen ustedes la expresión— con la *vida* del cementerio.

Dicho esto, se acercó a la señora Owens, miró al bebé, que dormía plácidamente en sus brazos y, alzando una ceja, preguntó a la mujer:

—¿Sabe usted si el niño tiene nombre, señora Owens?

—No, la verdad es que su madre no me lo dijo.

—Comprendo —asintió Silas—. En cualquier caso, dadas las circunstancias, no creo que le convenga seguir usando su antiguo nombre. Ahí fuera hay gente que lo busca con intención de hacerle daño. ¿Qué tal si le buscamos uno nuevo?

Cayo Pompeyo se aproximó al niño y, observándolo, comentó:

—Me recuerda un poco al que fuera mi procónsul, Marco. Así que podríamos llamarlo Marco.

—Pues a mí me parece que se da un aire a mi jefe de jardineros, Stebbins. Aunque, desde luego, no creo que este nombre sea el más adecuado para un niño. Aquel hombre era capaz de beberse hasta el agua de los floreros —dijo Josiah Worthington.

—Es igualito que mi sobrino Harry —opinó Mamá Slaughter.

Y cuando ya parecía que todos los habitantes del cementerio iban a lanzarse a sacarle semejanzas al niño con parientes, vecinos o conocidos que llevaban siglos condenados al olvido, la señora Owens decidió zanjar la cuestión.

—Este niño no se parece a nadie —afirmó—. Nadie tiene una carita tan preciosa como la de mi bebé.

—Pues lo llamaremos Nadie —dijo Silas—. Nadie Owens.

Y entonces, como respondiendo al oír su nombre, el niño abrió los ojos y se despertó. Miró alrededor y contempló los rostros de los muertos, la niebla y la luna. Miró a Silas, pero ni siquiera parpadeó; lo miraba sin temor y con aire circunspecto.

—¿Y qué clase de nombre es Nadie? —inquirió Mamá Slaughter, escandalizada.

—Su nombre. Y un buen nombre, además —replicó Silas—. Servirá para mantenerlo a salvo.

—A mí déjenme de líos —dijo Josiah Worthington.

El niño miró al baronet y, acto seguido, ya fuera porque tenía hambre, o porque echaba de menos su casa, a su familia, su mundo, se puso a hacer pucheros y rompió a llorar.

—Márchese —aconsejó Cayo Pompeyo a la señora Owens—. Seguiremos dilucidando todo esto sin usted.

26   La señora Owens se sentó a esperar en el banco que había a la puerta de la iglesia. Hacía más de cuarenta años que aquel edificio, de apariencia tan sencilla —una pequeña iglesia con un modesto campanario—, había pasado a formar parte del patrimonio histórico-artístico de la región. El ayuntamiento determinó que saldría demasiado caro restaurarla y, como no era más que una capilla situada en medio de un viejo cementerio en desuso, se limitó a poner un candado en la puerta, confiando en que el tiempo terminaría por derruirla. La hiedra recubría todas las fachadas, pero como los cimientos eran muy sólidos, nadie dudaba que aguantaría en pie otro siglo más.

El niño se había quedado dormido de nuevo entre los brazos de la señora Owens, quien lo mecía suavemente mientras le cantaba una nana, una que solía cantarle su madre cuando ella era pequeña (allá por el tiempo en que los hombres empezaron a usar pelucas empolvadas). La letra de la canción decía así:

Duerme, duerme mi sol,
duerme hasta que llegue el albor.
Cuando seas mayor,
si no me equivoco,
viajarás por todo el mundo,
besarás a un príncipe,
bailarás un poco,
hallarás tu nombre
y un tesoro ignoto...

Al llegar a este último verso, la señora Owens descubrió que no se acordaba de cómo terminaba la canción. Le parecía recordar que el verso final decía algo así como «... y una loncha de beicon peludo», pero a lo mejor estaba mezclando las letras de dos canciones, de modo que se puso a cantarle *El hombre de la luna que bajó con demasiada premura* y, después, con su dulce voz de campesina, entonó otra canción más reciente que hablaba de un niño que se estaba comiendo un bizcocho y, hurgando con el dedo, acabó sacándole una pasa. Y poco después, cuando empezaba a cantarle una extensa balada sobre un joven hidalgo al que su enamorada decidió envenenar —sin motivo aparente— con un pez ponzoñoso,[1] apareció Silas con una caja de cartón en la mano.

—Mire lo que le traigo, señora Owens —dijo—. Comida rica y abundante para un niño en edad de crecer.

1. En este párrafo, Gaiman hace referencia a diversas canciones populares inglesas como *The Man in the Moon Came Down Too Soon* o *Little Jack Horner*. Como es habitual en este tipo de canciones, las letras están construidas a base de ripios, por lo que resulta inevitable que al traducirlas suenen doblemente absurdas. *(N. de la T.)*

Podríamos utilizar la cripta como despensa, ¿le parece?

Silas quitó el candado y abrió la cancela de hierro. La señora Owens entró y miró con aprensión los estantes y los bancos destartalados apoyados contra una de las paredes. Los archivos parroquiales estaban guardados en cajas llenas de moho apiladas en un rincón, y al otro lado, tras una puerta abierta, se veía un pequeño servicio victoriano con un retrete y un lavabo con un único grifo de agua fría.

A todo esto el niño abrió los ojos y miró alrededor.

—Éste parece un buen sitio para guardar la comida. Es fresco, y así los alimentos se conservarán mejor —afirmó Silas mientras sacaba un plátano de la caja.

—¿Podrías explicarle a esta pobre vieja qué diantre es eso? —preguntó la señora Owens mirando con suspicacia aquel objeto amarillo con manchas marrones.

—Se llama plátano; es una fruta tropical. Creo que para poder comerlo hay que quitarle la corteza —explicó Silas—. Así.

El niño —Nadie— intentó escapar de los brazos de la señora Owens, y ella lo dejó en el suelo. Gateando como un loco, fue hacia Silas y se le agarró a las perneras del pantalón para ponerse de pie.

Silas le dio el plátano.

Y la señora Owens lo contempló mientras se lo comía.

—Plá-ta-no —silabeó con extrañeza la mujer—. Es la primera vez que oigo hablar de esa fruta. ¿A qué sabe?

—Pues no tengo ni la más remota idea —respondió Silas, cuya dieta incluía un único alimento (y no era el plátano, precisamente)—. Mire, aquí podría usted preparar una cama para el niño.

—De ninguna manera. ¿Cómo le voy a poner una cama aquí, con lo bonita y lo amplia que es la tumba que tenemos Owens y yo junto al macizo de los narcisos? Allí hay sitio más que suficiente para el pequeño. Y ade-

más —añadió temiendo que Silas lo tomara como un de-
saire—, no quiero que el niño te moleste.

—No sería ninguna molestia.

El bebé se había terminado ya el plátano, aunque algún
trozo le había embadurnado el rostro. Él, sin embargo, sonreía satisfecho, con la cara sucia y las mejillas sonrosadas.

—*Pátano* —pronunció la criatura con voz cantarina.

—Pero qué listo es mi niño, ¡y cómo se ha puesto! A
ver, déjame que te limpie, galopín... —dijo la señora
Owens, y le quitó los pegotes de plátano que le mancha-
ban la ropa y el cabello—. ¿Qué crees que decidirán?

—No lo sé.

—No puedo abandonarlo, y mucho menos después
de la promesa que le hice a su madre.

—He sido muchas cosas a lo largo de mi vida —afirmó
Silas—, pero madre no he sido nunca. Y no tengo intención de serlo ahora. Pero yo sí puedo marcharme de aquí...

—Pues yo no. Mis huesos están enterrados aquí y los
de Owens también. Nunca abandonaré este lugar —replicó la señora Owens.

—Debe de ser muy agradable pertenecer a algún lugar, un sitio al que poder llamar hogar.

No se percibía el menor atisbo de nostalgia en su voz;
por el contrario, hablaba de forma desapasionada, como
si se limitara a constatar un hecho irrebatible. Y la señora Owens no lo rebatió.

—¿Tardarán mucho en decidirse?

—No lo creo —respondió Silas, pero se equivocaba.

Cada uno de los reunidos en el anfiteatro tenía su
opinión y quería expresarla. Los que se habían metido en
todo este lío no eran unos simples advenedizos, sino los
Owens, y ése era un detalle que había que tener muy en
cuenta, pues ambos eran gente respetable y respetada.
También había que tener en cuenta que Silas se había

29

ofrecido a ser el tutor del niño (Silas vivía a caballo entre el mundo de los muertos y el de los vivos, y eso influía en que los habitantes del cementerio le tuvieran cierto respeto). Pese a ello...

Normalmente, un cementerio no es una democracia, aunque, por otro lado, no hay nada más democrático que la muerte, así que los muertos tenían derecho a hablar y a decir si estaban a favor o en contra de permitir que el niño se quedara a vivir allí. Y aquella noche, por lo visto, todos estaban decididos a ejercer su derecho.

Transcurrían los últimos días del otoño y amanecía tarde. Por eso, era de noche aún, pero ya se oía el ruido de los primeros coches bajando por la colina por entre la niebla matutina y, mientras los vivos se trasladaban a sus lugares de trabajo para comenzar la jornada, los muertos del cementerio seguían hablando del niño y tratando de tomar una decisión. Trescientas voces. Trescientas opiniones. Nehemiah Trot, el poeta, había empezado a exponer su opinión (aunque ninguno de los allí presentes tenía muy claro cuál era) cuando algo sucedió; algo capaz de silenciar a quienes tanto interés mostraban en dar su parecer, algo sin precedentes en la historia del cementerio.

Un formidable caballo blanco —o, como dicen los entendidos, un tordo— se paseaba tranquilamente por la ladera de la colina. Llegó precedido por el ruido de sus cascos y el chasquido de las ramas que iba partiendo a su paso a través de los matorrales de zarzas y aulagas que crecían por toda la ladera. Tenía la alzada de un Shire[2] —más de metro noventa de altura—, y aunque daba la impresión de ser la montura ideal para un caballero con

2. *Shire* es el nombre de una raza de caballos ingleses de tamaño similar al percherón. *(N. de la T.)*

armadura, quien iba montada sobre su desnudo lomo era una mujer, ataviada de gris de pies a cabeza; la larga falda y la esclavina que vestía parecían tejidas con tela de araña. La expresión de su rostro era plácida y serena.

Sin embargo, no era una desconocida para los muertos del cementerio, pues todos nos encontramos con la Dama de Gris al final de nuestros días, y eso es algo que nunca se olvida.

El caballo se detuvo junto al obelisco. El sol se asomaba tímidamente por oriente, y ese perlino resplandor que precede a la aurora dio pie a que los muertos se sintieran inquietos y los indujo a pensar que había llegado el momento de recogerse en la comodidad de sus hogares. Aun así ninguno de ellos se movió, porque todos contemplaban a la Dama de Gris con una mezcla de emoción y temor. Por lo general, los muertos no son gente supersticiosa, pero la observaban como un augur romano observaría a los cuervos sagrados: buscando sabiduría, buscando una pista que les permitiera adivinar el futuro.

Y la Dama de Gris les dirigió la palabra, con una voz como el repiqueteo de un centenar de campanillas de plata:

—Los muertos deben tener caridad. —Y sonrió.

El caballo, que había aprovechado el alto para pastar un poco, dejó de comer. La dama le acarició el cuello, y el animal dio la vuelta y se alejó a medio galope por la ladera de la colina. El estrépito de los cascos se fue atenuando progresivamente hasta convertirse en un leve rumor, como el de un trueno lejano, y en cuestión de segundos, los perdieron de vista definitivamente.

Al menos, eso fue lo que dicen que pasó quienes asistieron aquella noche a la reunión en el anfiteatro.

Dando el debate por concluido, los muertos del cementerio votaron y tomaron una decisión: otorgarían la ciudadanía honorífica del cementerio al niño Nadie Owens.

Mamá Slaughter y Josiah Worthington, baronet, acompañaron al señor Owens hasta la cripta de la vieja capilla para comunicarle a la señora Owens la feliz noticia.

Ella no pareció sorprenderse cuando le contaron que la mismísima Dama de Gris se había presentado allí para interceder por el niño.

—Pues me parece muy bien —dijo—. En este cementerio hay muchos majaderos que no tienen ni medio dedo de frente. Pero ella sí. Ella sí que sabe.

El día amaneció nublado y tormentoso, y para entonces el niño dormía ya en la acogedora y elegante tumba de los Owens (el señor Owens murió siendo el presidente del gremio local de ebanistas, y sus colegas quisieron honrarlo debidamente).

Silas determinó hacer una última escapada antes del amanecer. Fue hasta la casa donde había vivido el niño con su familia, y allí se encontró con tres cadáveres; los examinó y estudió el tipo de las heridas causadas por el puñal. Una vez concluidas las averiguaciones, abandonó la casa, abrumado por la avalancha de funestas hipótesis que el cerebro le sugería, y regresó al cementerio, en concreto al campanario donde solía dormir mientras esperaba a que se hiciera de noche.

Por otra parte, en la pequeña ciudad situada al pie de la colina, la mala sangre del hombre Jack se exacerbaba por momentos. Llevaba mucho tiempo esperando a que llegara aquella noche; suponía la culminación de muchos meses —años— de trabajo. Fue tan fácil al principio... Liquidó a tres personas sin que emitieran ni un solo grito. Pero después...

Después se torció todo. ¿Por qué demonios fue colina arriba cuando era obvio que el niño había huido en dirección contraria? Para cuando llegó al pie de la colina, el rastro se había evaporado. Alguien debía de haber encontrado al bebé y, seguramente, se lo había llevado a su casa. No había otra explicación posible.

De repente se oyó el retumbar de un trueno y se puso a llover a cántaros. El hombre Jack era un tipo metódico, así que empezó a planear su próximo movimiento: antes de nada llamaría a algunos de los conocidos que tenía en la ciudad; ellos serían sus ojos y sus oídos.

No tenía por qué comunicar su fracaso a la asamblea.

Y además, se dijo, mientras se demoraba bajo el toldo de una tienda para resguardarse un poco de la lluvia matutina, él no había fracasado. Todavía no... Por muchos años que pasaran. Tenía mucho tiempo; tiempo para atar bien atado el cabo que había quedado suelto; tiempo para cortar el último hilo.

Fue necesario que oyera las sirenas de un coche de la policía, viera un vehículo policial, una ambulancia y un coche de la secreta, cuyas alarmas sonaban a todo trapo, para que se levantara el cuello del abrigo, enterrara el rostro en él y se perdiera por las callejuelas de la ciudad. Llevaba el puñal en el bolsillo, guardadito en su funda, bien protegido de la inclemencia de los elementos.

«¡Soy el dueño y señor de este lugar!»

Capítulo 2

Una nueva amiga

Nad era un niño callado, de ojos grises y abundante cabello, de tono pardusco, siempre alborotado. En general era obediente. Pero tan pronto como aprendió a hablar, acosó a los habitantes del cementerio con toda clase de preguntas: «¿Por qué no puedo salir de aquí?», «¿cómo se hace eso que ha *hacido* él?», «¿quién vive aquí?». Los adultos trataban de respondérselas, pero las respuestas eran evasivas, confusas o contradictorias, y entonces Nad bajaba hasta la vieja iglesia para hablar con Silas.

Cuando Silas despertaba al caer el sol, se lo encontraba allí, esperándolo.

Siempre podía contar con su tutor para que le explicara las cosas de forma clara y precisa y con la sencillez suficiente para entenderlas:

—No puedes salir del cementerio porque sólo dentro de él somos capaces de protegerte (y, por cierto, se dice «hecho», en vez de *hacido*). Es aquí donde vives y donde también vive la gente que te quiere y se preocupa por ti. Fuera de él no estarías a salvo. Al menos, de momento.

—Pero tú sí sales. Sales todas las noches.

—Yo soy infinitamente más viejo que tú, amiguito. Y puedo ir a cualquier parte sin tener que preocuparme de nada.

—Y yo también.

—Ojalá fuera eso cierto. Pero sólo estarás seguro si te quedas aquí.

O bien le decía:

—¿Qué cómo se hace eso? Verás, hay ciertas habilidades que se adquieren por medio del estudio, otras con la práctica, y otras con el tiempo. Seguramente, no tardarás mucho en dominar las técnicas de la Desaparición, del Deslizamiento y la de Caminar en Sueños. Pero hay otras facultades que no están al alcance de los vivos, y, para desarrollarlas, tendrás que esperar un poco más. Sin embargo, estoy completamente convencido de que, a la larga, hasta ésas acabarás por dominarlas.

»En cualquier caso, te concedieron la ciudadanía honorífica, de modo que estás bajo la protección del cementerio. Mientras permanezcas dentro de sus límites, podrás ver en la oscuridad, moverte con libertad por lugares que, normalmente, les están vetados a los vivos, y serás invisible a los ojos de éstos. A mí también me otorgaron esa distinción, aunque en mi caso el único privilegio que lleva asociado es el derecho a residir en el cementerio.

—Yo de mayor quiero ser como tú —dijo Nad tirándose del labio inferior.

—No —replicó rotundamente Silas—. No quieres ser como yo.

O bien le preguntaba:

—¿Quieres saber quién está enterrado ahí? Pues mira, fíjate, normalmente está escrito en la lápida. ¿Sabes leer? ¿Te han enseñado el alfabeto ya?

—¿El *alfaqué*?

Silas negó con la cabeza, pero no dijo nada. Los señores Owens no tuvieron ocasión de aprender a leer con fluidez cuando estaban vivos y, además, en el cementerio no había cartillas de lectura.

A la noche siguiente, Silas se presentó en la acogedora tumba de los Owens con tres libros de gran tamaño —dos cartillas de lectura con las letras impresas en colores muy vivos (A de Árbol, B de Barco) y un ejemplar de *El gato Garabato*. También llevaba papel y un estuche con lápices de colores. Y con todo ese material, se llevó a Nad a dar un paseo por el cementerio. De vez en cuando, se agachaban junto a alguna de las lápidas más nuevas, y Silas colocaba los dedos de Nad sobre las inscripciones grabadas en la piedra y le enseñaba a reconocer las letras del alfabeto, empezando por la puntiaguda A mayúscula.

Luego le impuso una tarea: localizar todas y cada una de las letras que componen el alfabeto en las lápidas del cementerio. Y Nad, muy contento, logró completarla gracias al descubrimiento de la lápida de Ezekiel Ulmsley, situada sobre un nicho en uno de los laterales de la vieja capilla. Su tutor quedó muy satisfecho.

37

Todos los días Nad cogía el papel y los lápices y paseaba entre las tumbas, copiando con esmero los nombres, palabras y números grabados en las lápidas y, por las noches, antes de que Silas abandonara el cementerio, le pedía a su tutor que le explicara el significado de lo que había escrito, y le hacía traducir los fragmentos en latín, pues los Owens tampoco los entendían.

Aquél era un día de primavera muy soleado; los abejorros zumbaban entre las aulagas y los jacintos silvestres que crecían en un rincón del cementerio, mientras Nad, tumbado en la hierba, observaba las idas y venidas de un escarabajo que correteaba por la lápida de George Reeder, su esposa Dorcas y su hijo Sebastian, *(Fidelis ad mortem)*. El niño había terminado de copiar la inscripción y estaba absorto observando al escarabajo cuando oyó una voz que decía:

—Hola. ¿Qué estás haciendo?

Alzó la vista y vio que había alguien detrás de la mata de aulagas.

—Nada —replicó Nad, y le sacó la lengua.

Por un momento, la cara que se veía por entre las aulagas se transformó en una especie de basilisco de ojos desorbitados que también le sacaba la lengua, pero enseguida volvió a adoptar la apariencia de una niña.

—¡Increíble! —exclamó Nad, visiblemente impresionado.

—Pues sé poner caras mucho mejores. Mira ésta —dijo la niña, y estiró la nariz hacia arriba con un dedo mientras sonreía de oreja a oreja, entornaba los ojos e hinchaba los mofletes—. ¿Quién soy?

—No sé.

—Un cerdo, tonto.

—¡Ah! —exclamó Nad, y preguntó—. ¿Cómo en C de Cerdo?

—Pues claro. Espera un momento.

La niña salió de detrás de las aulagas y se le acercó; Nad se puso en pie para recibirla. Era un poco mayor que él, algo más alta, y los colores de su ropa eran muy llamativos: amarillo, rosa y naranja. En cambio, Nad, envuelto en su humilde sábana, se sintió incómodo con su aspecto gris y desaliñado.

—¿Cuántos años tienes? —quiso saber la niña—. ¿Qué haces aquí? ¿Vives aquí? ¿Cómo te llamas?

—No lo sé —respondió Nad.

—¿No sabes cuál es tu nombre? ¡Cómo no vas a saberlo! Todo el mundo sabe cómo se llama. Trolero.

—Sé perfectamente cómo me llamo y también sé lo

que estoy haciendo aquí. Lo que no sé es eso último que has dicho.

—¿Los años que tienes?

Nad asintió.

—A ver —dijo la niña—, ¿cuántos tenías en tu último cumpleaños?

—No sé. Nunca he tenido cumpleaños.

—Todo el mundo tiene cumpleaños. ¿Me estás diciendo que nunca has apagado las velas, ni te han regalado una tarta y todo eso?

Nad negó con la cabeza. La niña lo miró con ternura.

—Pobrecito, qué pena. Yo tengo cinco años, y seguro que tú también.

Nad asintió con entusiasmo. No tenía la más mínima intención de discutir con su nueva amiga; su compañía lo reconfortaba.

Le dijo que se llamaba Scarlett Amber Perkins, y que vivía en un piso que no tenía jardín. Su madre estaba sentada en un banco al pie de la colina, leyendo una revista, y le había dicho a Scarlett que debía estar de vuelta en media hora para hacer un poco de ejercicio, y no meterse en líos ni hablar con desconocidos.

—Yo soy un desconocido —dijo Nad.

—No, qué va —replicó ella sin vacilar—. Eres un niño. Y además eres mi amigo, así que no puedes ser un desconocido.

Nad no sonreía mucho, pero en aquel momento sonrió de oreja a oreja y con verdadera alegría.

—Sí, soy tu amigo.

—¿Y cómo te llamas?

—Nad. De Nadie.

La niña se echó a reír y comentó:

—Qué nombre tan raro. ¿Y qué estabas haciendo?

—Letras. Estoy copiando las letras de las lápidas.

—¿Me dejas que te ayude?

En un primer momento, Nad sintió el impulso de negarse —eran sus lápidas, ¿no?—, pero enseguida se dio cuenta de que era una tontería, y pensó que hay cosas que pueden resultar más divertidas si se hacen a la luz del día y con un amigo. Así que dijo:

—Vale.

Se pusieron a copiar los nombres que había en las lápidas; Scarlett le enseñaba a Nad a pronunciar las palabras y los nombres que no conocía, y él le enseñaba a su nueva amiga lo que significaban las palabras que estaban en latín, aunque sólo sabía algunas de ellas. Perdieron la noción del tiempo y les pareció que no había pasado ni un minuto cuando oyeron una voz que gritaba: «¡Scarlett!».

La niña le devolvió rápidamente los lápices y el papel.

—Tengo que irme —le dijo.

—Nos veremos otro día —replicó Nad—. Porque volveremos a vernos, ¿verdad?

—¿Dónde vives? —preguntó ella.

—Pues, aquí —respondió Nad, y se quedó mirándola mientras se alejaba corriendo colina abajo.

De camino a casa, Scarlett le contó a su madre que había conocido a un niño que se llamaba Nad y vivía en el cementerio, y que había estado jugando con él; por la noche, la mamá de Scarlett se lo contó al papá de Scarlett, y él le dijo que, según tenía entendido, era bastante habitual que los niños de esa edad se inventaran amigos imaginarios, y que no tenía de qué preocuparse, y que eran muy afortunados por el hecho de tener una reserva natural tan cerca de su casa.

Excepto en aquel primer encuentro, Scarlett no volvió a ver a Nad sin que él la descubriera primero. Los días que no llovía, su padre o su madre la llevaban al cementerio, y quien fuera que la acompañara se sentaba en un banco a leer mientras ella correteaba por el sendero, alegrando el paisaje con sus vistosas ropas de color verde fosforito, o naranja, o rosa. Después —más temprano que tarde— se encontraba ante una carita de expresión muy seria y ojos grises que, bajo una mata de cabello pardusco y alborotado, la miraban fijamente y, entonces, Nad y ella se ponían a jugar; jugaban al escondite, o a trepar por ahí, o a observar discretamente a los conejos que había detrás de la vieja iglesia.

Nad le presentó a Scarlett a algunos de sus otros amigos, aunque a la niña no parecía importarle el hecho de no verlos. Sus padres le habían insistido tanto con eso de que Nad era un niño imaginario, pero que no pasaba absolutamente nada porque tuviera un amigo de ese tipo (incluso los primeros días su madre se empeñaba en poner en la mesa un cubierto más, para Nad), que a Scarlett le pareció de lo más normal que el niño tuviera sus propios amigos imaginarios. Él se encargaba de transmitirle lo que éstos comentaban.

41

—Bartelmy dice que si por un acaso habéis metido la testa en jugo de ciruelas —decía.

—Pues lo mismo le digo. ¿Y por qué habla de esa forma tan rara? ¿Qué dice de una cesta? Yo no tengo ninguna cesta.

—Testa, no cesta. Quiere decir la cabeza —le explicó Nad—. Y no habla raro, es que es de otra época. Entonces hablaban así.

Scarlett estaba encantada. Era una niña muy lista que pasaba demasiado tiempo sola. Su madre era profesora de lengua y literatura para una universidad a distancia, por lo que no conocía personalmente a ninguno de sus alumnos, que le enviaban sus trabajos por correo electrónico. Ella los corregía y se los devolvía por correo electrónico también, felicitándolos cuando lo hacían bien, o indicándoles lo que debían mejorar. Por su parte, el padre de Scarlett era profesor de física de partículas; el problema, le explicó a Nad, era que había demasiada gente que quería enseñar física de partículas y muy pocos interesados en aprenderla, y por eso, ellos se pasaban la vida mudándose de una ciudad a otra, porque siempre que su padre aceptaba un trabajo nuevo confiaba en que acabarían dándole una plaza fija, pero al final nunca se la concedían.

—¿Qué es eso de la física de partículas? —le preguntó Nad.

Scarlett se encogió de hombros y replicó:

—Pues, verás… Están los átomos, que son unas cositas tan pequeñas, tan pequeñas que no se pueden ver, y que es de lo que estamos hechos, ¿no? Pero, además, hay cosas que son todavía más pequeñas que los átomos, y eso es la física de partículas.

Nad asintió y llegó a la conclusión de que al padre de Scarlett debían de interesarle las cosas imaginarias.

Todas las tardes, ambos niños paseaban juntos por el cementerio, iban pasando un dedo por las letras grabadas en las lápidas para descifrar las palabras allí escritas y, a continuación, las copiaban en el papel. Nad le contaba a Scarlett lo que sabía de la gente que habitaba cada tumba o mausoleo, y ella le explicaba cuentos, o le hablaba del mundo que había más allá de la verja del cementerio: los coches, los autobuses, la televisión, los aviones (Nad los había visto volar por el cielo y creía que eran unos pájaros de plata que hacían mucho ruido, pero hasta ese momento no había sentido la menor curiosidad por saber algo más de ellos). El niño, por su parte, también le contaba cosas sobre las distintas épocas en que habían vivido las personas que estaban enterradas en aquellas tumbas; le habló, por ejemplo, de Sebastian Reeder que había estado una vez en Londres y había visto a la reina; ésta era una señora gorda con gorro de piel que miraba a todo el mundo por encima del hombro y no hablaba inglés. Sebastian Reeder no se acordaba ya de qué reina era la que había visto, pero le parecía recordar que no había reinado mucho tiempo.

—¿Y en qué año fue eso? —preguntó Scarlett.

—Pues, antes de 1583, porque en su lápida dice que murió ese año.

—¿Quién es el más viejo de todos los que están enterrados en este cementerio?

Nad reflexionó unos segundos, con el entrecejo fruncido, antes de responder:

—Seguramente, Cayo Pompeyo. Se presentó aquí cien años después de que llegaran los primeros romanos; me ha hablado de eso alguna vez. Le gustaban mucho las calzadas.

—¿Y es el más viejo de todos?

—Me parece que sí.

—¿Podemos jugar a las casitas en esa casa de piedra?

—No puedes entrar; está cerrada con llave. Todas lo están.

—¿Y tú sí puedes entrar?

—Claro que sí.

—¿Y por qué yo no?

—Son cosas de este lugar. Yo tengo la ciudadanía del cementerio, y por eso puedo entrar en todas partes.

—Yo quiero jugar a las casitas en esa casa de piedra.

—No puedes, ya te lo he dicho.

—Pues eres muy malo.

—No.

—Malísimo.

—No.

Scarlett metió las manos en los bolsillos de su anorak

y echó a andar colina abajo sin despedirse siquiera, convencida de que Nad le ocultaba algo, pero sospechando al mismo tiempo que no estaba siendo justa con él, cosa que le fastidiaba todavía más.

Aquella noche, mientras cenaban, les preguntó a sus padres si había habido gente viviendo en Inglaterra antes de que llegaran los romanos.

—¿Dónde has oído tú hablar de los romanos? —quiso saber su padre.

—Todo el mundo sabe lo de los romanos —respondió ella, muy repipi—. Bueno, ¿había alguien, o no?

—Estaban los celtas —dijo su madre—. Ellos ya vivían aquí cuando llegaron los romanos; fue el pueblo que tuvieron que conquistar.

En el banco de al lado de la iglesia, Nad sostenía una conversación similar.

—¿El más viejo, dices? —dijo Silas—. Pues la verdad es que no lo sé, Nad. El más viejo de los que yo conozco es Cayo Pompeyo. Pero ya había gente viviendo aquí antes de la llegada de los romanos. Hubo diversos pueblos que se establecieron en este país mucho antes de que vinieran los romanos. ¿Qué tal vas con las letras?

—Bien, creo. ¿Cuándo me vas a enseñar a escribir todo seguido?

Silas reflexionó unos instantes y dijo:

—Hay personas muy cultas enterradas en este lugar, y estoy seguro de que podré convencer a algunas de ellas para que te den clase. Haré unas cuantas pesquisas.

Nad se puso como loco y se imaginó un futuro en el que podría leer cualquier cosa, un futuro lleno de cuentos por descubrir.

En cuanto Silas abandonó el cementerio para ocuparse de sus cosas, el niño se acercó al sauce que había junto a la vieja capilla y llamó a Cayo Pompeyo.

El provecto romano salió de su tumba bostezando.

—¡Ah, eres tú, el niño vivo! —exclamó—. ¿Cómo estás, niño vivo?

—Muy bien, señor.

—Estupendo, me alegro mucho.

El cabello del romano se veía blanco bajo la luz de la luna; el anciano llevaba puesta la toga con la que lo habían enterrado, además de una gruesa camiseta y un calzón largo debajo, porque hacía mucho frío en aquel rincón del mundo; de hecho, el único lugar en el que había pasado más frío que allí había sido en Hibernia, un poco más al norte, donde los hombres parecían más animales que humanos y se cubrían el cuerpo con pieles de color naranja; eran tan salvajes que ni siquiera los romanos lograron conquistarlos, así que simplemente construyeron un muro para dejarlos confinados en su invierno perpetuo.

—¿Es usted el más viejo? —le preguntó Nad.

—¿Quieres decir el más viejo del cementerio? Sí, en efecto.

—Entonces, ¿fue usted el primero en ser enterrado aquí?

El romano vaciló un momento, y respondió:

—Prácticamente el primero. Hubo otro pueblo que se estableció en la isla antes que los celtas. Uno de ellos fue enterrado aquí.

—¡Ah! —Nad se quedó pensando un instante—. ¿Y dónde está su tumba?

Cayo señaló hacia la cumbre de la colina.

—¿Allí arriba? —cuestionó Nad.

Cayo negó con la cabeza.

—¿Entonces?

—En la colina —dijo el romano revolviéndole el pelo al chiquillo—, en el interior de la colina. Verás, yo fui traído aquí por mis amigos, y detrás iban las autoridades

45

locales y los mimos, portando las máscaras funerarias de mi mujer, que murió a causa de una fiebre en Camulodonum, y de mi padre, muerto en una escaramuza fronteriza en la Galia. Trescientos años después de mi fallecimiento, un granjero que buscaba nuevos pastos para su ganado descubrió la roca que cubría la entrada, la apartó y se adentró en las entrañas de la colina, pensando que a lo mejor encontraba un tesoro escondido. Salió poco tiempo después, pero sus negros cabellos se habían vuelto tan blancos como los míos...

—¿Qué fue lo que vio?

Cayo tardó unos segundos en contestar:

—Nunca explicó nada y no volvió a entrar jamás. Colocaron de nuevo la roca en su sitio y, con el tiempo, la gente se olvidó. Pero posteriormente, hace doscientos años, cuando construyeron el panteón de Frobisher, encontraron la roca otra vez. El joven que la descubrió soñaba con hacerse rico, así que no se lo dijo a nadie, y tapó la entrada con el ataúd de Ephraim Pettyfer. Una noche, creyendo que nadie lo veía, se decidió a bajar.

—¿Y tenía el pelo blanco cuando salió?

—No salió nunca.

—Hum. ¡Vaya! Entonces, ¿sigue ahí dentro?

—No lo sé, joven Owens. Pero yo lo percibí, hace mucho tiempo, cuando este lugar estaba vacío. Noté que había algo allí, en el interior de la colina, esperando.

—¿Y qué es lo que esperaba?

—Yo únicamente percibí que esperaba, nada más —afirmó Cayo Pompeyo.

Scarlett llevaba un enorme libro ilustrado; se sentó junto a su madre en el banco verde, situado junto a la puerta del cementerio, y se puso a leer mientras su madre hojeaba un suplemento educativo. Scarlett disfrutaba del sol primaveral mientras trataba de ignorar al niño que le hacía gestos, en primer lugar desde detrás de un monumento cubierto de hiedra, y después, cuando ella decidió no volver a mirar en esa dirección, desde detrás de una lápida sobre la que apareció por sorpresa, gesticulando frenéticamente, pero la niña lo ignoró.

Por fin dejó el libro sobre el banco.

—Mami, me voy a dar una vuelta.

—Pero no te apartes del sendero, cariño.

Siguió por el sendero hasta doblar la esquina, y vio que Nad le hacía señas desde un poco más arriba. Ella le sacó la lengua y le dijo:

—He averiguado algunas cosas.

—Yo también —replicó Nad.

—Hubo otro pueblo antes de los romanos —explicó Scarlett—. Mucho antes. Quiero decir que vivieron aquí, y cuando morían, los enterraban en estas colinas, con tesoros y cosas así. Se llamaban túmulos.

—Claro. Eso lo explica todo. ¿Quieres ver uno?

—¿Ahora? —Scarlett no parecía muy decidida—. Es una trola; tú no tienes ni idea de dónde hay uno, ¿a que no? Y, además, ya sabes que hay sitios donde yo no puedo entrar.

Scarlett lo había visto atravesar las paredes, como si fuera una sombra.

Sacando una gigantesca y oxidada llave de hierro, Nad dijo:

—La encontré en la capilla, y creo que abre casi todas las puertas de ahí arriba. Usaban la misma llave para todas ellas; por comodidad, ¿sabes?

Los niños subieron juntos la empinada cuesta.

—¿Seguro que me estás diciendo la verdad?

Nad asintió, con una tímida sonrisa de felicidad.

—¡Vamos! —le dijo a Scarlett.

Era un perfecto día de primavera: el aire vibraba con el canto de los pájaros y el zumbido de las abejas; los narcisos se mecían con la brisa, así como algunos lirios tempraneros que salpicaban la ladera, y el azul de las nomeolvides y el amarillo de las redondas prímulas destacaban sobre el verde tapiz de hierba. Los niños continuaron subiendo hasta el pequeño mausoleo de Frobisher.

De diseño sencillo y anticuado, representaba una casita de piedra con una verja de metal que hacía las veces de puerta. Nad la abrió con la llave y entraron.

—Se trata de un agujero —explicó Nad—, o de una puerta. Está detrás de uno de los ataúdes.

Encontraron la entrada detrás de un ataúd situado en la repisa del fondo; era un agujero muy pequeño, tanto que había que tumbarse en el suelo para poder entrar.

—Es ahí abajo —dijo Nad—. Tenemos que bajar por ahí.

Así las cosas, a Scarlett ya no le pareció tan divertida aquella aventura, de modo que objetó:

—Está muy oscuro. No vamos a ver nada.

—Yo no necesito luz para ver. Al menos, dentro del cementerio.

—Pero yo sí. Y está muy oscuro.

Nad se puso a pensar en qué le diría a su amiga para tranquilizarla, algo como: «Ahí abajo no hay nada malo», pero con lo que Cayo Pompeyo le había contado sobre aquel hombre que salió del interior de la colina con el cabello encanecido, y aquel otro que nunca volvió a aparecer, era consciente de que no podía pronunciar una frase como ésa sin sentirse culpable, así que al fin determinó:

—Bajaré yo. Tú espérame aquí.

—¿Me vas a dejar sola? —lo interpeló la niña con el entrecejo fruncido.

—Bajo rápido a ver quién hay ahí y subo enseguida a contártelo todo.

Nad se tumbó en el suelo y se introdujo a gatas por el agujero. Dentro había espacio suficiente para ponerse de pie, y distinguió también unos escalones cavados en la propia roca.

—Ahora voy a bajar por la escalera —anunció.

—¿Hay que bajar mucho?

—Yo diría que sí.

—Si me llevas de la mano y me vas diciendo dónde poner los pies —dijo Scarlett—, iré contigo. Pero tienes que ayudarme para que no me caiga.

—Vale —aceptó Nad, y la niña se echó al suelo y también entró a gatas por el agujero.

—Puedes ponerte de pie —le dijo Nad cogiéndola de la mano—. Justo aquí empiezan los escalones. Sólo tienes que dar un paso más. Eso es. Espera, deja que yo baje delante.

—¿De verdad puedes ver estando todo tan oscuro?

—No tan bien como a plena luz, pero sí veo.

Bajaron por la escalera hacia el interior de la colina, Nad guiaba a Scarlett para que no tropezara y, mientras, le iba describiendo lo que veía.

—La escalera continúa. Los escalones son de piedra y el techo, también. Y en esta pared hay un dibujo.

—¿Cómo es?

—Una C de Cerdo grande y peluda, me parece. Y tiene cuernos. También hay otro dibujo, como un nudo o algo así. Pero no sólo está pintado, sino grabado en la roca, ¿lo notas? —Y colocó los dedos de la niña sobre el dibujo.

—¡Sí, es verdad! —exclamó ella.

—A partir de aquí los escalones se hacen más grandes. Estamos llegando a un espacio amplio, como una habitación, pero la escalera sigue bajando. No te muevas.

49

Vale, ahora yo estoy exactamente entre ese espacio amplio y tú. Ve tocando la pared con la mano izquierda.

Los niños siguieron bajando.

—Un escalón más y llegamos al suelo —dijo Nad—. Ten cuidado, no es del todo liso.

Aquella última estancia era pequeña. Había una laja de piedra en el suelo y una repisa baja en un rincón, con varios objetos pequeños encima; huesos, huesos muy viejos, se esparcían por el suelo, aunque delante mismo de los escalones Nad encontró un cadáver, vestido con los harapos de un abrigo largo marrón.

«El joven que soñaba con hacerse rico —pensó el niño—. Seguro que se resbaló y cayó rodando por la escalera.»

Oyeron una especie de siseo alrededor, como una serpiente avanzando sobre un lecho de hojas secas. Scarlett le apretó la mano.

—¿Qué es eso? ¿Ves algo?

—No.

La niña gimió levemente; entonces Nad vio algo y, sin necesidad de preguntar, supo de inmediato que ella también lo veía.

Gracias a una luz que había al final de la estancia, distinguieron a un hombre que caminaba hacia ellos, y Nad oyó que Scarlett ahogaba un grito.

El hombre parecía bien conservado, pero era evidente que hacía mucho tiempo que había muerto. Su piel estaba totalmente recubierta de dibujos (pensó Nad) o de tatuajes (pensó Scarlett), y alrededor del cuello llevaba un collar de largos y afilados dientes.

—¡Soy el dueño y señor de este lugar! —exclamó el hombre, pero sus palabras sonaban tan cascadas y guturales que casi no parecían palabras—. ¡Guardo este lugar de todo aquel que quiera destruirlo!

Sus ojos eran enormes, pero Nad se fijó en que daba esa impresión porque los rodeaba un círculo de color azulado, y la cara le adquiría un aspecto semejante al de un búho.

—¿Quién eres? —preguntó Nad apretando con fuerza la mano de Scarlett.

El Hombre Índigo hizo oídos sordos a la pregunta y se limitó a mirarlos con aire feroz.

—¡Abandonad este lugar enseguida! —La mente de Nad percibió estas palabras, palabras que de nuevo le sonaron como un gruñido gutural.

—¿Nos va a hacer algo malo? —preguntó Scarlett.

—No lo creo —repuso Nad. Luego le habló al Hombre Índigo tal como le habían enseñado—. Debes saber que poseo la ciudadanía de este cementerio y puedo ir a donde yo quiera.

El Hombre Índigo no reaccionó en absoluto, y este hecho desconcertó por completo a Nad, porque hasta los habitantes más irascibles del cementerio se habrían calmado al escuchar esta declaración. Entonces el niño preguntó:

—Scarlett, ¿tú lo ves?

—Pues claro que lo veo. Es un hombre grande y peligroso, lleno de tatuajes, y quiere matarnos. ¡Nad, dile que se vaya!

Nad miró los restos del hombre del abrigo marrón. A su lado, en el suelo, había un farol que se había roto al caer al suelo.

—Intentó salir corriendo —dijo en voz alta—. Salió corriendo porque tenía miedo. Y resbaló o tropezó con los escalones y se cayó.

—¿De quién hablas?

—Del hombre que está tirado en el suelo.

Daba la impresión de que Scarlett estaba muy enfadada, además de perpleja y asustada.

—¿Qué hombre? Yo no veo más hombre que el tipo ese de los tatuajes.

Y entonces, como si quisiera asegurarse de que los niños se daban cuenta de que estaba allí, el Hombre Índigo echó hacia atrás la cabeza y profirió una serie de gritos y quiebros tan terroríficos, que Scarlett apretó la mano de Nad hasta clavarle las uñas.

Nad, sin embargo, ya no estaba asustado.

—Me arrepiento de haber dicho que eran imaginarios —aseguró Scarlett—. Ahora sí creo en ellos; son reales.

A todo esto el Hombre Índigo levantó los brazos sosteniendo algo en las manos; parecía una piedra plana y muy afilada.

—¡Todos los que invadan este lugar morirán! —gritó con su extraña voz gutural.

Nad recordó al hombre cuyos cabellos se le volvieron blancos después de entrar en la cueva, y que nunca quiso volver allí ni hablar de lo que había visto.

—No —dijo Nad—, creo que tenías razón. Me parece que éste sí lo es.

—¿Es qué?

—Imaginario.

—No digas tonterías —dijo Scarlett—. Lo estoy viendo.

—Justo —afirmó Nad—, pero resulta que tú no puedes ver a los muertos. —Echó un vistazo alrededor y dijo en voz alta—: Ya puedes dejar este jueguecito. Sabemos que no eres real.

—¡Te voy a comer el hígado! —aulló el Hombre Índigo.

—¡No, tú no te vas a comer nada! —exclamó Scarlett con un aspaviento—. Nad tiene razón. —Y volviéndose hacia el niño, le dijo—: Estoy pensando que a lo mejor es un espantapájaros.

—¿Qué es un espantapájaros? —preguntó Nad.

—Es una cosa que los agricultores ponen en los sembrados para espantar a los pájaros.

—¿Y por qué lo hacen? —A Nad le gustaban los pájaros. Le parecían unos animalitos muy curiosos y, además, ayudaban a mantener limpio el cementerio.

—Pues no lo sé muy bien; se lo preguntaré a mamá. Pero una vez vi uno desde el tren, y pregunté qué era. Los pájaros creen que es una persona de verdad, pero no lo es. Es una especie de muñeco que parece una persona y sirve para espantar a los pájaros.

Nad volvió a mirar en derredor, y dijo:

—Seas quien seas, no sirve de nada. No nos asusta nada. Sabemos que todo esto no es real, así que detente de una vez.

El Hombre Índigo se detuvo. Se subió a la laja de piedra y se tumbó sobre ella. Y, de pronto, desapareció.

Scarlett notó cómo la cámara se sumía una vez más en la oscuridad. Pero aun en la penumbra, percibió otra vez aquel sonido envolvente que iba aumentando de volumen, como si hubiera algo dando vueltas alrededor de la cueva.

Entonces una voz dijo:

—Somos el sanguinario.

A Nad se le erizaron los pelos de la nuca. La voz que oía en su mente sonaba muy cascada y desapacible, como la caricia de una rama seca en el cristal de la capilla, y tuvo la impresión de que había varias voces hablando al unísono.

—¿Has oído eso? —le preguntó a Scarlett.

—Yo no he oído nada, tan sólo percibo un sonido resbaloso y tengo una sensación muy rara, parecida a un nudo en el estómago. Como si fuera a pasar algo horrible.

—No va a pasar nada horrible —aseguró Nad. Y luego, en voz alta, preguntó—. ¿Qué sois?

53

—Somos el sanguinario. Custodiamos y protegemos.

—¿Y qué es lo que protegéis?

—El lugar donde descansa el amo. Éste es el más sagrado de todos los lugares sagrados, y el sanguinario lo guarda.

—No podéis tocarnos —dijo Nad—. Lo único que sois capaces de hacer es asustar.

Las voces sonaban muy malhumoradas:

—El miedo es una de las armas del sanguinario.

—¿Acaso ese viejo broche, una copa y un pequeño puñal de piedra son los tesoros de tu amo? —preguntó Nad mirando hacia la repisa—. No tienen muy buen aspecto que digamos.

—El sanguinario guarda los tesoros: el broche, el cáliz y el puñal. Nos los guardamos hasta que el amo retorne. Porque retorna, siempre retorna.

—¿Cuántos sois?

Pero el Sanguinario no respondió. Nad tenía la sensación de que su cerebro estaba lleno de telarañas, así que meneó la cabeza con fuerza para intentar despejarse. Luego apretó la mano de Scarlett.

—Deberíamos irnos —le dijo.

La condujo hasta la escalera, sorteando el cadáver del abrigo marrón, y al reparar en él pensó: «Francamente, si este hombre no se hubiera asustado ni caído por la escalera, se habría decepcionado mucho al descubrir que aquí no había ningún tesoro.» Los tesoros de hace diez mil años no eran como los de hoy en día. El niño guio a Scarlett con mucho cuidado para que no tropezara al subir la escalera y, por fin, llegaron a la salida, en el mausoleo de Frobisher.

El sol de finales de primavera se colaba por entre los barrotes de la verja y las grietas de las paredes, y ante aquel resplandor tan intenso e inesperado, Scarlett tuvo que taparse los ojos. Los pájaros cantaban entre la maleza, un abejorro pasó zumbando por su lado… todo era sorprendentemente normal.

Nad abrió la verja del mausoleo y, una vez fuera, volvió a cerrarla con llave.

Las vistosas ropas de Scarlett estaban llenas de mugre y telarañas, y la cara y las manos, de piel tostada, tenían tanto polvo que parecían blancas.

Un poco más abajo, alguien —unos cuantos álguienes— gritaba. Gritaban a voz en cuello, gritaban con desesperación.

Alguien preguntó:

—¿Scarlett? ¿Eres Scarlett Perkins?

Y Scarlett contestó:

—Sí, soy yo. ¿Qué pasa?

Y antes de que ella o Nad tuvieran tiempo de comentar lo que habían visto en la cueva, o de hablar del Hombre Índigo, apareció una mujer, luciendo una chaqueta fluorescente con la palabra POLICÍA escrita en la espalda, que le preguntó a Scarlett si estaba bien, dónde había estado metida y si alguien había intentado secuestrarla; a continuación se puso a hablar por radio para informar de que había encontrado a la niña.

Nad se unió discretamente a ellas y, juntos, iniciaron el descenso. La puerta de la capilla estaba abierta, y los padres de Scarlett esperaban dentro, acompañados por otra policía femenina; la madre estaba hecha un mar de lágrimas, y el padre hablaba por el móvil. Ninguno de ellos advirtió la presencia de Nad, que los observaba desde un rincón de la capilla.

Le preguntaron a Scarlett qué le había pasado, y ella respondió con tanta sinceridad como le fue posible; les habló de un niño llamado Nadie que la había llevado al interior de la colina, donde todo estaba oscuro y se les había aparecido un hombre con muchos tatuajes, pero no era un hombre de verdad, sino un espantapájaros. Le dieron una chocolatina y le limpiaron la cara, y le preguntaron si el hombre de los tatuajes iba en moto. Los padres de Scarlett, una vez pasado el susto y la preocupación, estaban muy enfadados entre sí y también con Scarlett, y se culpaban mutuamente por dejar que la niña jugara en un cementerio, por mucho que fuera una reserva natural, y decían que hoy en día el mundo se había convertido en un lugar muy peligroso, y si uno perdía de vista a sus hijos, aunque fuera un segundo, corría el riesgo de que le pasara cualquier cosa horrible. Especialmente, si se trataba de una niña como Scarlett.

La madre sollozó de nuevo, lo que provocó que la niña se echara a llorar, y una de las mujeres policía se puso a discutir con el padre de Scarlett, que le decía que él pagaba religiosamente sus impuestos y, por lo tanto, pagaba también el sueldo de ella, y ella le respondía que también pagaba religiosamente sus impuestos, por lo que probablemente pagaba asimismo el sueldo de él. Y, mientras tanto, Nad continuaba observándolos desde un rincón de la capilla, sentado entre las sombras, sin que nadie advirtiera su presencia, ni siquiera Scarlett, y siguió mirando y escuchando hasta que se cansó.

A esas alturas, había empezado a atardecer en el cementerio, y Silas encontró a Nad en lo alto de la colina, cerca del anfiteatro, contemplando la ciudad desde aquel privilegiado mirador. Se quedó a su lado, sin decir nada, como era su costumbre.

—Ella no tiene la culpa de nada —dijo Nad—. Soy yo el que tiene la culpa. Y la he metido en un lío.

—¿Adónde la llevaste? —le preguntó Silas.

—Al centro de la colina, a ver la tumba más antigua.

Pero resulta que allí no hay nadie. Sólo una especie de serpiente que se llama el Sanguinario y que está en ese sitio para asustar a la gente.

—Fascinante.

Bajaron juntos por la colina, vieron cómo la policía volvía a cerrar la iglesia con llave, y a Scarlett y a sus padres, que salían del cementerio y se perdían en la oscuridad de la noche.

—La señorita Borrows te enseñará a escribir seguido —anunció Silas—. ¿Has terminado de leer *El gato Garabato*?

—Sí —contestó Nad—, lo terminé hace siglos. ¿Podrías traerme más libros?

—Eso espero.

—¿Crees que volveré a verla alguna vez?

—¿A la niña? Lo dudo mucho.

Pero Silas se equivocaba. Al cabo de tres semanas, en una tarde gris, Scarlett regresó al cementerio, acompañada de sus padres.

Le insistieron mucho en que estuviera siempre donde ellos la pudieran ver, aunque se cambiaron varias veces de sitio para asegurarse de que no la perdían de vista ni un solo momento. De vez en cuando, la madre de la niña comentaba escandalizada lo morboso que resultaba todo aquello y lo mucho que se alegraba de saber que pronto se marcharían de allí para siempre.

Cuando vio que los padres de Scarlett se ponían a charlar, Nad la saludó:

—Hola.

—Hola —dijo Scarlett en voz muy baja.

—Creía que no volvería a verte.

—Les dije que no me iría con ellos si no me traían aquí por última vez.

—¿Irte, adónde?

—A Escocia. Allí hay una universidad. Para que papá enseñe física de partículas.

Caminaron juntos por el sendero: una niña pequeña con un anorak naranja y un niño pequeño con una túnica gris.

—¿Y está muy lejos Escocia?

—Sí.

—¡Vaya!

—Confiaba en que estuvieras aquí, para decirte adiós.

—Yo siempre estoy aquí.

—Pero tú no estás muerto, ¿verdad, Nadie Owens?

—Claro que no.

—Entonces no puedes quedarte aquí el resto de tu vida, ¿no? Un día crecerás y tendrás que irte a vivir al mundo exterior.

El niño negó con la cabeza y replicó:

—Ahí fuera estoy en peligro.

—¿Quién te lo ha dicho?

—Silas. Mi familia. Todo el mundo.

Scarlett se quedó callada unos instantes. Entonces oyó la voz de su padre que la llamaba:

—¡Scarlett! Vamos, cariño, es hora de irnos. Ya has dado un último paseo por el cementerio. Ahora vámonos a casa.

Scarlett le dijo a Nad:

—Eres muy valiente. La persona más valiente que conozco, y eres mi amigo. Me importa un pimiento que seas imaginario.

Y dicho esto, volvió corriendo sobre sus pasos para reunirse con sus padres y con el mundo.

«Si se miraba hacia el inhóspito cielo rojo,
se distinguían unas criaturas, de grandes
alas negras, que volaban en círculos.»

Capítulo 3

Los sabuesos de Dios

En todos los cementerios existe una tumba que pertenece a los *ghouls*.[3] No hay más que darse una vuelta por cualquier camposanto para encontrarla: cubierta de musgo y manchas de humedad, la lápida rota, rodeada de abrojos y hierbas pestilentes y una profunda desolación que se apodera de uno cuando te encuentras frente a ella. La lápida suele ser más fría que la de las restantes tumbas y, por lo general, el nombre allí grabado resulta completamente ilegible. Si se ha erigido algún monumento funerario en ella —un ángel o cualquier otra escultura—, seguramente le faltará la cabeza, o estará infestado de hongos y líquenes hasta el punto de parecer un único y gigantesco hongo. Cuando visites un cementerio y veas una sepultura con aspecto de haber sido profanada en repetidas ocasiones, habrás descubierto la puerta de los *ghouls*, y si, a medida que te

---

3. *ghoul* (del árabe *ghūl*): demonio que habita los cementerios y se alimenta de cadáveres. *(N. de la T.)*

acercas a ella sientes la imperiosa necesidad de salir corriendo, ésa es, sin duda, la puerta de los *ghouls*.

Había una de esas puertas en el cementerio de Nad.

Hay una de ellas en todos los cementerios.

Silas estaba a punto de marcharse.

Aunque Nad se enfadó mucho al conocer la noticia, ya se le había pasado el enfado. Pero ahora estaba furioso.

—¿Por qué? —seguía preguntando el niño.

—Ya te lo dije. Necesito recabar cierta información y, por ello, debo desplazarme a otro lugar. Y para desplazarme hasta allí, tengo que irme de aquí. Pero todo esto ya lo habíamos hablado antes.

—¿Y qué puede ser tan importante para que te marches? —Su mente de niño de seis años no alcanzaba a imaginar algo que consiguiera que Silas quisiera abandonarlo—. No es justo.

Su tutor permaneció impasible.

—No es ni justo ni injusto, Nadie Owens. Simplemente, es.

Nad seguía en sus trece.

—Tienes que cuidar de mí. Tú me lo dijiste.

—Ésa es mi responsabilidad como tutor tuyo que soy, sí. Por fortuna, no soy el único ser en este mundo dispuesto a asumir dicha responsabilidad.

—Y, a todo esto, ¿adónde vas?

—Fuera. Lejos. Debo descubrir ciertas cosas que no puedo descubrir aquí.

Nad se marchó gruñendo entre dientes y dando patadas a imaginarias piedras, y se fue caminando hacia la zona nororiental del cementerio, donde la vegetación crecía de manera tan incontrolada que ni el guarda ni los Amigos del Cementerio habían sido capaces de dome-

61

ñarla. A su paso despertó a una familia de niños victorianos, todos ellos muertos antes de cumplir los diez años; bajo la atenta mirada de la luna, se pusieron a jugar al escondite por entre la maraña de hiedra. Nad intentaba fingir que Silas no se iba a ninguna parte, que todo iba a seguir exactamente igual, pero al acabar el juego, volvió corriendo a la vieja capilla y vio dos cosas que le hicieron cambiar de opinión.

Lo primero que vio fue un maletín. Y desde el mismo momento en que le puso la vista encima, supo que se trataba del maletín de Silas. Debía de tener por lo menos ciento cincuenta años, y era francamente bonito, de cuero negro, con remaches de latón y el asa negra; la clase de maletín que en la época victoriana usaban los médicos y los enterradores para transportar los instrumentos propios de su oficio. Era la primera vez que Nad veía el maletín de Silas; ni siquiera sabía que lo tuviera. Y un maletín como ése sólo podía ser de su tutor. Sentía curiosidad por ver lo que había dentro, pero estaba cerrado y protegido por un enorme candado de latón, y pesaba tanto que Nad no pudo ni levantarlo del suelo.

Eso fue lo primero.

Lo segundo fue aquella persona sentada en el banco junto a la iglesia.

—Nad —dijo Silas—, te presento a la señorita Lupescu.

Guapa, lo que se dice guapa, no era: de expresión ceñuda y avinagrada, cabellos grises, aunque parecía demasiado joven para tener canas, y dientes delanteros algo torcidos. Llevaba puesta una abultada gabardina y una corbata masculina anudada al cuello.

—Encantado, señorita Lupescu —saludó Nad.

Ella no le devolvió el saludo. Se limitó a observarlo con desdén para, a continuación, decirle a Silas:

—Así que éste es el niño.

La mujer se puso en pie, y dio una vuelta alrededor de Nad. Las aletas de la nariz se le movían, como si lo estuviera olisqueando. Al llegar de nuevo al punto de partida, dijo:

—Quiero verte todos los días nada más levantarte y antes de irte a dormir. He alquilado una habitación en una de aquellas casas. —Y señaló un tejado que sólo podía verse desde el lugar en que se encontraban—. No obstante, pasaré el día en este cementerio, puesto que estoy aquí en calidad de historiadora, para llevar a cabo una investigación sobre sepulturas antiguas. ¿Queda claro, niño? *Da?*

—Nad —protestó Nad—. Me llamo Nad. No «niño».

—Abreviatura de Nadie —replicó ella—. Un nombre absurdo. Además, Nad no es más que un apelativo cariñoso; un apodo. Y no me gustan los apodos. Te llamaré «niño». Y tú me llamarás «señorita Lupescu».

63

Nad miró a Silas con expresión suplicante, pero el rostro del tutor no se inmutó. Cogió su maletín y le dijo:

—Con la señorita Lupescu estarás en buenas manos, Nad. Y estoy seguro de que os entenderéis a la perfección.

—¡No, no nos entenderemos! —rezongó Nad—. ¡Es una mujer horrible!

—Eso que has dicho —lo reprendió Silas— es de muy mala educación. Creo que deberías disculparte, ¿no te parece?

A Nad no se lo parecía, pero Silas lo miraba fijamente, tenía el maletín en la mano y estaba a punto de marcharse por sabe Dios cuánto tiempo, de modo que decidió obedecer.

—Lo siento mucho, señorita Lupescu.

La señorita Lupescu no dijo nada, sino que se limitó a mirarlo con recelo. A continuación le dijo:

—He hecho un largo viaje para venir hasta aquí y hacerme cargo de ti, niño. Espero que no haya sido en balde.

A Nad le resultaba inconcebible la idea de abrazar a Silas, así que le tendió la mano, y el tutor se agachó y se la estrechó con suavidad, envolviendo con su enorme y pálida mano la regordeta manita del niño. Después, sujetando el maletín de cuero negro como si fuera una pluma, se alejó caminando por el sendero en dirección a la puerta del cementerio.

Nad fue a contárselo a sus padres.

—Silas se ha marchado.

—Volverá —dijo el señor Owens tratando de animarlo—, como la falsa moneda. No te preocupes, Nad.

—Cuando naciste, nos prometió que si por cualquier cosa tenía que ausentarse del cementerio algún tiempo, buscaría a alguien que te trajera comida y te echara un vistazo de vez en cuando, y eso es exactamente lo que ha hecho. Silas siempre cumple lo que promete —terció la señora Owens.

Silas le traía comida, sí, y se la llevaba a la cripta todas las noches, pero eso, a juicio de Nad, era lo de menos. Los consejos de Silas eran siempre ecuánimes, sensatos e invariablemente acertados; sabía mucho más que cualquier habitante del cementerio, pues gracias a sus excursiones nocturnas tenía una visión más completa y actualizada del mundo exterior, mientras que los demás le hablaban de una realidad que había quedado obsoleta cientos de años atrás; Silas era imperturbable y siempre se podía contar con él, pues había permanecido a su lado todas las noches desde que Nad llegara al cementerio, así que la idea de que la vieja iglesia se hubiera quedado sin su único habitante le parecía simplemente increíble; por encima de todo, Silas lograba que se sintiera seguro.

La señorita Lupescu entendía que su trabajo consistía en algo más que proporcionarle comida. Y también se ocupaba de ello.

—¿Qué es eso? —preguntó Nad, horrorizado.

—Comida sana —respondió la señorita Lupescu. Estaban en la cripta. La mujer había depositado sobre la mesa dos recipientes de plástico y se dispuso a quitarles las tapas. Señaló el primer recipiente—. Sopa de remolacha y cebada. A continuación señaló el otro—. Ensalada. Cómete las dos cosas; las he preparado yo misma.

Nad la miró fijamente para asegurarse de que no se trataba de una broma. La comida que le traía Silas solía venir empaquetada; la compraba en esas tiendas que abren toda la noche y en las que no hacen preguntas. Nadie le había traído nunca la comida en un recipiente de plástico cerrado con una tapa.

—Huele que apesta —se quejó Nad.

—Pues si no te tomas la sopa enseguida —replicó ella—, sabrá todavía peor. Se quedará fría. Así que, a comer.

Nad tenía mucha hambre, de modo que cogió una cuchara de plástico, la introdujo en el líquido de color rojo oscuro, y empezó a comer. La sopa tenía una textura viscosa y un sabor francamente raro, pero se la comió toda.

—¡Y ahora, la ensalada! —ordenó la señorita Lupescu quitándole la tapa al otro recipiente.

Dentro había trozos de cebolla cruda, remolacha y tomate encharcados en un espeso aliño que desprendía un fuerte olor a vinagre. Nad se llevó a la boca un trozo de remolacha y lo masticó. Pero notó que empezaba a segregar saliva y se dio cuenta de que si se tragaba aquello, lo iba a vomitar de inmediato.

—No puedo comerme esto —dijo.

—Es muy nutritivo.

—Me voy a poner malo.

Ambos se miraron con fijeza a los ojos: el niño, de cabello pardusco y revuelto, y la mujer pálida, de rostro severo y canosos cabellos pulcramente recogidos.

—Cómete otro trozo —le ordenó la señorita Lupescu.

—No puedo.

—O te comes otro trozo ahora mismo, o te quedarás aquí hasta que te lo hayas acabado todo.

Nad pinchó un trozo de tomate empapado en vinagre, lo masticó y, haciendo un esfuerzo por controlar las arcadas, consiguió tragárselo. La señorita Lupescu volvió a colocar las tapas y guardó los recipientes en una bolsa de plástico.

—Y ahora, empecemos con las clases.

Era pleno verano, así que la oscuridad no sería completa hasta casi medianoche. No había clases a esas alturas del verano; el tiempo que Nad pasaba despierto era, en esa época del año, como un crepúsculo cálido e infinito sin otra cosa que hacer más que jugar, explorar o subirse a los árboles.

—¿Clases? —preguntó, incrédulo.

—Tu tutor pensó que sería buena idea que yo te enseñara algunas cosas.

—Pero yo ya tengo maestros. Letitia Borrows me enseña a leer y a escribir, y el señor Pennyworth me enseña su sistema educativo completo para jóvenes (con materias adicionales para jóvenes en situación post mórtem). Y estudio geografía y todo eso. No necesito más lecciones.

—Así que ya lo sabes todo, ¿eh? Tienes seis años y ya lo sabes absolutamente todo.

—Yo no he dicho eso.

La señorita Lupescu se cruzó de brazos y le espetó:

—Dime todo lo que sepas sobre los *ghouls*.

Nad trató de recordar lo que Silas le había ido enseñando acerca de los *ghouls* a lo largo de los años.

—Hay que mantenerse alejado de ellos —respondió.

—¿Y eso es todo lo que sabes, *da*? ¿Por qué debes mantenerte alejado de ellos? ¿De dónde proceden? ¿Por qué no debe uno acercarse a las puertas de los *ghouls*? ¿Eh?

Nad se encogió de hombros y meneó la cabeza.

—Enumera los distintos tipos de criaturas que existen —exigió la señorita Lupescu—. ¡Vamos!

Nad se tomó unos segundos para pensar la respuesta.

—Los vivos —comenzó—. Mmm... Los muertos... —hizo una pausa—. ¿Los gatos? —aventuró sin demasiada convicción.

—Eres un verdadero ignorante, niño. Y eso no está bien. Pero, además, te conformas con ser un ignorante, y eso es mucho peor. Repite conmigo: están los vivos y los muertos, los seres nocturnos y los diurnos, los *ghouls* y los moradores de la niebla, los grandes cazadores y los sabuesos de Dios. Aparte, existen también criaturas singulares.

—¿Y a qué tipo pertenece usted?

—Yo —replicó la mujer, cortante— soy la señorita Lupescu.

—¿Y Silas?

Ella vaciló un momento antes de responder:

—Una criatura singular.

La clase se le estaba haciendo eterna. Silas siempre le enseñaba cosas interesantes, aunque la mayor parte del tiempo Nad ni siquiera era consciente de estar aprendiendo algo. En cambio, la señorita Lupescu enseñaba a base de listas, y el niño no entendía qué utilidad podía tener eso. Pero permaneció allí sentado, deseando que acabara la clase para salir a disfrutar de aquel anochecer de verano y jugar bajo la luz espectral de la luna.

Cuando por fin terminó, salió de la cripta como un cohete (estaba hasta las mismísimas narices de tanta lista). Buscó a alguien con quien jugar, pero no encontró a nadie. El cementerio parecía desierto, a excepción de un enorme perro gris que merodeaba por entre las tumbas, deslizándose sigilosamente en medio de las sombras y manteniendo cuidadosamente las distancias.

El resto de la semana fue todavía peor.

La señorita Lupescu siguió llevándole comida casera que ella misma le preparaba: grasientos buñuelos fritos en manteca de cerdo; aquella exótica sopa de color rojo oscuro con un pegote de nata agria flotando en medio del plato; patatas hervidas que llegaban al cementerio completamente frías; embutidos con un fuerte sabor a ajo; huevos duros flotando en un líquido gris de aspecto disuasorio… Nad no comía más que lo estrictamente necesario. Y, mientras tanto, la señorita Lupescu continuaba con sus clases: se pasó dos días enteros enseñándole a pedir ayuda en todos los idiomas posibles y, si se equivocaba o se olvidaba de algo, ella lo penalizaba dándole golpes en los nudillos con el bolígrafo. Al tercer día, Nad era capaz de responder a la primera y casi sin respirar.

—¿En francés?

—*Au secours*.

—¿En código Morse?

—S.O.S. Tres puntos, tres rayas, y otra vez tres puntos.

—¿En el idioma de los ángeles descarnados de la noche?

—Esto es absurdo. Ni siquiera recuerdo lo que es un ángel descarnado de la noche.

—Tienen alas sin plumas y vuelan bajo y muy deprisa; no se encuentran en nuestro mundo, pero sí en el cielo rojo que hay sobre el camino de Ghølheim.

—¿Y para qué narices necesito saberlo? Si no me va a hacer falta en la vida.

La señorita Lupescu hizo una mueca muy pronunciada con sus pálidos labios.

—¿En el idioma de los ángeles descarnados de la noche? —insistió.

Nad emitió el sonido que ella le había enseñado: un grito gutural, similar al de un águila.

—No está mal —dijo la mujer.

Nad deseó con todas sus fuerzas que Silas regresara pronto de su viaje.

—Últimamente he visto un enorme perro gris merodeando por el cementerio. Llegó el mismo día que usted. ¿Es suyo?

La señorita Lupescu se enderezó la corbata y contestó:

—No.

—¿Hemos terminado? —preguntó Nad.

—Por hoy, sí. Llévate estas listas y estúdiatelas para mañana.

Las listas estaban impresas con tinta de color morado, y desprendían un cierto olor a rancio. Nad se las llevó hasta lo alto de la colina y trató de concentrarse. Pero no había manera. Finalmente, dobló el papel y lo colocó debajo de una piedra.

Por lo visto, nadie quería jugar con él esa noche. Nadie quería jugar, ni charlar, ni correr, ni trepar a los árboles bajo la gigantesca luna estival.

Regresó a la tumba de los Owens, para exponerles sus quejas, pero la señora Owens no quería oír ni una palabra contra la señorita Lupescu por la sencilla —y, desde el punto de vista de Nad, a todas luces injusta— razón de que el mismísimo Silas la había escogido, y el señor Owens se limitó a encogerse de hombros y empezó a hablarle de sus tiempos como aprendiz de ebanista y de lo mucho que le habría gustado poder aprender todas esas cosas tan útiles que estaba aprendiendo Nad, lo cual, desde el punto de vista del niño, era aún peor que lo que le había dicho su madre.

—Y, a todo esto, ¿tú no deberías estar estudiando? —inquirió la señora Owens. Nad apretó los puños y no contestó.

Salió de allí refunfuñando y sintiéndose incomprendido y solo.

Siguió despotricando para sus adentros contra lo injusto de aquella situación mientras deambulaba por el cementerio dando patadas a las piedras. Divisó a lo lejos al enorme perro gris y lo llamó para ver si se acercaba y podía jugar con él, pero el animal seguía manteniendo las distancias; irritado, Nad le lanzó un puñado de barro, que fue a estamparse contra una lápida cercana, y lo dejó todo perdido de tierra. El gigantesco perro le lanzó una mirada de reproche y, a continuación, se alejó por entre las sombras, y desapareció.

El niño regresó por la cara suroeste de la colina para no pasar por la vieja capilla, porque ver, aunque fuera de lejos, el lugar donde ya no estaba Silas era lo que menos le apetecía en ese momento. Se detuvo junto a una tumba que reflejaba exactamente cómo se sentía él en aquel momento: estaba situada bajo un roble partido por un rayo, o lo que quedaba de él, un tronco muerto y negruzco que parecía una garra afilada de la propia colina; la tumba tenía, además, manchas de humedad y estaba rota, y a la estatua del ángel que adornaba la lápida le faltaba la cabeza y sus vestiduras semejaban un gigantesco y repugnante hongo.

Nad se sentó en la hierba para seguir compadecién-dose de sí mismo y odiar al mundo entero. Odiaba incluso a Silas, por haberse marchado y haberlo dejado allí solo. Al rato, cerró los ojos y se acurrucó entre la hierba y, poco a poco, se fue quedando dormido.

De camino hacia la colina, recorrían una calle el duque de Westminster, el honorable Archibald Fitzhugh y el obispo de Bath y Wells, deslizándose y saltando de sombra en sombra. De aspecto enjuto y apergaminado, todo tendones y cartílagos, vestidos con harapos, avanzaban a grandes zancadas, con aire furtivo, saltando por encima de los cubos de basura y amparándose en las sombras que proyectaban los setos.

Eran de baja estatura, como personas de talla normal que se hubieran encogido al exponerse a la luz del sol; hablaban entre sí en voz muy baja y decían cosas como:

—Si la preclara mente de Su Ilustrísima ha llegado a alguna conclusión sobre dónde nos encontramos ahora mismo, le agradecería que tuviera la amabilidad de decirlo. De lo contrario, sería mejor que mantuviese cerrada su hedionda bocaza.

Y:

—Lo único que intento explicarle a Su Señoría es que por aquí cerca hay un cementerio; lo estoy oliendo.

Y:

—Si Su Ilustrísima lo estuviera oliendo, yo lo olería también, pues, como es bien sabido, tengo la nariz más fina que Su Ilustrísima.

Y así conversaban mientras avanzaban a hurtadillas por los jardines del vecindario. Sin embargo, evitaron uno de dichos jardines.

—¡Chissst! ¡Perros! —susurró el honorable Archibald Fitzhugh, y corrieron por la tapia del jardín, como si fueran ratas del tamaño de un niño. Salieron a la calle principal, y subieron por la carretera que llevaba a lo alto de la colina. Por fin, llegaron a la tapia del cementerio, treparon por ella con la agilidad de una ardilla, y se pusieron a olisquear el aire.

—¿Dónde está el perro? —preguntó el duque de Westminster.

—¿El perro? No sé. Andará por aquí. Aunque yo no huelo a perro, propiamente dicho —replicó el obispo de Bath y Wells.

—Por si no lo recuerda, Su Ilustrísima tampoco olía este cementerio —dijo el honorable Archibald Fitzhugh—. No es más que un perro.

Los tres a una se bajaron de la tapia de un salto, y echaron a correr hacia la puerta de los *ghouls*, usando tanto los brazos como las piernas para impulsarse.

Al llegar a la tumba, junto al árbol partido por el rayo, se detuvieron.

—Pero ¿qué es esto que tenemos aquí? —preguntó el obispo de Bath y Wells.

—*Sapristi!*—exclamó el duque de Westminster.

En ese mismo instante Nad despertó.

Al ver aquellos tres rostros enjutos y apergaminados, pensó que tenía delante tres momias humanas, pero sus rasgos se movían y parecían muy interesados en él: los sonrientes labios dejaban al descubierto unos dientes mugrientos y afilados, ojos pequeños y brillantes, y una zarpa que se movía y tamborileaba.

—¿Quiénes sois? —inquirió Nad.

—Somos —contestó una de las criaturas (Nad reparó en que no eran mucho más altos que él)— gente muy principal, eso es. Éste es el duque de Westminster.

El más alto de los tres lo saludó con una inclinación de cabeza, y dijo:

—Tanto gusto.

—Y este de aquí es el obispo de Bath y Wells —continuó con las presentaciones el primero. El aludido, que sonreía mostrando sus afilados dientes y dejando colgar su larguísima y puntiaguda lengua, no tenía nada que ver con la idea que Nad se había hecho de lo que era un obispo; tenía la piel moteada y una mancha alrededor de uno de los ojos, lo que le daba cierto aire de pirata...

—Y yo tengo el honor de ser el honorable Archibald Fitzhugh. Para servirlo.

Las tres criaturas se inclinaron a un tiempo. Entonces el obispo de Bath y Wells dijo:

—Y bien, mozalbete, ¿qué es lo que te pasa? Y nada de trolas, recuerda que estás hablando con un obispo.

—Sí, dinos qué te pasa, cuéntanoslo —dijeron al unísono los otros dos.

De modo que Nad se lo contó. Les dijo que nadie quería jugar con él, que nadie le hacía caso, y que hasta su tutor lo había abandonado.

—¡Será posible! —exclamó el duque de Westminster al tiempo que se rascaba la nariz (una especie de pellejo que le rodeaba las fosas nasales)—. Lo que tienes que hacer es irte a otro lugar donde la gente sepa apreciarte.

—Pues no sé adónde —respondió Nad—. Además, no puedo salir del cementerio.

—Conozco un lugar en el que harás muchos amigos y todos querrán jugar contigo —le dijo el obispo, y dejó colgar de nuevo su larguísima lengua, como si fuera un perro—. Una ciudad llena de diversiones y de magia donde la gente te apreciaría en lugar de ignorarte.

—La señora que cuida de mí —dijo Nad— me prepara unas comidas asquerosas: sopa de huevo duro y cosas así.

—¡Comida! —exclamó el honorable Archibald Fitzhugh—. Precisamente, en el lugar al que nos dirigimos tienen la mejor comida del mundo. Mmm... se me hace la boca agua sólo de pensarlo.

—¿Puedo ir con vosotros? —preguntó Nad.

—¿Venir con nosotros? —repitió el duque de Westminster. Parecía escandalizado.

—No sea usted así, Su Ilustrísima —terció el obispo de Bath y Wells—. Tenga un poco de caridad. Mire qué carita tiene el pobre. Vaya usted a saber cuándo fue la última vez que comió decentemente.

—Yo voto por que venga con nosotros. En casa podremos ofrecerle una buena pitanza —dijo el honorable Archibald Fitzhugh dándose palmaditas en la tripa con expresión glotona.

—¿Y bien? ¿Te apuntas a la aventura, o prefieres desperdiciar el resto de tu vida quedándote aquí? —le preguntó el duque de Westminster señalando el cementerio con su huesudo dedo.

Nad pensó en la señorita Lupescu, en sus asquerosas comidas y sus aburridísimas listas, y respondió:

—Me apunto a la aventura.

Sus tres nuevos amigos no eran más altos que él, pero desde luego eran infinitamente más fuertes que cualquier niño. De pronto el obispo de Bath y Wells lo cogió en volandas y lo alzó por encima de su cabeza, mientras el duque de Westminster apretujaba un puñado de hierba y gritaba algo así como «Skagh! Thegh! Khavagah!» antes de arrancarlo. Entonces la losa que cubría la tumba se abrió como una trampilla.

—¡Vamos, deprisa! —urgió el duque.

El obispo de Bath y Wells lanzó a Nad al interior de la oscura fosa y, a continuación, saltaron él y el honorable Archibald Fitzhugh, seguidos por el duque de Westminster quien, una vez dentro, gritó «Wegh Khârados!», para cerrar la puerta de los ghouls.

Demasiado sorprendido aún para asustarse, Nad iba rodando como una piedra en la oscuridad, y mientras se preguntaba qué profundidad tendría aquel pozo, dos recias manos lo agarraron por las axilas y lo llevaron volando a través de las tinieblas.

Hacía años que Nad no experimentaba la oscuridad total. En el cementerio, podía ver en la oscuridad igual que ven los muertos, así que no había tumba ni cripta tan oscura que no pudiera ver nada. Pero ahora la oscuridad era completa y el viento le azotaba la cara mientras avanzaba entre sacudidas y empujones. Daba un poco de miedo, pero al mismo tiempo resultaba muy emocionante.

Y, de pronto, salieron a la luz, y todo cambió.

El cielo era rojo, pero no como el de una puesta de sol, sino de un rojo rabioso, violento, como el de una herida infectada. Por su parte, el sol era pequeño y parecía inerte y distante. Aquellos tres personajes y él descendían por una muralla, y hacía frío. De los laterales de dicha muralla sobresalían lápidas y estatuas, como si llevase empotrado en ella un enorme cementerio, y cual tres arrugados chimpancés vestidos con andrajosos trajes negros atados a la espalda, el duque de Westminster, el obispo de Bath y Wells y el honorable Archibald Fitzhugh se pusieron a saltar de estatua en lápida, pasándose a Nad de uno a otro, sin dejarlo caer en ningún momento, y atrapándolo siempre sin el menor esfuerzo, casi sin mirar.

Nad alzó la vista, tratando de localizar la tumba por la que habían entrado en aquel extraño mundo, pero sólo veía lápidas y más lápidas.

Se preguntó si todas esas tumbas, sobre las que se bamboleaban dejándolas atrás, serían también puertas para las criaturas que lo acompañaban...

—¿Adónde vamos? —preguntó, pero su voz se perdía en el viento.

75

Iban cada vez más deprisa. Un poco más arriba, Nad vio cómo se levantaba una estatua, y otras dos criaturas irrumpieron en aquel extraño mundo en el que el cielo era de color rojo. Una de ellas llevaba un harapiento vestido de seda que debía de haber sido blanco en algún momento, mientras que la otra criatura vestía un traje gris lleno de manchas y excesivamente largo, cuyas mangas hechas trizas colgaban en tétricos jirones. Nada más ver a Nad y a sus tres amigos, se dirigieron hacia ellos, salvando sin dificultad alguna los seis metros que los separaban.

El duque de Westminster emitió una especie de graznido e hizo como que se asustaba, y continuaron descendiendo los cuatro por la muralla de tumbas, con las otras dos criaturas pisándoles los talones. Ninguno de ellos parecía cansarse, ni siquiera jadeaban, y seguían avanzando sin cesar bajo la inerte mirada de aquel sol que, como un ojo muerto, los miraba desde el cielo sanguino. Por fin, llegaron hasta la gigantesca estatua de una criatura, cuya cara parecía una especie de hongo, y allí le presentaron a Nad al trigésimo tercer presidente de Estados Unidos y al emperador de China.

—He aquí a nuestro joven amigo Nad —dijo el obispo de Bath y Wells—. Quiere convertirse en uno de nosotros.

—Viene buscando comida de la rica —les explicó el honorable Archibald Fitzhugh.

—Pues te garantizo que cuando te conviertas en uno de nosotros podrás comer cuanto quieras, jovencito —le dijo el emperador de China.

—Cuanto quieras —repitió el trigésimo tercer presidente de Estados Unidos.

—¿Cuando me convierta en uno de vosotros? —preguntó Nad, desconcertado—. ¿Queréis decir que me voy a transformar en uno de vosotros?

—Rápido como un látigo, agudo como un alfiler, sí señor. Mucho habría que trasnochar para engañar a este chico —dijo el obispo de Bath y Wells—. En efecto, serás como nosotros; tan poderoso, tan veloz y tan invencible como nosotros.

—Tus dientes se volverán tan fuertes que podrás masticar huesos, y tu lengua se hará larga y afilada para que consiga extraer hasta la última gota de tuétano o cortar en filetes las rollizas mejillas de un morcón —le explicó el emperador de China.

—Podrás deslizarte entre las sombras sin que nadie te vea, sin que nadie sospeche siquiera tu presencia. Libre como el aire, veloz como el pensamiento, frío como la escarcha, duro como una garra, peligroso como... como nosotros —continuó el duque de Westminster.

—Pero ¿y si yo *no quiero* ser uno de vosotros? —inquirió Nad mirando a las extrañas criaturas.

—¿Si no quieres? ¡Qué tontería, pues claro que quieres! ¿Acaso existe algo mejor? No creo que haya nadie en el universo que no esté deseando ser exactamente como nosotros.

—Tenemos la mejor ciudad...

—Ghølheim —dijo el trigésimo tercer presidente de Estados Unidos.

—La mejor vida, las mejores viandas...

—¿Tienes idea —los interrumpió el obispo de Bath y Wells— de lo delicioso que es el icor que se posa en el fondo de los ataúdes de plomo? ¿O de cómo se siente uno siendo mil veces más importante que cualquier rey o reina, que cualquier presidente, primer ministro o héroe, y saber todo esto sin ningún tipo de duda, del mismo modo que sabes que una persona es más importante que una col de Bruselas?

—Pero ¿vosotros qué sois? —preguntó Nad.

—*Ghouls* —respondió el obispo de Bath y Wells—. ¡Somos *ghouls*! Este chico está en Babia...

—¡Eh, mirad!

Por debajo de ellos, toda una *troupe* de extrañas criaturillas corrían y saltaban alegremente en dirección al camino que había un poco más abajo y, sin darle tiempo a Nad a decir ni mu, un par de manos huesudas lo agarraron y lo llevaron volando a trompicones hacia donde estaban los demás.

Al final de la muralla de tumbas había un camino —absolutamente nada más que un camino— que atravesaba un desierto en el que no se veía otra cosa que huesos y rocas, y ese camino serpenteaba hasta una ciudad situada muchos kilómetros más allá, arriba de todo de un altísimo cerro de roca roja.

Nad alzó la vista hacia la ciudad y se horrorizó; se apoderó de él una sensación entre la repulsión y el miedo, entre la indignación y el odio, todo ello sazonado con una buena dosis de pavor.

Los *ghouls* no construyen nada; tan sólo son parásitos que se alimentan de carroña. Llegaron a la ciudad a la que llaman Ghølheim hace mucho tiempo, pero ya existía entonces; no la construyeron ellos. Nadie sabe (ni ha sabido nunca) quiénes levantaron aquellos edificios, excavados en la misma roca y provistos de túneles y torres. Lo que estaba claro es que había que ser un *ghoul* para querer vivir en un lugar así; cualquier otra criatura no se atrevería ni a acercarse.

Incluso desde el camino de Ghølheim, estando aún a muchos kilómetros de distancia de la ciudad, Nad se dio cuenta de que ésta era un verdadero despropósito arquitectónico: los muros se inclinaban sin orden ni concierto, y el conjunto en sí era la suma de todas sus pesadillas hecha realidad. Parecía una gigantesca bocaza con los dientes torcidos. Nadie construiría algo así a menos que hubiera planeado de antemano abandonarla tan pronto como estuviera terminada; era como si sus artífices hubieran dejado impresos en la piedra todos sus miedos, todos sus delirios y todas sus fobias. Los *ghouls* simplemente la encontraron, les gustó y la convirtieron en su hogar.

Debe tenerse en cuenta que los *ghouls* se desplazan deprisa, de modo que, como un enjambre, avanzaban por aquel camino en mitad del desierto con la premura de un buitre, mientras Nad —mareado, muerto de miedo y angustia y sintiéndose tonto de remate— iba de aquí para allá, sostenido por las recias manos de los *ghouls*.

Si se miraba hacia el inhóspito cielo rojo, se distinguían unas criaturas, de grandes alas negras, que volaban en círculos.

—¡Cuidado —advirtió el duque de Westminster—, ponedlo a cubierto! No quiero que los ángeles descarnados de la noche nos lo roben. ¡Malditos salteadores de caminos!

—¡Sí! ¡Nosotros odiamos a los salteadores de caminos! —gritó el emperador de China.

«Los ángeles descarnados de la noche vuelan por el cielo rojo que hay sobre el camino de Ghølheim...», se dijo Nad que, llenándose los pulmones de aire, gritó tal como le había enseñado la señorita Lupescu: un grito gutural similar al de un águila.

Una de las aladas criaturas descendió hacia ellos, pero se quedó a medio camino y continuó volando en círculos, así que Nad volvió a gritar. Uno de los *ghouls* le tapó la boca:

—Una idea genial, atraerles hacia aquí —dijo el honorable Archibald Fitzhugh—, pero, créeme, no hay quien les hinque el diente, a no ser que los tengas un par de semanas asándose a fuego lento. Y, además, no traen más que problemas. Simplemente, no nos mezclamos con ellos, ¿estamos?

El ángel descarnado se elevó de nuevo en el reseco aire del desierto para ir a reunirse con los suyos, y Nad vio esfumarse todas sus esperanzas.

El duque de Westminster se echó al niño sobre los hombros sin demasiadas ceremonias, y los *ghouls* aceleraron la marcha para llegar cuanto antes a la ciudad situada en lo alto del cerro.

Al fin, el inerte sol se ocultó, y en el cielo se elevaron dos lunas: una muy grande y blanca, llena de agujeros, que al principio ocupaba la mitad del horizonte pero iba disminuyendo de tamaño a medida que ascendía, y otra más pequeña, del mismo color verdiazulado que los mohos del queso, cuya salida fue muy celebrada por los *ghouls*. Al cabo de un rato éstos se detuvieron y acamparon a un lado del camino.

Uno de los últimos en añadirse al grupo (a Nad le pareció que se trataba del que le habían presentado como «Victor Hugo, el famoso escritor») se puso a vaciar un saco que contenía leña (en algunos de los maderos se apreciaban aún bisagras o pomos) y un encendedor metálico, y en un momento prendió una buena hoguera alrededor de la cual se sentaron a descansar. Los *ghouls* contemplaron la luna verdiazulada y, a continuación, se enzarzaron en una pelea, insultándose unos a otros e incluso mordiéndose o clavándose las uñas, para ver quién se quedaba con los mejores sitios junto al fuego.

—Nos acostaremos temprano y, al caer la luna, saldremos hacia Ghølheim —dijo el duque de Westminster—. Ya sólo nos quedan por delante unas nueve o diez horas; deberíamos estar allí cuando vuelva a salir la luna. Y entonces haremos una fiesta, ¿eh? ¡Te transformarás en uno de los nuestros y lo celebraremos!

—No sentirás ningún dolor —lo tranquilizó el honorable Archibald Fitzhugh—. No es para tanto, ya lo verás; y piensa en lo feliz que serás después.

Entonces todos se pusieron a contarle historias sobre lo maravilloso que es ser un *ghoul*, y las cosas que habían llegado a masticar con sus potentes dientes. Además, eran inmunes a cualquier clase de enfermedad, le informó una de aquellas criaturas. ¡Qué caramba, a ellos les daba igual de qué hubiera muerto su cena; la engullían y listo! También le hablaron de los sitios en los que habían estado, en su mayoría catacumbas y fosas comunes de la peste negra. («Los restos de esas fosas son un manjar exquisito», afirmó el emperador de China, y todos los demás le dieron la razón.) Asimismo le contaron cómo habían cambiado sus nombres y cómo él, una vez convertido en un anónimo *ghoul*, también tendría que adoptar un nuevo nombre, igual que hicieron ellos después de haber tomado el plato fuerte de su primer ágape siendo *ghouls*.

—Pero yo no quiero convertirme en uno de vosotros —se quejó Nad.

—De un modo u otro —replicó el obispo de Bath y Wells, muy alegre—, lo harás. El otro modo es más sucio, pues implica tener que ser digerido, y la verdad es que apenas vives el tiempo suficiente para disfrutarlo.

—Bueno, no hablemos ahora de cosas desagradables —terció el emperador de China—. Ser un *ghoul* es lo mejor. ¡No tememos a nada ni a nadie!

Y todos ellos, sentados alrededor de la hoguera hecha con restos de ataúdes, acogieron esta declaración con aullidos de entusiasmo y se pusieron a cantar y a alardear de lo sabios y poderosos que eran, y de lo fantástico que era no temer a nada ni a nadie.

De pronto se oyó un ruido a lo lejos, un aullido que

parecía provenir del desierto, y los *ghouls* se acercaron aún más al fuego, murmurando inquietos.

—¿Qué ha sido eso? —preguntó Nad.

Todos menearon negativamente la cabeza y uno de ellos le respondió:

—Nada, algo que anda merodeando por el desierto. Pero ¡silencio! ¡Nos va a oír!

Y los *ghouls* guardaron silencio unos minutos, hasta que se olvidaron de que había alguien en el desierto, y entonces se pusieron a cantar canciones llenas de malas palabras y peores sentimientos. La más popular de éstas no hacía sino enumerar las partes más suculentas de un cadáver putrefacto, y explicar en qué orden debían ser comidas.

—Quiero volver a casa —exigió Nad, una vez que acabaron la canción—. No quiero quedarme aquí.

—Deja de resistirte, pequeño —dijo el duque de Westminster—. Te prometo que cuando te conviertas en uno de nosotros no volverás a acordarte de tu casa.

—Yo no recuerdo absolutamente nada de mi vida anterior —aseguró Victor Hugo, el famoso escritor.

—Ni yo —confirmó el emperador de China con orgullo.

—Nada de nada —dijo el trigésimo tercer presidente de Estados Unidos.

—Serás miembro de una elite formada por las criaturas más inteligentes, más fuertes y más valientes de todos los tiempos —añadió con jactancia el obispo de Bath y Wells.

A Nad no le impresionaban demasiado el coraje ni la inteligencia de los *ghouls*. Pero eran fuertes, eso sí, y se movían con una rapidez sobrehumana, y él estaba justo en el centro del grupo. Huir era, simplemente, imposible; lo atraparían de inmediato.

A todo esto, allá a lo lejos, se oyó otro aullido, y los *ghouls* volvieron a apiñarse alrededor del fuego. Nad los oía maldecir por lo bajo. Cerró los ojos, echaba de menos su casa y estaba muy abatido; no quería convertirse en un *ghoul*. Estaba convencido de que en esas condiciones no iba a poder pegar ojo en toda la noche, pero al fin logró dormir dos o tres horas.

Un ruido airado, atronador y cercano lo despertó. Era la voz de alguien que preguntaba:

—Y bien, ¿dónde están? ¿Eh?

Nad abrió los ojos y vio que era el obispo de Bath y Wells, que le gritaba al emperador de China. Al parecer, dos miembros del grupo habían desaparecido en plena noche, se habían evaporado sin más, y nadie se explicaba cómo había podido ocurrir. Los demás *ghouls* tenían los nervios de punta. Así que levantaron el campamento a toda prisa, y el trigésimo tercer presidente de Estados Unidos levantó en volandas a Nad y se lo echó al hombro.

Bajo un cielo del color de la mala sangre, los *ghouls* descendieron a toda prisa por el barranco y volvieron al camino de Ghølheim. Aquella mañana no parecían tan contentos, ni mucho menos. Más bien daba la impresión de que estaban huyendo de algo (o eso intuía Nad).

Hacia el mediodía, cuando el inerte sol se hallaba en su punto más alto, los *ghouls* se detuvieron y formaron corro. Un poco más lejos se veían varias decenas de ángeles descarnados de la noche que volaban en círculos a gran altura, planeando en las corrientes térmicas.

Los *ghouls* estaban divididos: unos creían que sus dos compañeros habían desaparecido sin más, y otros, por el contrario, creían que algo —probablemente los ángeles descarnados de la noche— se los habían llevado. No lograron ponerse de acuerdo en nada, excepto en que

debían armarse con piedras por si aquellas terribles criaturas descendían sobre ellos. De modo que se fueron lle-
nando los bolsillos con las piedras que encontraban por
el camino.

De súbito se oyó un aullido en el desierto, a su izquierda, y los *ghouls* entrecruzaron las miradas. Sonaba
más potente que la noche anterior, y más cercano; era similar al aullido de un lobo.

—¿Habéis oído eso? —preguntó el alcalde de Londres.

—No —dijo el trigésimo tercer presidente de Estados
Unidos.

—Yo, tampoco —corroboró el honorable Archibald
Fitzhugh.

Otro aullido.

—Hemos de llegar a casa cuanto antes —urgió el duque de Westminster sopesando en la mano un tremendo
pedrusco.

Tenían frente a sí el altísimo cerro sobre el que se
asentaba la apocalíptica ciudad de Ghølheim, y los *ghouls*
estaban impacientes por llegar a ella.

—¡Cuidado! ¡Nos atacan los ángeles descarnados de
la noche! —gritó el obispo de Bath y Wells—. ¡Lanzad
las piedras contra esas sanguijuelas!

En ese preciso instante, Nad lo veía todo al revés,
pues iba cabeza abajo sobre el hombro del trigésimo tercer presidente de Estados Unidos, tragándose, además, el
polvo del camino. Pero oía gritos, similares a los de un
águila y, una vez más, pidió auxilio en la lengua de los
ángeles descarnados de la noche. Nadie intentó silenciar-
lo esta vez, pero tampoco estaba muy seguro de que lo
hubieran oído entre el guirigay de las criaturas aladas y
las blasfemias que proferían los *ghouls* mientras les
arrojaban piedras.

Nad oyó de nuevo el aullido, sólo que ahora procedía del otro lado, a su derecha.

—Esos malnacidos están por todas partes —comentó el duque de Westminster, pesimista.

El trigésimo tercer presidente de Estados Unidos bajó a Nad del hombro y se lo pasó a Victor Hugo, el famoso escritor, que metió al niño en su saco y se lo echó a la espalda. Nad se alegró al comprobar que el interior del saco no olía más que a leña y a polvo.

—¡Se están batiendo en retirada! —gritó uno de los *ghouls*—. ¡Mirad cómo huyen!

—Pierde cuidado —dijo una voz que Nad creyó identificar como la del obispo de Bath y Wells—. Todo este jaleo se acabará en cuanto entremos en Ghølheim. ¡Es inexpugnable; es Ghølheim!

Nad no sabía a ciencia cierta si algunos *ghouls* habían resultado muertos o heridos en la refriega con los ángeles descarnados de la noche. Aunque sí sospechaba, por las maldiciones que le había oído lanzar al obispo de Bath y Wells, que muchos de ellos habían huido.

—¡Aprisa! —gritó una voz que parecía la del duque de Westminster, y los *ghouls* echaron a correr. Nad iba muy incómodo en el interior del saco; se iba dando golpes contra la espalda de Victor Hugo, el famoso escritor, y de vez en cuando incluso se golpeaba contra el suelo. Por si estar atrapado dentro de un saco no fuera lo suficientemente incómodo, Nad tenía que compartir aquel reducido espacio con varios leños, además de los tornillos, clavos y otras piezas punzantes —restos de los ataúdes— que sobresalían de ellos. De hecho, había un tornillo que se le clavaba en la mano.

Pese a los golpes, las sacudidas y el zarandeo, Nad logró coger aquella pieza que le pinchaba la mano derecha y la tanteó hasta encontrar la punta. Armándose de valor

85

y aferrado a la poca esperanza que le quedaba, Nad se puso a perforar la tela del saco con el tornillo, metiéndolo y sacándolo alternativamente para practicar un agujero.

Alguien volvió a aullar de nuevo, esta vez a su espalda. Nad pensó que algo que atemorizaba a los *ghouls* de ese modo tenía que ser por fuerza verdaderamente terrorífico, y dejó de horadar la tela, porque ¿y si se caía del saco e iba a parar directo a las fauces de alguna bestia diabólica? Aunque bien mirado, se dijo, si moría en ese instante, al menos moriría siendo él, con sus recuerdos intactos, sabiendo quiénes eran sus padres, quién era Silas e incluso quién era la señorita Lupescu.

Menos da una piedra.

Nad continuó, pues, perforando el saco, pinchando la tela con el tornillo y ahuecando los hilos hasta que logró hacer otro agujero.

—¡Vamos, camaradas! —gritó el obispo de Bath y Wells—. ¡Unos cuantos escalones más y estaremos a salvo en nuestra amada Ghølheim!

—¡Bien dicho, Ilustrísima!—exclamó otro, probablemente el honorable Archibald Fitzhugh.

Nad detectó un cambio en los movimientos de sus captores. Ya no avanzaban de forma continua, sino que se movían en dos tiempos: primero subían y, a continuación, caminaban unos metros, luego volvían a subir, y seguían caminando.

Nad hurgó con el dedo en uno de los agujeros del saco para poder echar un vistazo al exterior. Divisó en lo alto el opresivo cielo rojo, y abajo...

... abajo seguía viendo la arena del desierto, sólo que ahora quedaba a más de cien metros de distancia. Justo detrás de ellos, había unos escalones que parecían hechos a la medida de un gigante, a la derecha, la pared de roca, y a la izquierda, un precipicio; era evidente que Ghølheim, que le era imposible contemplar desde el interior del saco, se hallaba al frente. Decididamente, tendría que dejarse caer recto, sobre los escalones, y confiar en que los *ghouls*, desesperados por entrar en la ciudad cuanto antes para ponerse a salvo, no lo vieran escapar. Distinguió también a los ángeles descarnados de la noche que continuaban volando en círculos en lo alto del cielo sanguino.

Por suerte, no había ningún *ghoul* detrás de él, puesto que Victor Hugo, el famoso escritor, iba en último lugar, y no tenía a nadie detrás que advirtiera que el agujero del saco se iba haciendo cada vez más grande, ni viera a Nad cuando lograra salir.

Pero había algo más...

A todo esto, Nad rebotó contra uno de los laterales del saco y cayó de lado, lejos del agujero. Pero tuvo tiempo de ver una cosa enorme y gris que les iba pisando los talones. Y gruñía que daba miedo.

87

Había una singular expresión que el señor Owens solía emplear cuando tenía que elegir entre dos cosas igualmente desagradables: «Estoy entre el diablo y el profundo mar azul», decía. Nad se había preguntado muchas veces por el significado de aquella expresión, pues en todos los años que llevaba viviendo en el cementerio, nunca había visto al diablo ni el profundo mar azul.

«Estoy entre los *ghouls* y el monstruo», pensó el niño.

Y, mientras asumía la situación, unos afilados colmillos desgarraron la tela del saco, y Nad cayó sobre los escalones de piedra, donde se encontró cara a cara con un inmenso animal de pelo gris, como un perro aunque mucho más grande, que gruñía con fiereza y babeaba por las comisuras de la boca; tenía unos ojos que parecían de fuego, los colmillos blancos y unas pezuñas descomunales. El animal jadeaba y lo miraba fijamente.

Los *ghouls* se detuvieron a escasos metros de él.

—¡Por los cuernos de Belcebú! —exclamó el duque de Westminster—. ¡Ese perro del averno tiene al maldito niño!

—Pues que se lo quede —dijo el emperador de China—. ¡Corred!

Los *ghouls* echaron a correr como alma que lleva el diablo. Aquella escalera tenía que haber sido construida por gigantes, a Nad no le cabía ya la menor duda, pues no había un solo escalón que no fuera más alto que él. Los *ghouls* se alejaban a toda prisa y no miraban atrás más que para hacerle gestos obscenos al animal y, probablemente, también a Nad.

La fiera seguía sin moverse de su sitio.

«Me va a comer —se dijo el niño—; bien hecho, Nad». Y le vino a la memoria su casa del cementerio, pero se dio cuenta de que ya no recordaba por qué se había marchado de allí. Con perro monstruoso o sin perro monstruoso, tenía que regresar a su casa al menos otra vez; había gente esperándolo allí.

Así pues, pasó por delante de la fiera y saltó el escaso metro y medio que lo separaba del escalón inmediatamente anterior, pero con tan mala suerte que se torció el tobillo y cayó al suelo, gritando de dolor.

Entonces oyó a la fiera, que se le aproximaba a todo correr, y trató de escapar; intentó ponerse de pie, pero le dolía tanto el tobillo que le era imposible apoyar el talón en el suelo, y volvió a caer sin poder evitarlo. No obstante, esta vez se derrumbó fuera del escalón, hacia el lado opuesto a la pared de roca, es decir, por el precipicio, y la distancia que lo separaba del suelo era tan atroz, que no alcanzaba a imaginar siquiera cuántos metros habría...

Mientras caía al vacío, oyó una voz que provenía del lugar donde había visto a la fiera por última vez. Sin duda alguna, era la voz de la señorita Lupescu, que exclamaba: «¡Oh, no! ¡Nad!»

Era exactamente igual que en esos sueños en los que uno cae al vacío; Nad notaba el mismo vértigo, el mismo terror. Tenía la sensación de que en su mente no había sitio más que para un pensamiento, así que la idea de «El perrazo gris era en realidad la señorita Lupescu» competía por ese puesto con esta otra «Cuando me estampe contra el suelo, me voy a convertir en puré».

De pronto sintió que algo lo envolvía y lo acompañaba en la caída y, al cabo de unos instantes, oyó el batir de unas alas sin plumas y todo se ralentizó de inmediato. El tan temido impacto contra el suelo dejó de parecerle inminente.

Las alas batieron con más fuerza; de inmediato comenzaron a ascender y el único pensamiento que ocupaba ahora la mente de Nad era: «¡Estoy volando!». Y, efectivamente, volaba. Se volvió a mirar y vio una cabeza de color marrón oscuro, calva como una bola de billar, provista de dos ojos profundos y relucientes como esferas de cristal negro muy bruñido.

El niño volvió a pedir auxilio en la lengua de los ángeles descarnados de la noche, y el ángel descarnado sonrió y le respondió con una especie de ululato. Parecía satisfecho.

Acto seguido, tuvo lugar un descenso súbito y vuelta a disminuir la velocidad, hasta que por fin tocaron tierra con un ruido sordo. Nad intentó ponerse en pie, pero el tobillo le falló una vez más y cayó al suelo, recibiendo el aguijonazo de la arena arrastrada por el fuerte viento del desierto.

El ser volador se posó en el suelo, al lado de Nad, con las alas plegadas hacia atrás. Como el niño se había criado en un cementerio, estaba acostumbrado a ver imágenes de seres alados, pero los ángeles de los monumentos funerarios no se parecían en nada a aquella criatura.

Entonces un formidable animal de pelo gris, una especie de perro gigantesco, atravesó el desierto que se extendía a los pies de Ghølheim.

Y el perro habló, pero la voz era la de la señorita Lupescu:

—Con ésta ya son tres las veces que los ángeles descarnados de la noche te salvan la vida. La primera fue cuando pediste ayuda; ellos te oyeron y vinieron a avisarme y a indicarme dónde estabas. La segunda fue anoche cuando te quedaste dormido junto a la hoguera; ellos volaban en círculos por encima de vosotros, y oyeron a dos *ghouls* que decían que les traías mala suerte y que sería mejor machacarte los sesos con una piedra y dejarte en algún lugar donde te pudieran localizar más tarde, cuando estuvieras convenientemente podrido, y darse un buen banquete a tu costa. Los ángeles descarnados de la noche se ocuparon de resolver el asunto con la mayor discreción. Y ahora, esto.

—Se… señorita Lupescu…

La fiera inclinó la cabeza y la acercó a la de Nad y, durante un agónico y pavoroso instante, él pensó que se lo iba a zampar de un bocado, pero lo que le dio fue un cariñoso lametón en la cara.

—¿Te duele el tobillo?

—Sí. No puedo apoyar el pie.

—Pues vamos a ver cómo te subimos a mi lomo —dijo el formidable animal de pelo gris que resultó ser la señorita Lupescu.

Habló con el ángel descarnado de la noche en su lengua, y la criatura se acercó y ayudó a Nad a subirse al lomo de la señorita Lupescu.

—Agárrate a mi pellejo. Agárrate fuerte. Eso es, y

ahora di lo mismo que yo... —Y la señorita Lupescu profirió un agudo chillido.

—¿Y qué significa eso?

—Gracias o adiós. Depende.

Nad imitó el sonido lo mejor que pudo, y el ángel descarnado de la noche se rio. A continuación la criatura emitió un sonido similar, desplegó sus enormes alas coriáceas, echó a correr en dirección al viento, aleteando con fuerza hasta que la corriente lo arrastró, y ascendió, igual que una cometa.

—Y ahora, haz lo que ya te he dicho: agárrate muy fuerte —ordenó el animal, que era en realidad la señorita Lupescu, y salió como una flecha.

—¿Vamos hacia la muralla de tumbas?

—¿A las puertas de los *ghouls*? No, no. Ésas son sólo para los *ghouls*. Yo soy un sabueso de Dios y viajo por un camino especial que pasa por el infierno.

Y a Nad le pareció que ahora el perro corría aún más deprisa.

La luna grande se elevó en el cielo, seguida de la más pequeña y, poco después, se les unió una tercera luna de color rubí; el lobo gris siguió corriendo a través del desierto sembrado de huesos.

Por fin se detuvo frente a un edificio de arcilla medio en ruinas, como una gigantesca colmena, situado junto a un pequeño manantial de agua que brotaba de la roca y caía en una minúscula charca para, finalmente, desaparecer. Una vez allí el animal inclinó la cabeza y bebió, y Nad cogió un poco de agua con las manos y se la bebió a pequeños sorbos.

—Ésta es la frontera —dijo la fiera, que era en realidad la señorita Lupescu.

Nad contempló el cielo: las tres lunas habían desaparecido. Pero ahí estaba la Vía Láctea, más nítida y res-

91

plandeciente que nunca. Todo el firmamento estaba plagado de estrellas.

—¡Qué bonitas! —exclamó Nad.

—Cuando lleguemos a casa —dijo la señorita Lupescu—, te enseñaré los nombres de las estrellas y de sus constelaciones.

—Me encantaría aprenderlos —admitió Nad.

El niño trepó de nuevo al inmenso lomo gris de su profesora, enterró la cara en el pelo, y se agarró con fuerza, y en tan sólo unos segundos —o eso le pareció— se plantaron en el cementerio, caminando entre las tumbas en dirección a la que habitaban los Owens.

—Se ha torcido el tobillo —dijo la señorita Lupescu.

—Ángel mío, pobrecito —replicó la señora Owens al tiempo que cogía en brazos a Nad y lo mecía entre sus fuertes, aunque incorpóreos, brazos—. No diré que no me has tenido preocupada, porque sería mentira. Pero ahora ya estás aquí, y eso es lo único que importa.

Al cabo de unos minutos Nad se encontraba perfectamente cómodo y seguro bajo tierra, en su casa, con la cabeza apoyada en su almohada. Estaba rendido y, nada más cerrar los ojos, quedó sumido en un profundo y dulce sueño.

El tobillo izquierdo de Nad se había hinchado mucho y estaba amoratado. El doctor Trefusis (1870-1936. «Dios lo tenga en su gloria.») lo examinó y dictaminó que no era más que un esguince. La señorita Lupescu se acercó a la farmacia y le trajo una tobillera elástica, y Josiah Worthington, baronet, a quien enterraron con su elegante bastón de ébano, insistió en prestárselo a Nad, que se lo pasó como un enano caminando con el bastón y fingiendo que era un anciano centenario.

Nad subió la colina renqueando y, de debajo de una piedra, sacó un papel doblado que rezaba:

Los sabuesos de Dios

Estaba impreso en tinta de color morado y era el primer elemento de una lista.

Las criaturas a las que los mortales llaman «hombres lobo» o «licántropos» se autodenominan «sabuesos de Dios», pues sostienen que su transformación es un don del Creador, y ellos le corresponden con su tenacidad, ya que son capaces de perseguir a un ser malvado hasta las mismísimas puertas del infierno.

Nad asintió y pensó: «Y no sólo a un ser malvado».

Leyó la lista hasta el final, esforzándose en memorizarlo todo, y después bajó hasta la vieja capilla, donde la señorita Lupescu lo esperaba con una empanada de carne y una gigantesca bolsa de patatas fritas que había comprado en una tienda que había al pie de la colina. También llevaba un montón de listas nuevas impresas, como de costumbre, en tinta de color morado.

Compartieron la bolsa de patatas y, en una o dos ocasiones, ella incluso sonrió.

Silas regresó hacia finales de mes. Sujetaba su maletín negro con la mano izquierda, y el brazo derecho lo tenía completamente rígido. Pero era Silas, y Nad se alegraba de volver a verlo, y se alegró mucho más al descubrir que le había traído un regalo: una reproducción en miniatura del Golden Gate de San Francisco.

Cuando llegó casi la medianoche, aunque la oscuridad no era completa todavía, los tres se sentaron en lo alto de la colina, con las luces de la ciudad a sus pies.

93

—Espero que haya ido todo bien mientras he estado ausente —dijo Silas.

—¡He aprendido un montón de cosas! —exclamó Nad, sin soltar su regalo, y señaló el firmamento—. Eso de ahí es Orión, el Cazador, y su cinturón de tres estrellas. Y esa otra es Tauro, el Toro.

—Muy bien, muy bien —aprobó Silas.

—¿Y tú? —preguntó Nad—. ¿Has aprendido algo nuevo mientras has estado fuera?

—¡Oh, claro que sí! —replicó su tutor sin entrar en detalles.

—Pues yo, también —intervino la señorita Lupescu—. Yo también he aprendido algunas cosas que no sabía.

—Magnífico —repuso Silas. Y acto seguido se oyó el ulular de un búho que estaba posado en la rama de un roble—. El caso es que me han llegado algunos rumores de que hace unas semanas los dos estuvisteis en cierto lugar al que yo no habría podido seguiros. En otras circunstancias, os aconsejaría que anduvierais con cuidado, pero, a diferencia de otras criaturas, los *ghouls* olvidan enseguida.

—No ha pasado nada. La señorita Lupescu cuidó de mí todo el tiempo, y no corrí peligro en ningún momento —lo tranquilizó Nad.

La señorita Lupescu lo miró y se le iluminó la cara; luego desvió la vista hacia Silas y le dijo:

—Hay tantas cosas que podría enseñarle aún. Es posible que vuelva el verano que viene a darle algunas clases.

Observando a la señorita Lupescu, Silas alzó una ceja y, a continuación, observó a Nad.

—Me encantaría —dijo el niño.

«Dicen que hay una bruja enterrada aquí.»

Capítulo 4

La lápida de la bruja

Era de dominio público que había una bruja enterrada en el límite sur del cementerio. La señora Owens siempre le advertía a Nad que no debía acercarse por allí bajo ningún concepto.

—¿Por qué? —le preguntó un día Nad.

—No es lugar seguro para quien posea un alma mortal —respondió la señora Owens—. En los confines del mundo hay mucha humedad. Aquello es casi una marisma, y no encontrarás otra cosa que la muerte.

El señor Owens, por su parte, tenía mucha menos imaginación que su esposa y solía responderle de forma más evasiva.

—No es un sitio muy recomendable —fue todo cuanto le dijo.

El cementerio propiamente dicho terminaba justo al pie de la colina, bajo el viejo manzano, y estaba cercado por una herrumbrosa verja, cuyas rejas acababan en punta; pero más allá se extendía un erial plagado de malas hierbas, ortigas, zarzas y hojas secas, y Nad, que era en esencia un niño bueno y obediente, nunca intentó colarse allí por entre las rejas, aunque solía situarse detrás de éstas para contemplarlo. Sabía que en aquel lugar había una historia, cuyos detalles le habían ocultado siempre, y eso lo irritaba.

Nad subió hasta la iglesia abandonada, situada en el centro del cementerio, y esperó a que oscureciera. Cuando unas luces de color púrpura en el cielo anunciaban la caída de la noche, oyó un ruido en lo alto de la torre, algo como el rumor de una capa de grueso terciopelo, y vio que Silas había dado por concluido su descanso en el campanario y descendía hasta el suelo.

—¿Qué hay allá al fondo —le preguntó Nad—, más allá de Harrison Westwood, panadero de este concejo, y sus esposas, Marion y Joan?

—¿Por qué lo preguntas? —inquirió su tutor, mientras se sacudía con las marfileñas manos el polvo que se le había adherido a su traje negro.

Nad se encogió de hombros y replicó:

—Simple curiosidad.

—Ese suelo está sin consagrar. ¿Sabes lo que significa eso?

—Creo que no.

Silas avanzaba por el sendero sin perturbar en modo alguno las hojas secas que encontraba a su paso y, finalmente, ambos se sentaron en el banco de piedra.

—Hay quien piensa —comenzó a explicarle con esa suavidad suya tan característica— que toda tierra es sagrada; que ya lo era antes de llegar nosotros y seguirá siéndolo cuando nos hayamos ido. Pero aquí, en esta tierra en la que vives ahora, es costumbre bendecir las iglesias y, en torno a ellas, el terreno destinado a enterrar a los muertos. Sin embargo, en la parte más alejada, dejan siempre una zona sin consagrar para enterrar a los criminales, a los suicidas y a cualquiera que no profese su misma fe.

—¿Quieres decir que todos los que están enterrados en esa parte eran malos?

—Mmm. ¡Oh, no, ni mucho menos! Veamos, hace tiempo que no me doy una vuelta por ahí, pero tampoco recuerdo que hubiera nadie especialmente malvado. Ten en cuenta que antiguamente colgaban a la gente por robar un simple chelín. Por otra parte, siempre ha habido personas que, creyendo que su vida se ha vuelto más difícil y dolorosa de lo que son capaces de soportar, llegan a la conclusión de que lo único que pueden hacer es adelantar su partida de este mundo.

—Quieres decir que se suicidan, ¿no? —preguntó Nad. Por aquel entonces el niño contaba unos ocho años, miraba con perspicacia y no tenía un pelo de tonto.

—Eso es.

—¿Y da resultado? Quiero decir: después de muertos, ¿son más felices?

Silas reaccionó ante la ingenuidad del niño con una sonrisa tan espontánea y tan amplia, que dejó asomar los colmillos por las comisuras de los labios.

—Algunas veces. Pero por lo general, no. Les sucede lo mismo a aquellos que creen que marchándose a otro lugar serán más felices; tarde o temprano acaban descubriendo que no es así como funcionan las cosas. Por muy lejos que te vayas, nunca conseguirás huir de ti mismo. No sé si entiendes lo que quiero decir.

—Más o menos.

Silas se inclinó y le revolvió el cabello con la mano.

—¿Y qué me dices de la bruja? —preguntó el niño.

—¡Ah, claro, eso es —replicó Silas—: suicidas, criminales y brujas! Todos los que murieron sin confesar sus pecados.

Silas se puso en pie de nuevo; semejaba una sombra de medianoche en mitad del crepúsculo.

—Con tanta charla casi me olvido de que todavía no he desayunado —comentó—. Y tú llegas tarde a tus clases.

Entre las crecientes sombras del cementerio, tuvo lugar una implosión silenciosa, un susurro de oscuridad envuelta en terciopelo; Silas se había esfumado.

La luna empezaba a ascender en el cielo cuando Nad llegó al mausoleo del señor Pennyworth. Thomes Pennyworth («Aquí yace en la certeza de la más gloriosa resurrección.») lo estaba esperando ya, y no parecía de muy buen humor.

—Llegas tarde —lo reprendió.

—Lo siento, señor Pennyworth.

El aludido chasqueó la lengua. La semana anterior, las lecciones del señor Pennyworth habían girado en torno a los elementos y los humores, pero Nad seguía confundiendo los unos con los otros. Creía que aquella noche tocaba examen pero, en lugar de eso, su maestro le anunció:

—Creo que ha llegado el momento de dejar las clases teóricas a un lado por unos días y centrarnos en cuestiones más prácticas. A fin de cuentas el tiempo vuela.

—¿En serio?

—Eso me temo, jovencito. Veamos, ¿qué tal vas con la Desaparición?

Hasta ese momento, Nad albergaba la secreta esperanza de no tener que responder a aquella pregunta.

—Bien, bien —dijo—. Bueno. Ya sabe…

—No, señor Owens. No lo sé. ¿Qué tal si me haces una demostración?

A Nad se le cayó el alma a los pies. No obstante, cogió aire y se esmeró cuanto pudo: entornó los ojos y trató de desaparecer.

El señor Pennyworth no parecía muy satisfecho.

—¡Bah! Esperaba algo más, francamente. Esperaba mucho más. Deslizamiento y Desaparición, ésas son las facultades que definen a un muerto. Nos deslizamos por entre las sombras; desaparecemos para trascender los sentidos. Inténtalo de nuevo.

Nad lo intentó poniendo aún más ahínco.

—Sigues siendo tan perceptible como esa nariz que sobresale en medio de tu cara —dijo el señor Pennyworth—. Y mira que es obvia tu nariz. Lo mismo que el resto de tu cara, jovencito. Lo mismo que tú. ¡Por lo que más quieras y todos los santos, deja la mente en blanco! Ya. Eres un callejón desierto. Eres un umbral deshabitado. Eres nada. No hay ojo capaz de verte. No hay mente capaz de percibirte. En el espacio donde tú existes no hay nada ni nadie.

Nad volvió a probar una vez más. Cerró los ojos e imaginó que se desvanecía hasta integrarse en la mampostería del mausoleo, transformándose en una sombra más entre las sombras que conforman la noche. Y entonces estornudó.

—Lamentable —sentenció el señor Pennyworth exhalando un suspiro—. Realmente lamentable. Creo que voy a tener que hablar de esto con tu tutor. —Meneaba la cabeza con desazón—. Pasemos a otro asunto: los humores. ¿Cuáles son?

—A ver… Sangre, bilis, flema. Y el cuarto… La bilis negra, creo.

Y continuaron con las clases hasta que llegó la hora de pasar a la de lengua y literatura con la señorita Letitia Borrows, solterona de este concejo, («Quien en toda su vida nunca infligió sufrimiento a hombre alguno. ¿Puede quien esto lee afirmar lo mismo?»). A Nad le gustaba la señorita Borrows, así como el hogareño ambiente que reinaba en su pequeña cripta y, sobre todo, lo increíblemente fácil que resultaba distraerla.

—Dicen que hay una bruja enterrada en la zona no congr… consagrada —comentó Nad.

—Sí, tesoro. Pero no merece la pena que visites esa parte del cementerio.

—¿Por qué no?

La señorita Borrows le sonrió con esa ingenuidad con la que únicamente los muertos pueden sonreír, y respondió:

—No son como nosotros.

—Pero también forma parte del cementerio, ¿no? Quiero decir, ¿puedo ir a visitar esa zona si quiero?

—En realidad sería preferible que no lo hicieras.

Nad era un niño obediente, pero también curioso, así que al finalizar sus clases aquella noche, cruzó el límite fijado por el monumento —un ángel de cabeza rota— que coronaba la tumba de Harrison Westwood, panadero, y familia. Sin embargo, no bajó hasta la fosa común, sino que subió hasta el montículo donde una merienda campestre, celebrada unos treinta años antes, dejó su huella convertida en un inmenso manzano.

Nad había aprendido muy bien ciertas lecciones. Hacía unos años se pegó un atracón de manzanas: unas estaban verdes, otras picadas y algunas tenían todavía las pepitas blancas. Después pasó varios días lamentándolo, pues sufrió unos horribles retortijones mientras la señora Owens lo sermoneaba sobre lo que debía comer y lo que no. Desde entonces, siempre esperaba a que las manzanas maduraran antes de comérselas, y nunca engullía más que dos o tres por noche. Y aunque la semana anterior ya había consumido la última manzana que quedaba en el árbol, le gustaba sentarse debajo de él para pensar.

Trepó, pues, hasta llegar al recodo que se formaba entre dos ramas —su lugar favorito—, y se quedó mirando el terreno donde se hallaba la fosa común, justo debajo de él; la luz de la luna se derramaba sobre las zarzas y malas hierbas que se habían adueñado del lugar. Se preguntó si

101

la bruja sería una mujer vieja, con dientes de acero y patas de gallina, o simplemente una mujer flaca, de nariz afilada, que volaba montada en una escoba.

Al cabo de un rato le entró hambre y lamentó haberse zampado ya todas las manzanas del árbol. Si hubiera dejado al menos una...

Alzó la vista y creyó ver algo en una de las ramas más altas. Volvió a mirar un par de veces más para asegurarse: era una manzana roja y madura.

Nad presumía de saber trepar por los árboles como nadie, de modo que se levantó y trepó de rama en rama, imaginando que era Silas cuando escalaba por la pared de la torre con la agilidad y la elegancia de un gato. La manzana, tan roja que a la luz de la luna casi parecía negra, estaba en un sitio difícil de alcanzar. Nad avanzó lentamente por la rama hasta colocarse justo debajo de ella. Entonces se estiró y tocó la perfecta manzana con las puntas de los dedos.

Pero se iba a quedar sin poder hincarle el diente.

Un chasquido, tan sonoro como el disparo de una escopeta, y la rama se tronchó bajo sus pies.

Acosado por un dolor punzante, como si le estuvieran pinchando con agujas de hielo o como si un trueno le recorriera con lentitud todo el cuerpo, se despertó sentado sobre un lecho de hierba.

El terreno era bastante blando y extrañamente cálido. Al hacer presión con la palma de la mano, le dio la sensación de que lo que tenía debajo era el tibio pelaje de algún animal. Pero resultó que había aterrizado sobre el lugar donde vaciaba su cortacésped el jardinero que cuidaba el cementerio, de manera que un mullido montón de hierba había amortiguado su caída. Pese a ello, le dolía el pecho y debía de haberse torcido una pierna al caer, porque también le dolía.

Nad soltó un gemido.

—Chissst, tranquilo pequeño, chissst —murmuró una voz a su espalda—. ¿De dónde has salido? Te parece bonito aterrizar aquí como una bomba.

—Estaba ahí arriba, en el manzano —explicó Nad.

—¡Vaya! Deja que le eche un vistazo a esa pierna. Seguro que está tan rota como la rama del árbol. —Nad notó cómo unos dedos fríos le presionaban la pierna izquierda—. Pues no, no está rota. Pero sí dislocada; puede que incluso te hayas hecho un esguince. Ni que fueras el mismo diablo; menuda suerte has tenido al caer sobre el montón de césped. Tranquilo, que no es el fin del mundo.

—¡Oh, estupendo! De cualquier modo, duele mucho. —Y giró la cabeza para ver quién era la persona que estaba a sus espaldas.

Resultó ser una niña algo mayor que él, y su actitud no era ni amigable ni hostil. Más bien parecía cautelosa. Su rostro tenía una expresión inteligente, pero no era bonita en absoluto.

—Me llamo Nad —se presentó.

—¿El niño vivo?

Nad asintió.

—Me lo imaginaba —dijo la niña—. Ya hemos oído hablar de ti, incluso aquí, en la fosa común. ¿Cómo dices que te llamas?

—Owens —respondió—. Nadie Owens. Pero todo el mundo me llama Nad, para abreviar.

—Encantada de conocerlo, señorito Nad.

Él la miró de arriba abajo: no llevaba más que una especie de camisón blanco, sin bordados ni puntillas; el cabello era largo y de un castaño no muy oscuro, y la cara recordaba un poco a la de un duende, debido a su insinuante y permanente sonrisilla, independientemente de la expresión que adoptase el resto del rostro.

—¿Te suicidaste? —preguntó Nad—. ¿O robaste un chelín?

—Yo nunca he robado nada, ni siquiera un pañuelo. Y para tu información —añadió con impertinencia—, los suicidas están allí, al otro lado del espino, y los dos ajusticiados, junto a las zarzas. Uno era un falsificador y el otro, un salteador de caminos, o eso dice él, pero para mí que no era más que un vulgar ratero.

—¡Ah, bueno! —Pero entonces cierto recelo se apoderó de él y, sin poder contenerse, comentó—. Dicen que hay una bruja enterrada aquí.

—Sí, claro. Ahogada, quemada y enterrada aquí mismo —afirmó la niña asintiendo con la cabeza—. Y sin una triste lápida que indique dónde enterraron mi cuerpo.

—¿Te ahogaron y además te quemaron?

Ella se sentó al lado de Nad, sobre el lecho de hierba cortada, y le cogió la pierna herida entre sus gélidas manos.

—Se presentaron en mi casa con las primeras luces del alba, estando yo aún medio dormida, y me sacaron a rastras. «¡Bruja, más que bruja!», gritaban. Recuerdo que estaban todos gordos y coloradotes; se ve que habían madrugado para frotarse a conciencia, como se hace con los cerdos el día que hay mercado. Luego, uno por uno, me acusaron: el uno decía que se le había cortado la leche, el otro que sus caballos cojeaban y, por último, la señorita Jemima, que era la más gorda y la que más a fondo se había restregado, se puso en pie y dijo que Solomon Porrit ya no la saludaba y, en cambio, se pasaba el día merodeando por el lavadero como una avispa que ronda un tarro de miel, y que la culpa de todo la tenía yo, porque estaba claro que lo había hechizado, y que había que hacer algo para liberar al pobre chico de mi diabólica magia. Así que me ataron al taburete de la cocina y me metieron de cabeza en el estanque de los patos, diciéndome que si era una bruja no tenía nada que temer, porque no me ahogaría, pero si no, me daría cuenta enseguida. Y el padre de la señorita Jemima les dio una moneda de plata a cada uno de ellos para que aguantaran el taburete un buen rato, a ver si me ahogaba con el agua verde e inmunda del estanque.

—¿Y te ahogaste?

—Desde luego. Los pulmones se me llenaron de agua y dejé de respirar.

—¡Caramba! O sea, que al final resultó que no eras una bruja.

La niña clavó en él sus diminutos y fantasmagóricos ojos, y esbozó una media sonrisa. Seguía pareciendo un duende, pero ahora sí resultaba guapa. Nad pensó que, seguramente, no le debió de hacer falta recurrir a la magia para atraer a Solomon Porritt, al menos sonriendo de aquella manera.

—¡Qué bobada! Pues claro que lo era. Se dieron cuenta en cuanto me desataron y me tendieron sobre la hierba, nueve partes de mí muertas y toda yo cubierta de algas y demás porquerías del estanque. Puse los ojos en blanco y lancé una maldición sobre todos y cada uno de los allí presentes diciéndoles que su alma no hallaría reposo en tumba alguna. La maldición salió de mis labios con tal facilidad, que yo misma me sorprendí. Es como bailar al son de una melodía que no has oído nunca; sólo tienes que escucharla y dejar que tus pies sigan el compás y, de pronto, te das cuenta de que ya ha amanecido y llevas toda la noche bailando. —La niña se levantó y se puso a bailar, mientras la luz de la luna iluminaba sus pies descalzos—. Y así fue como los maldije a todos, con el último aliento de aquellos pulmones encharcados de agua sucia y pestilente. Inmediatamente después, me morí. Quemaron mi cuerpo allí mismo, sobre la hierba, y dejaron que ardiera hasta convertirse en carbón; luego me enterraron en la fosa común, sin ponerme siquiera una lápida con mi nombre grabado en ella.

Por primera vez desde que comenzara a contarle su historia, la niña se quedó callada y, momentáneamente, Nad percibió cierta melancolía en su semblante.

—¿Y alguna de esas personas está enterrada aquí? —preguntó Nad.

—No, ninguna —replicó la niña con un destello de luz en la mirada—. Al sábado siguiente de mi muerte, el señor Porringer recibió una alfombra muy bonita y muy elegante que había comprado en Londres. Pero resultó que aquella finísima alfombra de buena lana, tejida con tanto esmero y delicadeza, venía cargada de miasmas —nada menos que la peste—, y ese mismo domingo ya hubo cinco personas soltando esputos de sangre y con la piel más negra que la mía después de que me tostaran. Una semana más tarde, prácticamente todos los habitantes del pueblo se contagiaron. De modo que cavaron un hoyo muy profundo a las afueras para arrojar en él los cadáveres infectados, todos amontonados, y sepultarlos bajo grandes cantidades de tierra.

—¿Y murieron todos los habitantes del pueblo?

—Todos los que estaban presentes cuando me ahogaron y me quemaron —repuso la niña con un gesto de indiferencia—. Bueno, dime, ¿qué tal va esa pierna?

—Mejor. Gracias.

Nad se puso en pie lentamente y, cojeando, se alejó del montón de hierba y se apoyó en la verja.

—¿O sea, que siempre fuiste una bruja? Quiero decir, ya lo eras antes de lanzar aquella maldición.

—Anda que me hacían falta conjuros a mí —dijo ella, muy digna— para tener a Solomon Porritt mariposeando a mi alrededor todos los días.

Aquella frase no respondía en absoluto a su pregunta, pensó Nad, pero se guardó mucho de hacerle comentario alguno a la niña. En cambio, le preguntó:

—¿Cómo te llamas?

—Mi tumba no tiene lápida —respondió ella con tristeza—. Podría ser cualquiera, ¿no?

—Pero tendrás un nombre.

—Liza Hempstock, ¿te gusta ése? —replicó, cortante—. No creo que desear una lápida sea pedir demasiado, ¿verdad? Algo que señale mi tumba. Estoy ahí, un poco más abajo, ¿lo ves? Pero todo cuanto puedo señalar para indicarte donde descanso es esa pila de agujas de pino.

Parecía tan triste que, por un instante, Nad sintió ganas de abrazarla. Pero al colarse por entre dos rejas para volver al cementerio, se le ocurrió una idea: encontraría una lápida para Liza Hempstock, con su nombre grabado en ella. Así lograría que volviera a sonreír.

Mientras subía por la ladera, se volvió para decirle adiós con la mano, pero ella ya se había ido.

Había trozos de lápidas y de estatuas funerarias rotas desperdigadas por el cementerio, pero Nad sabía que no podía presentarse con algo así ante la bruja de ojos grises que residía en la fosa común. Tendría que apañárselas de otra manera. Y tomó la determinación de que sería mejor no contarle sus intenciones a nadie, pues lo más probable era que intentaran quitarle esa idea de la cabeza.

Se pasó varios días maquinando toda clase de planes, a cuál más complicado y extravagante. El señor Pennyworth se desesperaba.

—Jovencito, tengo la impresión —le dijo mientras se rascaba su polvoriento bigote— de que, más que progresar, retrocedes. Sigues sin dominar la Desaparición. Eres *palmario*, muchacho; no pasas, lo que se dice, inadvertido. Si te presentaras ante quien fuera acompañado de un león rojo, un elefante verde y el mismísimo rey de Inglaterra ataviado con sus ropas de ceremonia y montado sobre un unicornio naranja, seguramente, sería en ti en quien primero repararía, prescindiendo de las peculiaridades de los demás.

Nad se limitaba a mirarlo fijamente, sin abrir la boca, mientras pensaba si en las ciudades y los pueblos que habitaban los vivos habría tiendas especializadas donde sólo vendieran lápidas y, de ser así, cómo podría encontrar una; la Desaparición era el menor de sus problemas.

Aprovechó la facilidad con que la señorita Borrows se dejaba distraer en sus clases de lengua y literatura para preguntarle cosas acerca del dinero: en qué consistía exactamente y cómo se usaba para obtener las cosas que uno deseaba.

Nad guardaba unas cuantas monedas que había ido encontrando por ahí a lo largo de los años (había descubierto que en los lugares frecuentados por las parejitas de novios, era fácil encontrar alguna que otra moneda entre la hierba), y pensó que por fin se le había presentado la ocasión de darles un buen uso.

—¿Cuánto viene a costar una lápida? —le preguntó a la señorita Borrows.

—En mis tiempos —respondió ella—, costaban unas quince guineas. Pero no tengo la menor idea de qué precio tendrán ahora. Imagino que serán más caras. Mucho más caras, seguro.

Nad tenía cincuenta y tres peniques. Obviamente,

necesitaría mucho más que eso para poder comprar una lápida.

Habían pasado ya cuatro años, más o menos la mitad de su vida, desde que descubrió la tumba del Hombre Índigo. Pero todavía recordaba cómo encontrarla. Así que subió hasta el punto más alto del cementerio, el lugar en el que se erigía el panteón de los Frobisher, que semejaba un diente cariado; desde allí se divisaba absolutamente todo, incluso la copa del viejo manzano y el campanario de la iglesia en ruinas. Se coló dentro de aquella construcción, fue bajando hasta llegar a los minúsculos escalones labrados en la roca y descendió por ellos hasta la gruta, situada a la altura del pie de la colina. Allí abajo reinaba la oscuridad, una oscuridad tan absoluta como la de la más profunda galería de una mina, pero Nad, al igual que los muertos, veía en la oscuridad, de modo que la gruta le reveló de inmediato sus secretos.

109

El Sanguinario se hallaba enroscado en torno a la pared de roca del túmulo. Era tal como lo recordaba: un ser invisible rodeado de oscuros efluvios, todo odio y codicia. Esta vez, sin embargo, no sintió el más mínimo temor.

—TÉMEME —susurró el sanguinario—, PUES CUSTODIO OBJETOS PRECIOSOS QUE JAMÁS HAN DE PERDERSE.

—No te tengo ningún miedo —replicó Nad—, ¿o es que ya no te acuerdas? He venido porque necesito llevarme de aquí algunas cosas.

—NADA SALE JAMÁS DE ESTE LUGAR —respondió el sanguinario sin moverse de su sitio—. EL PUÑAL, EL BROCHE, EL CÁLIZ... TODOS LOS OBJETOS HAN DE PERMANECER EN LA OSCURIDAD, BAJO MI CUSTODIA. ESTOY A LA ESPERA.

—Perdona mi curiosidad, pero ¿es ésta tu tumba?

—EL AMO NOS DEJÓ AQUÍ, EN LA LLANURA, PARA CUSTODIAR EL LUGAR, ENTERRÓ NUESTROS CRÁNEOS BAJO ESA

PIEDRA Y NOS DEJÓ AQUÍ CON UNA MISIÓN: DEBEMOS PRO-
TEGER ESTOS TESOROS HASTA QUE EL AMO REGRESE.

—Pues yo diría que se ha olvidado de vosotros. Seguramente llevará siglos muerto.

—SOMOS EL SANGUINARIO. CUSTODIAMOS LOS TESO-
ROS.

Nad se preguntó cuántos años habría que retroceder
en el tiempo para que la gruta situada en lo más profundo de la colina se hallara en una llanura. Era probable que
fuera una eternidad. Percibía la corriente de miedo que el
Sanguinario generaba alrededor, a semejanza de una
planta carnívora que la expulsara por sus tentáculos , y
sentía que el frío lo paralizaba poco a poco, como si una
víbora polar le hubiera inoculado su gélido veneno directamente en el corazón.

Por fin se acercó a la losa de piedra y se inclinó para
coger el broche.

—¡EH! —susurró el sanguinario—. NOS GUARDAMOS
ESO PARA EL AMO.

—No le importará que lo tome prestado —replicó
Nad. Dio un paso atrás y se fue hacia la escalera, sorteando los resecos cadáveres humanos y de animales disemi-
nados por el suelo.

El Sanguinario se agitó con furia y se enroscó alrededor de la minúscula gruta como un humo espectral. Luego se calmó.

—REGRESARÁ —afirmó el Sanguinario con aquella
extraña voz que parecía pertenecer a tres seres—. SIEM-
PRE REGRESA.

Nad subió por la escalera lo más deprisa que pudo.
Por un momento tuvo la impresión de que alguien lo
perseguía, pero en cuanto llegó arriba, al mausoleo de
Frobisher, y respiró por fin el fresco aire del amanecer,
vio que allí no había nadie más que él.

Saliendo del mausoleo, se sentó en la hierba y sacó el broche del bolsillo. Al principio creyó que era negro, pero a la luz del sol vio que la piedra engastada en la negra filigrana era roja, del tamaño de un huevo de petirrojo, y en ella había una veta en forma de espiral. Se quedó observándola con fijeza y preguntándose si habría algo moviéndose en su interior. Por unos instantes contempló aquella espiral como hipnotizado; de haber sido más pequeño, habría sentido la tentación de metérsela en la boca.

La piedra iba unida a la pieza de metal por una especie de grapa negra y varias patillas, que parecían garras, unidas entre sí por algo semejante a una culebra, pero con demasiadas cabezas para ser ese tipo de reptil. Nad se preguntó si el Sanguinario tendría el mismo aspecto visto a la luz del día.

Tomando todos los atajos que conocía, bajó por la ladera, se metió por entre la maraña de hiedra que cubría el panteón de los Bartleby (en cuyo interior se los oía refunfuñar mientras se preparaban para irse a dormir), y siguió bajando y bajando hasta llegar a la verja. Una vez allí se deslizó por entre los barrotes y se dirigió a la fosa común.

—¡Liza! ¡Liza! —gritó, y miró alrededor por si acudía a la llamada.

—Buenos días —lo saludó Liza.

Nad no la veía, pero había una sombra bajo el espino y, al acercarse a ella, distinguió una forma blanca y traslúcida que parecía una niña de ojos grises.

—A estas horas deberías estar durmiendo como la gente decente —dijo la niña—. ¿Qué es eso que llevas ahí?

—Tu lápida —respondió Nad—. Sólo quería saber qué debo escribir en ella.

111

—Mi nombre. Tienes que escribir mi nombre: una E grande, de Elizabeth, como la reina que murió cuando yo nací, y una H igual de grande, de Hempstock. Lo demás me da igual porque nunca he sabido leer.

—¿Y las fechas? —preguntó Nad.

—Guillermo el Conquistador mil sesenta y seis —canturreó la niña—. Tú sólo pon una E y una H muy grandes.

—¿Tenías un oficio? Quiero decir que si, aparte de ser bruja, hacías algo más.

—Lavaba la ropa.

En ese momento la luz del sol inundó el erial, y Nad se encontró de nuevo solo.

Eran las nueve de la mañana, y todo el mundo dormía. Pero Nad estaba decidido a permanecer despierto; al fin y al cabo tenía una misión. Pese a no tener más que ocho años, el mundo que había más allá del cementerio no le infundía ningún temor.

Iba a necesitar algo de ropa… Sabía que su atuendo habitual (una sábana gris enrollada a modo de túnica alrededor del cuerpo) no era en absoluto apropiado para andar por ahí. Si se trataba de deambular por el cementerio era más que suficiente, pues el color armonizaba con el de las piedras y las sombras, pero si iba a aventurarse a salir al mundo exterior, necesitaría algo que no llamara la atención.

Había algunas prendas de vestir en la cripta situada detrás de la iglesia en ruinas, pero Nad no quería entrar allí, ni siquiera a plena luz del día. No le importaba tener que dar explicaciones a los señores Owens, pero no estaba dispuesto a tener que justificarse ante Silas; se avergonzaba sólo de pensar en cómo lo escrutarían aquellos ojos negros si lo hacía enfadar, o peor aún, si lo decepcionaba.

En cambio, al fondo del cementerio, había un pequeño cobertizo, una caseta verde que olía a aceite de motor donde se guardaban el viejo cortacésped —oxidado por la falta de uso— y algunas herramientas de jardín. Dejó de utilizarse cuando se jubiló el último jardinero, y en aquel tiempo Nad no había nacido siquiera. Desde entonces el ayuntamiento se ocupaba de cuidar el camposanto entre los meses de abril y septiembre (enviaban a alguien una vez al mes para que cortara el césped), y el resto del año la tarea quedaba en manos de los Amigos del Cementerio.

La puerta del cobertizo tenía un candado enorme, pero Nad sabía que había una tabla suelta en la parte de atrás. A veces, cuando le apetecía estar un rato a solas, se colaba allí dentro y se sentaba a pensar en sus cosas. Por eso sabía que alguien se había dejado una chaqueta marrón y unos vaqueros viejos con manchas de verdín colgados detrás de la puerta. Los pantalones le venían demasiado grandes, pero se los recogió hasta los tobillos y se los ató con una cuerda para que no se le cayeran; también vio unas botas en un rincón y se las probó a ver si le valían, pero eran enormes y estaban llenas de barro, así que apenas consiguió levantarlas del suelo. A continuación cogió la chaqueta marrón, salió del cobertizo y se la puso; también le venía grande, pero se la arremangó para dejar las manos libres y en paz. Metió las manos en los amplios bolsillos de la chaqueta y pensó que con aquella ropa iba hecho un figurín.

Se dirigió a la puerta principal del cementerio y echó un vistazo a través de los barrotes. Un autobús traqueteó por la carretera; ahí fuera había coches, ruido y tiendas; a sus espaldas, un lugar tranquilo, lleno de árboles y de hiedra: su hogar.

Con el corazón a punto de saltarle del pecho, Nad salió al mundo.

Y

Abanazer Bolger había visto mucha gente rara a lo largo de su vida; cualquiera que regentara una tienda como la suya, los habría visto también. Su establecimiento —que funcionaba como tienda de antigüedades, bazar y casa de empeños (ni el propio Abanazer tenía muy claro cuál era el espacio dedicado a cada cosa)—, estaba situado en el laberinto de calles que componían el casco antiguo, y atraía a todo tipo de gente extraña; había quienes iban a comprar y otros, a vender. El hombre atendía a sus clientes en el mostrador, tanto si se trataba de una compra como de una venta, pero sus mejores negocios los hacía en la trastienda, donde aceptaba objetos que quizá habían sido adquiridos por medios no del todo honrados, y después los cambiaba por otros. Su negocio era un iceberg: el pequeño establecimiento lleno de polvo no era más que lo que se veía desde la superficie; el resto estaba sumergido, pues eso era exactamente lo que deseaba Abanazer Bolger.

Este individuo usaba unas gafas de cristales muy gruesos y, permanentemente, evidenciaba un sutil gesto de asco en el rostro, como si acabara de descubrir que la leche que había añadido a su té estaba cortada y no lograra quitarse el mal sabor de la boca; dicho semblante le resultaba muy útil cuando alguien intentaba venderle algo. «Sinceramente, esto no vale un céntimo. No obstante, como veo que para usted tiene cierto valor sentimental, le daré lo que pueda», decía con acritud. Tenías suerte si lograbas obtener de él una cantidad que se acercara remotamente a la que tú querías cobrar.

Ha quedado claro que un negocio como el de Abanazer Bolger atraía a todo tipo de gente rara, pero el niño que entró en la tienda aquella mañana era uno de los personajes más extraños que el comerciante recordaba haber visto en su vida, dedicada a desplumar a cualquier bicho raro que pasara por su establecimiento. El niño en cuestión aparentaba unos siete años y vestía la ropa de su abuelo; olía a cobertizo; iba descalzo; llevaba el cabello largo y enmarañado y mostraba una expresión muy seria. Ocultaba las manos en los bolsillos de una polvorienta chaqueta marrón, pero aunque no se las veía, Abanazer sabía que mantenía algún objeto fuertemente sujeto con la mano derecha.

—Perdone —musitó el niño.

—Dime, rapaz —replicó Abanazer sin bajar la guardia.

«Niños —pensó—. Todos vienen a vender algo que han birlado o algún juguete.» En cualquiera de los dos casos, normalmente les decía que no. Porque si le comprabas un objeto robado a un niño, al día siguiente se te presentaba en la tienda un adulto hecho un basilisco acusándote de haberle comprado al pequeño Johnnie o a la pequeña Mathilda su alianza de boda por diez cochinos dólares. Los niños siempre acarreaban problemas; no merecía la pena.

—Necesito comprarle algo a una amiga —dijo Nad—, y he pensado que podría venderle a usted una cosa para conseguir el dinero.

—No hago negocios con niños pequeños —respondió Abanazer sin andarse por las ramas.

Nad sacó la mano del bolsillo y dejó el broche sobre el cochambroso mostrador. De momento Bolger lo miró con desconfianza, pero el objeto captó de inmediato su atención. Se quitó las gafas, cogió un monóculo que había sobre el mostrador, como el que usan los joyeros para estudiar la talla de una piedra preciosa, y se lo encajó en el ojo. Acto seguido, encendió una lamparilla y examinó el broche a través del instrumento. «¿Piedra de

115

serpiente?»,[5] dijo para sus adentros. Luego se quitó el monóculo se volvió a poner las gafas y, mirando al niño con aire suspicaz, preguntó:

—¿De dónde has sacado esto?

—¿Quiere usted comprármelo?

—Lo has robado. Lo birlaste de un museo o algo parecido, ¿no es así?

—¡No! —respondió categóricamente Nad—. ¿Va usted a comprármelo o me lo llevo a ver si puedo vendérselo a otra persona?

La expresión de Abanazer se suavizó. De pronto se volvió de lo más afable, le sonrió abiertamente y le dijo:

—Perdóname, rapaz. Es que uno no tropieza muy a menudo con objetos como éste; de hecho, es una pieza de museo. Y sí, me encantaría poder quedármela. ¿Qué te parece si nos sentamos a tomar una taza de té y unas galletas (precisamente tengo en la trastienda un paquete entero de galletas de chocolate), mientras decidimos cuánto puede valer? ¿De acuerdo?

Nad sintió un gran alivio al ver aquel cambio de actitud.

—Sólo necesito el dinero suficiente para comprar una lápida —explicó—. Es para una amiga mía. Bueno, no es exactamente una amiga, sino una conocida. Me hice daño en la pierna y ella me ayudó, ¿sabe?

Bolger, sin prestar demasiada atención a lo que el niño decía, lo condujo hasta el almacén, un espacio pe-

5. En la antigüedad, esta clase de piedras, que según algunas tradiciones procedían de la cabeza de una sierpe, se usaban como antídoto para las picaduras de serpiente. Todavía hoy, en algunas zonas rurales, se sigue empleando este antiguo remedio para curar al ganado. (N. de la T.)

queño y sin ventanas abarrotado de cajas de cartón repletas de mercancías. En un rincón había una caja fuerte, grande y anticuada. Nad vio también un cajón lleno de violines, un montón de animales disecados, sillas rotas, libros y grabados.

Junto a la puerta había un escritorio no muy grande. Abanazer Bolger se sentó en la única silla que no estaba rota, pero el niño no tuvo más remedio que quedarse de pie. El viejo se puso a buscar algo en un cajón (Nad vio una botella de *whisky* en su interior), sacó el paquete de galletas que andaba buscando y le ofreció una; después encendió la lámpara que había encima del escritorio y examinó la pieza de metal sobre la que iba montada la piedra, reprimiendo un leve escalofrío al ver la expresión dibujada en el rostro de las serpientes.

—Es muy antiguo —dijo, y pensó para sus adentros: «… y de un valor incalculable»—. Probablemente no valga nada, pero nunca se sabe.

Nad se llevó una gran desilusión, pero el hombre le sonrió con afabilidad.

—Antes de darte un solo penique por él, quiero asegurarme de que no lo has robado. ¿No lo habrás cogido del tocador de tu mamá? ¿O de la vitrina de un museo? A mí puedes decirme la verdad; te prometo que no le diré nada a nadie, pero necesito saberlo.

Nad negó con la cabeza y siguió masticando su galleta.

—Entonces, ¿de dónde lo has sacado?

Nad se quedó callado.

Abanazer Bolger se resistía a soltar el broche, pero lo dejó sobre la mesa y lo empujó hacia el niño.

—Si no me lo dices, será mejor que te lo lleves. En los negocios, la confianza entre ambas partes es esencial. Ha sido un placer conocerte, aunque siento que no hayamos podido cerrar el trato.

Nad se puso muy serio y, tras unos instantes de difícil reflexión, se decidió a hablar.

—Lo encontré en una tumba muy antigua. Pero no puedo decirle con exactitud dónde.

No dijo nada más, pues el semblante afable de Bolger se había transformado por completo y su expresión revelaba ahora una avidez y una codicia inquietantes.

—¿Y hay más como éste allí?

—Si no le interesa, buscaré otro comprador. Gracias por la galleta.

—Te corre prisa venderlo, ¿eh? Tus padres se estarán preguntando dónde andas, ¿no?

El niño negó con la cabeza, pero enseguida se arrepintió de no haber dicho que sí.

—O sea que no te espera nadie. Estupendo —Abanazer Bolger atrapó el broche con la mano—. Pues ahora me vas a decir exactamente dónde lo has encontrado, ¿eh?

—No me acuerdo —replicó Nad.

—Demasiado tarde, amiguito. Te voy a dar un rato para que hagas memoria y trates de recordar dónde lo hallaste. Luego, cuando lo hayas pensado bien, tú y yo tendremos una pequeña charla y me lo contarás.

Bolger se levantó, salió del almacén y cerró la puerta con una llave grande de metal.

Entonces abrió la mano, miró el broche y sonrió con avidez.

El sonido de la pequeña campanilla colocada encima de la puerta le indicó que alguien acababa de entrar en la tienda.

Sorprendido, alzó la vista, pero no vio a nadie. Sin embargo, la puerta estaba entreabierta, así que la volvió a cerrar y, por si las moscas, colocó el cartel de CERRADO. Para mayor seguridad, echó también el cerrojo; no quería que nadie viniera a meter la nariz en sus asuntos.

Era otoño, y el día había amanecido soleado, pero ahora estaba nublado y una fina lluvia salpicaba el mugriento cristal del escaparate.

Abanazer Bolger cogió el teléfono que había sobre el mostrador y, con mano trémula, marcó un número.

—He encontrado un auténtico chollo, Tom —le dijo a la persona que estaba al otro lado del hilo telefónico—. Pásate por aquí lo antes posible.

Nad comprendió que le habían tendido una trampa en cuanto oyó que el viejo echaba la llave. Empujó la puerta, pero no se abrió. Se dijo que había sido un estúpido al permitir que Bolger lo llevara hasta el almacén; por el contrario, tendría que haber hecho caso de su primer impulso y no haberse fiado de aquel hombre.

Estaba claro que había infringido las normas del cementerio, y ahora estaba metido en un buen lío. ¿Qué diría Silas? ¿Qué dirían los Owens? Sentía cómo el pánico se iba apoderando de él, pero se esforzó en reprimirlo.

Todo iba a salir bien. Pero para que fuera cierto tenía que encontrar el modo de salir de allí...

Se puso a inspeccionar la habitación en la que lo habían encerrado. No era más que un pequeño almacén con un escritorio. Y la puerta era la única vía de escape.

Abrió el cajón del escritorio, pero dentro sólo encontró unos cuantos frascos de pintura (de la que se usa para restaurar antigüedades) y una brocha. Pensó que si arrojaba pintura a los ojos de aquel individuo, quizá podría dejarlo ciego el tiempo suficiente para huir de allí. Abrió uno de los frascos e introdujo un dedo.

—¿Qué estás haciendo? —le susurró una voz al oído.

—Nada —respondió Nad, mientras volvía a cerrar el

119

frasco y se lo guardaba en uno de los gigantescos bolsillos de la chaqueta.

Liza Hempstock lo miró impasible y le preguntó:

—¿Qué haces aquí? ¿Y quién es ese carcamal de ahí fuera?

—Es el dueño de la tienda. Estaba intentando venderle una cosa.

—¿Por qué?

—Eso a ti no te importa.

—Deberías volver al cementerio —murmuró observándolo con desdén.

—No puedo. Me ha encerrado.

—Claro que puedes. No tienes más que atravesar la pared...

—¡Qué va! En casa puedo atravesar las paredes porque cuando era un bebé me concedieron la Ciudadanía Honorífica del Cementerio, pero fuera de allí no tengo ese poder. —La observó a la luz de la bombilla. Casi no podía verla, pero llevaba toda su vida hablando con muertos—. Y a todo esto, ¿por qué estás aquí? ¿Qué haces fuera del cementerio? Es de día. Y tú no eres como Silas; se supone que no puedes salir del recinto.

—Esas reglas sólo valen para los que están enterrados en el cementerio, en tierra consagrada. Pero a mí nadie me dice lo que tengo que hacer ni necesito el permiso de nadie para ir a donde me dé la gana. —Elizabeth miró hacia la puerta con el entrecejo fruncido—. No me gusta nada ese tipo. Voy a ver qué está haciendo.

En un abrir y cerrar de ojos, la niña desapareció. Nad oyó el estallido de un trueno a lo lejos.

En la oscuridad de su abigarrada tienda, Abanazer Bolger alzó la vista con recelo, convencido de que alguien lo observaba, pero enseguida se dio cuenta de que era una idea absurda. «El niño está encerrado en el almacén.

Y he echado el cerrojo a la puerta», se dijo. Estaba frotando con una gamuza la pieza metálica sobre la que iba montada la piedra de serpiente, y lo hacía con tanto mimo y delicadeza como un arqueólogo limpia una pieza recién extraída de la tierra. Había logrado quitarle la mugre, y la plata relucía ahora como si fuera nueva.

Empezaba a arrepentirse de haberle dicho a Tom Hustings que se pasara por la tienda, aunque Hustings era una mole y sabía cómo intimidar a la gente. También lamentaba tener que vender el broche cuando hubiera llegado a un acuerdo, porque era un objeto muy especial, y cuanto más brillo le sacaba, más ganas tenía de quedárselo.

Pero seguro que había más en el lugar del que salió. El niño le diría dónde lo encontró, y lo llevaría hasta ese lugar.

El niño...

De pronto tuvo una idea. Reticente, puesto que no deseaba separarse del broche, lo dejó sobre el mostrador y abrió el cajón para sacar una lata de galletas que contenía sobres, papel de cartas y algunas tarjetas.

Rebuscó entre los papeles y sacó una cartulina algo más grande que una tarjeta de visita, de bordes negros, en la que había una única palabra escrita a mano: Jack; debía de llevar allí muchos años, pues la tinta había adquirido un tono sepia.

Al dorso, a lápiz, Abanazer había anotado con letra diminuta y precisa una serie de instrucciones, aunque recordaba perfectamente cómo debía usar aquella tarjeta para citar al hombre Jack. No, «citar» no era la palabra más adecuada, sino «invitar», pues no era el tipo de persona al que uno pudiera citar sin más.

En ese momento alguien llamó a la puerta de la tienda.

Bolger dejó la tarjeta sobre el mostrador y fue a ver quién era.

121

—Date prisa —urgió Tom Hustings—. Hace un frío que pela y me estoy empapando.

Bolger quitó el cerrojo y Hustings, impaciente, empujó la puerta; tanto la gabardina como el cabello le chorreaban.

—A ver, ¿qué es eso tan importante que no me puedes contar por teléfono?

—Algo que nos hará ricos. Ni más ni menos.

Hustings se quitó la gabardina y la colgó detrás de la puerta.

—¿Y de qué se trata? ¿Acaso es una valiosa mercancía que cayó de la parte trasera de un camión?

—No, no. Es un auténtico tesoro —afirmó Bolger—. Bueno, en realidad son dos.

Condujo a su amigo hasta el mostrador, y colocó el broche bajo la luz de la lámpara para que Hustings lo viera bien.

—Es una pieza antigua, ¿verdad?

—En efecto, es anterior a la era cristiana —precisó Abanazer—, muy anterior. Pertenece a la época de los druidas, previa a la llegada de los romanos. La llaman piedra de serpiente; yo ya había visto piedras similares en algún museo, pero jamás adornadas con un trabajo de orfebrería tan exquisito como éste. Seguramente perteneció a algún rey. El chico que me la trajo dice que la encontró en una tumba. Imagina una carretilla repleta de objetos de este tipo.

—Igual merece la pena llevar este asunto por lo legal —comentó Hustings pensando en voz alta—. Es decir, notificar a las autoridades competentes que hemos hallado un tesoro. Tienen la obligación de comprárnoslo a precio de mercado, y podríamos pedirles que le pusieran nuestro nombre: el legado Hustings-Bolger.

—Bolger-Hustings —lo corrigió automáticamente

Abanazer—. Conozco a unos cuantos coleccionistas, gente que maneja mucho dinero, que estarían dispuestos a pagar por este broche una cantidad muy superior a su precio de mercado, si les damos la ocasión de tenerlo entre las manos como lo tienes tú ahora (Hustings lo acariciaba suavemente, como si fuera un gatito). Y no harían preguntas, además.

Bolger alargó el brazo y Hustings, no sin cierta desconfianza, le devolvió el broche.

—Mencionaste dos tesoros —dijo Hustings—. ¿Cuál es el otro?

Abanazer cogió la tarjeta, de reborde negro, que había dejado sobre el mostrador y la alzó para mostrársela a su amigo y le preguntó:

—¿Sabes qué es esto?

Hustings dijo que no con la cabeza, mientras Abanazer volvía a depositar la tarjeta sobre el mostrador.

—Hay alguien que busca a alguien.

—¿Ah, sí?

—Por lo que yo sé, el segundo alguien es un niño.

—Niños hay a montones por todas partes —replicó Tom Hustings—. Das una patada y salen cien. De lo cual deduzco, que el tipo en cuestión está buscando a un niño en particular, ¿no es eso?

—Este niño en particular parece tener la edad adecuada. La pinta que lleva... En fin, enseguida verás a qué me refiero. Y fue él mismo quien encontró el broche; creo que podría ser él.

—Y si, en efecto, es él, ¿qué?

Abanazer Bolger cogió la tarjeta y la agitó lentamente en el aire, como si le hubiera prendido fuego y quisiera avivar la llama.

—Esta vela alumbrará el camino hasta tu cama... —canturreó Bolger.

—... y esta hacha te cortará la cabeza[6] —replicó Hustings, pensativo—. Pero, reflexiona: si citamos al hombre Jack, perderemos al niño. Y si perdemos al niño, nos quedaremos sin tesoro.

Se pusieron a discutir la cuestión, sopesando los pros y los contras para dilucidar si merecía la pena entregar al niño y renunciar al tesoro, que había ido creciendo en su imaginación hasta convertirse en una cueva repleta de valiosísimos objetos y, mientras hablaban, Bolger sacó una botella de licor de endrinas de detrás del mostrador y sirvió dos generosas copas «para celebrarlo».

Liza se aburrió pronto de escuchar esta conversación (que no hacía más que dar vueltas y más vueltas entorno a lo mismo, sin llegar a ninguna conclusión), y regresó al almacén. Nad se hallaba de pie en medio de la habitación, con los ojos y los puños fuertemente apretados y el rostro contraído, como si le dolieran mucho las muelas; además, a fuerza de contener la respiración, se había puesto coloradísimo.

—¿Se puede saber qué estás haciendo? —le preguntó la niña, siempre impasible.

Nad abrió los ojos, se relajó y respondió:

—Intento la Desaparición.

—Vuelve a intentarlo —dijo ella, displicente.

El niño probó otra vez aguantando la respiración más rato.

—Para ya; vas a reventar.

Nad respiró hondo y suspiró.

6. Se trata de los dos últimos versos de una canción infantil que acompaña a un juego similar a nuestro pasimisí. Al decir el último verso, se bajan los brazos para atrapar al niño que en ese momento pasa por debajo. (N. de la T.)

—No hay manera —dijo—. ¿Y si le tiro una piedra y salgo corriendo, sin más?

Pero allí no había ninguna piedra, así que cogió un pisapapeles de cristal y lo sopesó con la mano, considerando si tendría fuerza suficiente para dejar seco a Abanazer Bolger de un solo golpe.

—Ha venido otro hombre; está con él ahí fuera —explicó Liza—, de modo que aunque logres escapar de uno, el otro te pillará. Dicen que van a obligarte a decirles dónde encontraste el broche, y luego inspeccionarán la tumba para llevarse el tesoro. —Pero no le habló del otro asunto que les había oído discutir, ni de la tarjeta de borde negro—. Y a todo esto, ¿por qué has hecho semejante estupidez? Conoces las reglas del cementerio perfectamente, y sabes que no puedes salir de allí. Mira que son ganas de meterte en líos.

Nad se sentía insignificante y estúpido.

—Sólo quería comprarte una lápida —admitió con un hilo de voz—. Pero no tenía dinero suficiente. Por eso quería venderle el broche, para que tuvieras tu lápida. —La niña no dijo nada—. ¿Estás enfadada conmigo?

Liza dijo que no con la cabeza y respondió con su sonrisilla de duende:

—Es la primera vez en quinientos años que alguien hace algo bueno por mí. ¿Cómo voy a estar enfadada? —Y tras una breve pausa, preguntó—: Oye, ¿qué haces cuando intentas la Desaparición?

—Pienso lo que me dijo el señor Pennyworth: «Soy un umbral deshabitado, un callejón desierto. Soy nada. No hay ojo capaz de verme, ni mente capaz de percibirme». Pero nunca he logrado que funcione.

—Eso es porque estás vivo —repuso Liza, arrogante—. Nosotros, los muertos, somos los únicos que podemos desaparecer. Para nosotros lo difícil es manifestar-

125

nos, pero los vivos no sois capaces de llevar a la práctica la Desaparición.

Entonces Liza se abrazó con fuerza, balanceando su cuerpo adelante y atrás, como si intentara tomar una decisión. Al cabo de unos instantes, dijo:

—Ha sido por mi culpa por lo que te has metido... Ven aquí, Nadie Owens. —Nad se le acercó, y ella le puso una gélida mano en la frente; era como un pañuelo de seda húmedo—. A ver si puedo ayudarte.

Y dicho esto, recitó en voz muy baja palabras que Nad no lograba descifrar. A continuación Liza dijo en voz alta y clara:

Sé pozo, sé polvo, sé sueño, sé viento,
sé noche, sé oscuro, sé deseo, sé mente,
huye, deslízate, muévete sin ser visto
hacia arriba, hacia abajo, a través, entre medias.

Algo inmenso lo tocó y le barrió el cuerpo de pies a cabeza. Nad se estremeció. Se le pusieron los pelos de punta y la carne de gallina, y notó que algo había cambiado.

—¿Qué has hecho? —le preguntó a la niña.

—Echarte una mano, nada más —respondió ella—. Estoy muerta, pero sigo siendo una bruja. Y una bruja nunca olvida sus conjuros.

—Pero...

—Calla —susurró—. Ya vienen.

Oyeron el sonido de la llave al abrir la cerradura.

—Muy bien, chaval —dijo una voz desconocida—. Seguro que ahora todos vamos a ser muy buenos amigos.

Tom Hustings echó un vistazo al interior del almacén sin pasar del umbral, pero se quedó un poco desconcertado. Era un tipo muy, muy corpulento, de cabello pelirrojo y nariz roja y redonda como la de un payaso.

—¡Vaya! Abanazer, ¿no me dijiste que estaba aquí dentro?

—Ahí fue donde lo dejé —respondió Bolger, que se hallaba justo detrás de Hustings.

Abanazer se asomó por encima del hombro de su amigo y echó un vistazo.

—Es inútil que intentes esconderte —dijo, alzando la voz, mientras inspeccionaba la habitación, empezando por el lugar donde estaba Nad—. Te veo perfectamente. Sal de ahí.

Los dos hombres entraron en el almacén, y Nad se quedó quieto delante de sus narices, pensando en las lecciones del señor Pennyworth. No dijo nada, no movió un solo músculo; y dejó que las miradas de aquellos hombres lo atravesaran sin verlo.

—Te vas a arrepentir de no haber salido a la primera —gritó Bolger, y cerró la puerta de nuevo. Entonces le dijo a Hustings—: Muy bien. Tú quédate en la puerta, para que no se nos escape. Yo registraré el almacén.

Bolger se puso a buscar entre las cajas y se agachó para echar un vistazo debajo del escritorio. Pasó justo al lado de Nad, y miró dentro del aparador.

—Te estoy viendo —gritó—. ¡Sal de ahí ahora mismo!

Liza dejó escapar una risilla.

—¿Qué ha sido eso? —se extrañó Hustings, y se dio la vuelta.

—Yo no he oído nada —replicó Abanazer.

Liza volvió a reír. Después, juntando los labios, sopló y emitió un sonido que empezó siendo un leve silbido y acabó sonando como un viento lejano. Las luces del almacén parpadearon con un zumbido y se apagaron.

127

—¡Condenados plomos! —masculló Abanazer—. Salgamos de aquí. Esto es una pérdida de tiempo.

Cerraron la puerta, y Liza y Nad se quedaron otra vez solos en el almacén.

—Se ha escapado —masculló Abanazer. Nad lo oía perfectamente a través de la puerta—. En un sitio tan pequeño, si hubiera estado escondido lo habría encontrado enseguida.

—A ese tal Jack no le va a gustar nada la noticia.

—¿Y quién se lo va a decir?

Silencio.

—Eh, tú, Tom Hustings, ¿qué ha pasado con el broche?

—¿Mmm? ¿El broche, dices? ¡Ah, sólo quería ponerlo a buen recaudo!

—¿A buen recaudo? En tu bolsillo, ¿no? Pues no me parece a mí el sitio más seguro para guardarlo. Más bien me da la impresión de que querías robármelo... Ya sabes, quedártelo para ti solito.

—¿Tu broche, Abanazer? ¿Tu broche, dices? Querrás decir nuestro broche.

—Nuestro, claro. Aunque no recuerdo que estuvieras presente cuando se lo quité a ese mocoso.

—¿Te refieres al mocoso que no fuiste capaz de retener para entregárselo a ese tipo llamado Jack? ¿Te imaginas lo que hará contigo cuando se entere de que el crío que andaba buscando ha estado en tu poder y lo has dejado escapar?

—Lo más seguro es que no se tratara del mismo chico. Hay millones de niños en el mundo; ¿qué probabilidades hay de que fuera precisamente ése el que andaba buscando? Me apostaría el cuello a que se largó por la puerta de atrás en cuanto me di la vuelta. —Y añadió con

128

voz aflautada y lisonjera—. No te preocupes por Jack, Hustings. Estoy seguro al cien por cien de que ése no era el niño de marras. Estoy viejo, y mi mente me jugó una mala pasada, eso es todo. Mira, nos hemos bebido ya casi todo el licor de endrinas; ¿te apetece una copa de *whisky*? Tengo un buen *scotch* guardado en la trastienda. Tú ponte cómodo mientras voy a buscarlo.

No habían echado la llave a la puerta del almacén, y Abanazer entró sigilosamente, con una linterna y un bastón en la mano. La expresión de su rostro era aún más perversa que de costumbre.

—Si sigues ahí escondido —murmuró—, será mejor que no intentes escapar de mí. Te he denunciado a la policía, para que lo sepas.

Hurgó en un cajón del escritorio, y sacó una botella de *whisky* medio vacía y un minúsculo frasquito negro. Abanazer abrió el frasquito, vertió unas gotas del líquido que contenía en la botella de licor, y se lo guardó en el bolsillo.

—Ese broche es mío y sólo mío —murmuró en voz muy baja y, acto seguido, gritó—. ¡Ya voy, Tom!

Con el entrecejo fruncido, echó un vistazo al almacén, sin advertir en absoluto la presencia de Nad, y salió de allí con la botella en la mano. Esta vez cerró la puerta con llave.

—Aquí tienes —le oyó decir Nad a través de la puerta—. Acércame tu vaso, Tom. Un trago de este *whisky*, y como nuevo. Tú dirás basta.

Silencio.

—Bah, sabe a matarratas. ¿Tú no bebes?

—El licor de endrinas me ha caído como un tiro. Dame un minuto para que se me siente un poco el estómago... —Y de pronto exclamó—. ¡Eh, Tom! ¿Qué has hecho con mi broche?

—¿Otra vez tu broche? Aaaah... Creo que me estoy mareando... ¡Me has puesto algo en el *whisky*, maldito gusano!

—¿Y de qué te sorprendes? Te he visto venir, sabía que intentarías robármelo otra vez. Eres un ladrón.

En éstas, se pusieron a dar voces y se armó un verdadero escándalo, como si estuvieran volcando los muebles... hasta que todo quedó en silencio.

—Rápido, éste es el momento. Larguémonos de aquí —dijo Liza.

—Pero la puerta está cerrada con llave —observó Nad, y le dijo a la niña—. ¿Hay algo que puedas hacer para sacarnos de aquí?

—¿Yo? No conozco ningún conjuro que consiga sacarte de una habitación cerrada con llave.

Nad se agachó y miró por el ojo de la cerradura. No se veía nada; el hombre había dejado la llave puesta. Reflexionó un momento, esbozó una sonrisa y se le iluminó la cara como una bombilla. Entonces se hizo con un periódico arrugado que había en una de las cajas y arrancó una hoja, la alisó lo mejor que pudo y la pasó por debajo de la puerta, dejando dentro del cuarto tan sólo una puntita.

—¿Se puede saber a qué estás jugando? —preguntó Liza, impaciente.

—Necesito un lápiz o algo por el estilo. Pero un poco más fino... ¡Ah, ya lo tengo! —Cogió un pincel muy fino que había visto antes sobre el escritorio, introdujo el mango en el ojo de la cerradura, lo movió un poco y, finalmente, empujó.

Al salir la llave sonó un clic, y enseguida la oyó caer sobre el papel. Nad tiró de él, y la llave pasó por debajo de la puerta.

Liza, sorprendida, se echó a reír.

—Muy ingenioso, jovencito. Qué idea tan inteligente.

El niño introdujo la llave en la cerradura y abrió la puerta.

Los dos hombres estaban tirados en el suelo, en mitad de la tienda. Efectivamente, habían volcado varios muebles; había sillas y relojes rotos por todas partes, y en medio de aquel estropicio, el inmenso cuerpo de Tom Hustings aplastaba el de Abanazer Bolger. Ninguno de los dos se movía.

—¿Están muertos? —inquirió Nad.

—No caerá esa breva —respondió Liza.

No muy lejos de donde habían caído ambos hombres, vieron brillar la filigrana de plata que adornaba el broche; allí estaba también la piedra con vetas anaranjadas y rojas, sujeta con garras y serpientes, y en la cabeza de éstas se detectaba una expresión de triunfo, avaricia y satisfacción.

Nad se guardó el broche en el bolsillo, junto con el pisapapeles de cristal que había cogido en el almacén, el pincel y el frasco de pintura.

—Llévate esto también —indicó Liza.

Nad miró la tarjeta de borde negro y la palabra «Jack» escrita en una de sus caras. Le produjo cierta desazón. Había algo en ella que le resultaba vagamente familiar, algo que removía viejos recuerdos, algo peligroso.

—No la quiero.

—No debes dejársela aquí —dijo Liza—. Iban a usarla para hacerte daño.

—No la quiero —repitió Nad—. Es mala. Quémala.

—¡No! No la quemes; ni se te ocurra.

—Pues se la daré a Silas —decidió Nad. Y para no estar en contacto directo con ella, la metió en un sobre y se lo guardó en el bolsillo interior de la chaqueta.

131

Υ

A más de trescientos kilómetros de allí, el hombre Jack se despertó y olfateó el aire. Enseguida bajó la escalera.

—¿Qué pasa? —le preguntó su abuela, que estaba removiendo el contenido de una gigantesca olla puesta al fuego—. ¿Qué te pasa?

—No lo sé. Pero está sucediendo algo. Algo... interesante —respondió, y se relamió—. Huele rico, muy rico.

Un relámpago iluminó la empedrada calle.

Nad corría bajo la lluvia por el casco viejo de la ciudad, sin perder de vista en ningún momento la colina en la que estaba situado el cementerio. Había pasado el día encerrado en el almacén y se le había hecho de noche, así que no se sorprendió al ver aquella sombra familiar revoloteando a la luz de las farolas. Vaciló un momento, pero entonces vio cómo el revoloteo de negro terciopelo adquiría la forma de una figura humana.

Silas se plantó delante de él, con los brazos cruzados, y se le acercó con aire impaciente.

—¿Y bien?

—Lo siento mucho, Silas —se excusó el niño.

—Estoy muy decepcionado, Nad. Llevo buscándote desde que me he levantado, y me da en la nariz que te has metido en algún lío. Sabes de sobra que tienes terminantemente prohibido acceder al mundo de los vivos.

—Lo sé, lo sé. Lo siento mucho. —Gotas de lluvia le rodaban por el rostro, como si fueran lágrimas.

—Antes de nada, te voy a llevar a casa. —Silas se inclinó y envolvió al niño con la capa, y Nad sintió que sus pies perdían contacto con el suelo.

—Silas...

Pero Silas no respondió.

—Me asusté un poco, ¿sabes?, pero estaba seguro de que si la cosa se ponía fea de verdad, tú vendrías a rescatarme. Y Liza estaba allí conmigo; me ayudó mucho.

—¿Liza? —preguntó con sequedad.

—Sí, la bruja. La que está enterrada en la fosa común.

—¿Y dices que te ayudó?

—Sí. Sobre todo con la Desaparición. Creo que ahora ya sé cómo hacerlo.

—Ya me lo contarás todo cuando lleguemos a casa —gruñó.

Nad no volvió a abrir la boca hasta que aterrizaron en el cementerio, al lado de la iglesia. En ese momento la lluvia arreció y se metieron dentro.

El niño sacó el sobre que contenía la tarjeta de borde negro, y le dijo a su tutor:

—Ejem. Creí que sería mejor que tú decidieras qué hacer con esto. Bueno, en realidad fue idea de Liza.

133

Silas miró el sobre y, a continuación, sacó la tarjeta. La examinó un momento, le dio la vuelta y leyó las instrucciones que Abanazer escribió a lápiz en el dorso, con su diminuta letra; explicaban cómo había que usar la tarjeta.

—Cuéntamelo todo —le pidió al niño.

Nad le contó cuanto había pasado ese día tratando de no olvidar ningún detalle. Cuando terminó, Silas asintió lentamente con aire pensativo.

—¿Me vas a castigar?

—Nadie Owens, desde luego que serás castigado. No obstante, dejaré que sean tus padres adoptivos quienes decidan qué castigo mereces. Mientras tanto, yo me ocuparé de esto.

La tarjeta desapareció entre los pliegues de su capa, y Silas se esfumó.

Nad se cubrió la cabeza con la chaqueta y subió por el embarrado sendero hasta el mausoleo de Frobisher.

Apartó el ataúd de Ephraim Pettyfer y, de inmediato, bajó la escalera de piedra hasta llegar a la gruta situada en pleno corazón de la colina.

Dejó caer el broche al lado del cáliz y del puñal.

—Aquí lo tienes —dijo—. Y bien reluciente. Así es mucho más bonito.

—HA REGRESADO —susurró el Sanguinario, satisfecho—. SIEMPRE REGRESA.

Había sido una noche larga, pero estaba a punto de amanecer.

Soñoliento y con cierta cautela, Nad pasó junto a la tumba de aquella mujer de nombre maravilloso, la señorita Liberty Roach[7] («Lo que gastó se perdió sin más, lo que regaló permanecerá siempre con ella. Sed caritativos.»), y junto a la tumba donde descansaban Harrison Westwood, panadero de este concejo, y sus esposas, Marion y Joan, de camino hacia la fosa común. Como los señores Owens murieron varios siglos antes de que los pedagogos decidieran que no estaba bien pegar a los niños, aquella noche el señor Owens había cumplido con lo que él consideraba su obligación, por muy penosa que le resultara, de modo que Nad tenía el trasero en carne viva. Sin embargo, observar la cara de preocupación de la señora Owens le había dolido mil veces más que los azotes.

Llegó hasta la verja y se deslizó por entre los barrotes para ir hasta la fosa común.

—¡Hola! —gritó.

No hubo respuesta. Y tampoco vio ninguna sombra bajo el espino.

—Espero que no te hayan castigado por mi culpa —dijo.

7. Literalmente, «Libertad Cucaracha». (N. de la T.)

Nada.

Había vuelto a dejar los vaqueros en el cobertizo (iba más cómodo con su sábana gris), pero quiso quedarse con la chaqueta porque los bolsillos resultaban muy prácticos.

Al ir a devolver los vaqueros, encontró en el cobertizo una pequeña guadaña y decidió llevársela para segar las ortigas que crecían sobre la fosa común. Se había aplicado a fondo, y ahora no quedaban más que los rastrojos.

Sacó del bolsillo el pisapapeles de cristal, cuyo interior estaba decorado con una mezcla de vistosos colores, así como el tarro de pintura y el pincel.

Introdujo el pincel en la pintura y, con mucho esmero, escribió sobre la superficie del pisapapeles las letras:

E H

y debajo de ellas, las palabras

NOSOTROS NO OLVIDAMOS

Ya era casi de día. Pronto llegaría la hora de irse a dormir y, durante algún tiempo, debía ser prudente y no retrasarse a la hora de volver a casa.

Colocó el pisapapeles sobre el terreno antes cubierto de ortigas, precisamente donde él creía que debía de estar la cabecera de la tumba y, deteniéndose tan sólo unos instantes a contemplar su obra, se fue hacia la verja, se deslizó por entre los barrotes, e inició el ascenso por la ladera.

—No está mal —dijo una voz a su espalda con descaro—. No está nada mal.

Pero al girar la cabeza, vio que el lugar estaba desierto.

«El último baile.»

Capítulo 5

Danza macabra

Algo estaba sucediendo; a Nad no le cabía la menor duda. Flotaba en el frío y vigorizante aire invernal, en las estrellas, en el viento, en la oscuridad… Flotaba en los ritmos marcados por las largas noches y los días fugaces.

La señora Owens lo empujó fuera de la pequeña tumba familiar, diciéndole:

—Busca algo en qué entretenerte. Tengo muchas cosas que hacer.

—Pero, señora Owens, hace mucho frío ahí fuera —protestó Nad.

—Eso espero. En invierno, es lo suyo —replicó su madre, y hablando consigo misma, masculló—: a ver, los zapatos. Y mira este vestido; todo el dobladillo descosido. Que desastre. Y las telarañas… ¡si está todo lleno de telarañas, por el amor de Dios! —Y dirigiéndose otra vez a Nad, le espetó—. Vamos, sal por ahí a dar una vuelta. Tengo mucha faena aquí y no quiero que estés por en medio.

Y, a continuación, se puso a cantar una cancioncilla que el niño no había oído nunca.

Hombre rico, hombre pobre, despierta y ven
a bailar con nosotros el Macabré.

—¿Qué es eso que cantas? —preguntó Nad, pero habría hecho mejor en no preguntar porque, de repente, la señora Owens se convirtió en un volcán a punto de entrar en erupción, y Nad salió de la tumba como una flecha, no fuera que las cosas se pusieran aún peor.

Hacía mucho frío y todo estaba oscuro, aunque en el cielo brillaban las estrellas. Nad se cruzó con Mamá Slaughter en el Paseo Egipcio, completamente invadido por la hiedra; parecía estar buscando algo entre la hierba.

—Tú que eres joven y tienes mejor vista que yo —le dijo—, ¿ves alguna flor por aquí?

—¿Flores en pleno invierno?

—No me mires con esa cara, jovencito —lo reprendió—. Cada cosa florece a su debido tiempo. Primero se ven los capullos, luego se abren las flores y, por último, se marchitan. Cada cosa a su tiempo —sentenció, y acto seguido, se arrebujó en su capa y canturreó:

Un rato para trabajar, un rato para disfrutar,
y un rato para bailar el Macabré.

¿Verdad que sí, jovencito?

—Pues no sé. ¿Qué es el Macabré? —Pero Mamá Slaughter se había perdido ya entre la hiedra—. Qué raro —dijo Nad en voz alta.

Fue en busca de calor y compañía al bullicioso mausoleo de los Bartleby —donde convivían hasta siete generaciones de esta familia—, pero los Bartleby no tenían tiempo para él aquella noche. Todos ellos, desde el más viejo (1831) hasta el más joven (1690), estaban muy ocupados limpiando y ordenando su casa.

Fortinbras Bartleby, que cumplió diez años poco antes de morir (de *consunción*, según le había explicado a Nad, quien durante años creyó que Fortinbras había sido devorado por los leones, o los osos, y se llevó un buen chasco cuando se enteró de que ése era el nombre de una enfermedad), salió a ofrecerle sus disculpas.

—No podemos jugar contigo ahora, Nad. Queda poco para que llegue *mañana por la noche*, y eso no es algo que suceda muy a menudo, ¿verdad?

—Pues sí, todas las noches —replicó Nad—. Mañana por la noche siempre llega.

—Ésta no —insistió Fortinbras—. Ni siquiera muy de vez en cuando, o una vez cada cien años.

—Pero si no es la Noche de Guy Fawkes[8] —observó Nad—, ni Halloween, ni tampoco es Nochebuena, ni Nochevieja.

Fortinbras sonrió de oreja a oreja, y su pecosa cara de pan se iluminó como un sol.

—No, no es nada de eso —aseguró—. Ésta es mucho más especial.

—¿Y cómo se llama? —preguntó Nad—. ¿Qué es lo que pasa mañana?

—Es el mejor día de todos —sentenció Fortinbras, y Nad estaba seguro de que habría seguido explicándoselo

---

8. El 5 de noviembre de 1605, un grupo de católicos, encabezados por Guy Fawkes, intentaron volar las Casas del Parlamento para acabar con la vida de Jacobo I; de ahí el nombre de Noche de Guy Fawkes. Pero el complot fue descubierto a tiempo y el plan fracasó. Todos los años, en esa misma fecha, los británicos celebran el fracaso de este complot encendiendo hogueras y quemando simbólicamente al traidor representado por un muñeco de paja. (N. de la T.)

de no ser porque su abuela, Louisa Bartleby (que sólo tenía veinte años), salió a llamarlo y, muy enfadada, le susurró algo al oído.

—Nada, nada —respondió Fortinbras. Luego se volvió hacia Nad y le dijo—. Tengo que seguir con mi tarea.

Fortinbras cogió un trapo y se puso a frotar su polvoriento ataúd.

—La, la, la, hop —cantaba—. La, la, la, hop.

Y con cada «hop», hacía una sofisticada reverencia con el trapo en la mano.

—¿No vas a cantar esa canción?

—¿Qué canción?

—Pues esa que canta todo el mundo hoy.

—No tengo tiempo para eso —dijo Fortinbras—. Es *mañana*, ¿te das cuenta? Mañana.

—No tiene tiempo —dijo Louisa, que había muerto al dar a luz a sus gemelos—. Vete con la música a otra parte. —Y con su voz suave y clara empezó a cantar—:

> Todo el mundo lo oirá y nadie se marchará
> y todos juntos bailaremos el Macabré.

Nad echó a andar hacia la destartalada iglesia. Se deslizó entre las piedras y fue hasta la cripta, y allí se sentó a esperar a Silas. Tenía frío, sí, pero a él no le importaba pasar frío: el cementerio lo abrigaba, y los muertos no sienten el frío.

Su tutor no regresó hasta las tantas de la madrugada; llevaba una bolsa de plástico grande.

—¿Qué traes ahí?

—Ropa para ti. Pruébatela. —Silas sacó un jersey gris del mismo tono que la túnica de Nad, unos vaqueros, algo de ropa interior y unos zapatos (unas playeras de color verde pálido).

—¿Y para qué quiero yo ropa?

—¿Aparte de ponértela, quieres decir? Pues, en primer lugar, me parece que ya eres lo suficientemente mayor, (¿qué edad tienes, diez años?), para usarla. Y la ropa que viste la gente normal —los vivos— es un buen invento. De un modo u otro, algún día tendrás que utilizarla, así que, ¿por qué no empezar a acostumbrarte desde ahora mismo? Además, te servirá para camuflarte.

—¿Qué es camuflarse?

—Cuando algo tiene un aspecto similar a lo que otras personas están mirando, les resulta difícil distinguir entre una cosa y otra.

—¡Ah, ya lo entiendo! Bueno, creo.

Nad se vistió con la ropa que le había entregado Silas. Sin embargo, no sabía muy bien cómo atarse los cordones de las zapatillas deportivas, y su tutor tuvo que enseñarle cómo se hacía. Pero esta operación le acarreó serias dificultades, así que tuvo que repetirla una y otra vez hasta que Silas consideró que era capaz de realizarla sin dificultades. Entonces fue cuando Nad se atrevió a formular la pregunta:

—Silas, ¿qué es el Macabré?

—¿Dónde has oído esa palabra? —inquirió Silas con expresión de extrañeza.

—En el cementerio; todo el mundo habla de eso. Creo que es algo que sucederá mañana por la noche. ¿Qué es el Macabré?

—Es un baile —respondió Silas.

—*Todos juntos bailaremos el Macabré* —dijo Nad recordando uno de los versos—. ¿Tú lo has bailado alguna vez? ¿Cómo se baila?

Su tutor lo miró con aquellos ojos de negro azabache, y le dijo:

—No sé cómo se baila. Verás, Nad, yo sé muchas co-

sas, porque llevo mucho tiempo y una infinidad de noches vagando por este mundo, pero no tengo ni idea de
cómo se baila el Macabré. Hay que estar vivo o muerto
para bailarlo... y yo no estoy ni vivo ni muerto.

Nad se estremeció. Quería abrazar a Silas, decirle que
jamás lo abandonaría, pero eso era algo inconcebible;
pretenderlo era como intentar ceñir un rayo de luna, y
no porque su tutor fuera incorpóreo, sino porque no estaría bien. Había personas a las que uno podía abrazar,
pero a él...

Con aire pensativo, Silas evaluó detenidamente el aspecto de Nad con sus ropas nuevas.

—No está mal —dijo—. Casi parece que hayas vivido
toda la vida fuera del cementerio.

Nad sonrió con orgullo, aunque enseguida volvió a
adoptar una expresión seria.

142

—Pero tú te quedarás aquí para siempre, ¿verdad?
—le preguntó a Silas—. Y yo no tendré que marcharme
si no quiero, ¿no?

—Cada cosa a su tiempo —respondió Silas, y ya no
dijo nada más en toda la noche.

Al día siguiente Nad se despertó temprano, cuando el
sol no era más que una moneda de plata en lo alto del invernal cielo gris.

Resultaba demasiado fácil pasarse durmiendo las es-
casas horas de luz solar, convertir su invierno en una larga noche y no ver nunca la luz del sol, así que todas las
noches, cuando se iba a dormir, se prometía solemne-
mente levantarse por la mañana y salir de la confortable
tumba de los Owens.

Aquella mañana, sin embargo, flotaba en el aire un
extraño aroma, un perfume floral muy intenso. Nad lo

fue siguiendo colina arriba hasta que llegó al Paseo Egipcio, donde la hiedra crecía formando salvajes cascadas, como marañas siempre verdes que ocultaban muros, estatuas y jeroglíficos de imitación egipcia.

El perfume era más intenso en ese punto, y por un momento el niño pensó que quizá había nevado la noche anterior, porque se veían montoncitos blancos desperdigados por entre la hierba. Se acercó a uno de esos montoncitos para examinarlo con detenimiento; era un ramillete de florecillas de cinco pétalos y, mientras se agachaba para oler su perfume, oyó que alguien se acercaba por el sendero.

Nad practicó la Desaparición entre la nieve, y observó: tres hombres y una mujer, todos ellos vivos, se dirigían derechos hacia el Paseo Egipcio. La mujer llevaba una cadena con muchos adornos alrededor del cuello.

—¿Es esto? —preguntó ella.

—Sí, señora Caraway —respondió uno de los hombres (gordinflón, canoso y sin resuello). Al igual que los otros dos, llevaba una enorme cesta de mimbre completamente vacía.

La mujer parecía despistada y algo perpleja.

—Bueno, si tú lo dices. Pero la verdad es que no lo entiendo. —Poco después, mirando las flores, preguntó—: ¿Y qué se supone que debo hacer ahora?

El hombre de menor estatura metió la mano en su cesta de mimbre y sacó unas relucientes tijeras de plata.

—Las tijeras, señora alcaldesa —dijo.

La mujer las cogió, y todos empezaron a llenar de flores sus cestas.

—Esto es —dijo la señora Caraway, la alcaldesa, al cabo de un rato— absolutamente ridículo.

—Es una tradición —replicó el gordo.

—Una tradición absolutamente ridícula —repitió la

señora Caraway, pero siguió cortando flores y echándolas en las cestas. Una vez que hubieron llenado la primera de éstas, cuestionó—: ¿Y no tenemos suficientes ya?

—Tenemos que llenar las cuatro cestas —le respondió el más bajito—, para luego regalar una flor a todo el que viva en el casco viejo de la ciudad.

—¿Y qué clase de tradición es ésa? —quiso saber la señora Caraway—. Le pregunté a mi predecesor en la alcaldía y me dijo que jamás había oído hablar de ella. —Y añadió—: ¿No tienen ustedes la sensación de que alguien nos observa?

—¿Cómo? —se extrañó el tercer hombre, que no había abierto la boca hasta ese momento; llevaba barba y un turbante—. ¿Quiere decir algún fantasma? Yo no creo en los fantasmas.

—Yo no he hablado de ningún fantasma —replicó la mujer—. Simplemente opino que tengo la sensación de que alguien nos está observando.

Nad reprimió el impulso de retroceder y ocultarse entre la hiedra.

—No tiene nada de particular que su predecesor no conociera esta tradición —dijo el gordinflón, cuya cesta estaba ya prácticamente llena—. Es la primera vez en ochenta años que florecen los brotes de invierno.

El hombre de la barba y el turbante, el que no creía en los fantasmas, miraba alrededor con inquietud.

—Hay que regalar una flor a cada hombre, mujer o niño que viva en el casco antiguo —insistió el más bajito.

A continuación recitó un verso, muy despacio, como si estuviera haciendo memoria para recordar algo que había aprendido mucho tiempo atrás:

Uno partirá y otro se quedará, y todos bailarán el Macabré.

La señora Caraway hizo un gesto despectivo.

—¡Bah! Cuentos de viejas —afirmó, y continuó cortando flores.

A primera hora de la tarde empezó a anochecer, y a las cuatro y media ya era noche cerrada. Buscando a alguien con quien hablar, Nad deambulaba por los senderos del cementerio, pero no había nadie por allí; bajó hasta la fosa común para ver si Liza Hempstock andaba por ahí, pero tampoco la encontró; por lo tanto, regresó a la tumba de los Owens, pero del mismo modo no hubo suerte; ni su padre ni su madre estaban en casa.

Fue entonces cuando se asustó. En sus diez años de vida, era la primera vez que se sentía abandonado en el lugar que siempre había considerado su hogar, así que echó a correr hacia la vieja iglesia y se quedó allí esperando a que llegara Silas.

Pero Silas tampoco llegaba.

«Igual es que no lo he visto», pensó Nad, aunque sin la menor convicción. Abandonó su posición y, subiendo hasta la cumbre de la colina, contempló el paisaje. Las estrellas brillaban en el gélido firmamento y, a sus pies, las luces de la ciudad: las farolas, los faros de los coches y otras cosas en movimiento.

Entonces decidió bajar caminando muy despacio hasta la puerta principal del cementerio, y al llegar, se detuvo.

Se oía una especie de música.

Nad estaba familiarizado con todo tipo de música: el suave tintineo de la furgoneta de los helados, las canciones que se emitían en la radio para los obreros, las melodías que tocaba Claretty Jake con su polvoriento violín, pero jamás había escuchado algo semejante: una serie de

145

acordes largos, como los que se tocan al principio de una melodía, un preludio, quizá, o una obertura.

Se deslizó por entre los barrotes de la puerta, bajó por la colina, y se plantó en el casco antiguo de la ciudad.

Pasó junto a la alcaldesa, que estaba de pie en una esquina, y vio cómo prendía una flor en la solapa de un ejecutivo que pasaba por aquel lugar.

—Tengo por norma no hacer donativos personales —dijo el hombre—. De eso ya se ocupa mi empresa.

—No se trata de una cuestación —replicó la señora Caraway—. Es una tradición local.

—¡Ah, ya! —exclamó el ejecutivo y, sacando pecho, se fue muy farruco exhibiendo su blanca florecilla en el ojal.

A continuación pasó una mujer joven que paseaba a su bebé en un cochecito.

—¿Para qué es esto? —preguntó, suspicaz, cuando la alcaldesa se le acercó.

—Una para usted y otra para el pequeñín —le dijo la alcaldesa.

Prendió una flor en el abrigo de la mujer, y al bebé se la pegó en el abrigo con un trocito de celo.

—Pero ¿para qué es esto? —insistió la mujer.

—Es simplemente un detalle para los vecinos del casco antiguo —respondió la alcaldesa—. Una especie de tradición.

Nad siguió caminando. Todo el mundo lucía una florecilla blanca en la solapa. Cada vez que doblaba una esquina, se encontraba con alguno de los hombres que habían subido al cementerio con la alcaldesa repartiendo flores blancas entre los vecinos. La mayoría de éstos la aceptaban, aunque no todos.

Seguía oyendo aquella música; sonaba en algún lugar, casi imperceptible, solemne y extraña. Nad ladeó la cabeza, intentando averiguar de dónde provenía, pero no hubo manera. Flotaba en el aire, por todas partes; estaba presente en el flamear de las banderas y los toldos, en el rumor del tráfico a lo lejos, en el sonido de los neumáticos sobre los adoquines...

Pero sucedía algo muy raro, se dijo Nad mientras contemplaba el ir y venir de los transeúntes: todos caminaban al compás de la música.

Al hombre de la barba y el turbante se le estaban acabando las flores. Nad se encaminó hacia él y le dijo:

—Perdone.

El hombre dio un respingo y replicó en tono acusador:

—No te había visto.

—Lo siento —se disculpó Nad—. ¿Podría darme una flor?

—¿Vives por aquí cerca? —le preguntó mirándolo con suspicacia.

—¡Sí, claro!

El hombre del turbante le entregó una flor blanca. Al cogerla, Nad se pinchó en el pulgar.

—¡Ay! —exclamó.

—Préndetela en el abrigo y ten cuidado con el alfiler.

Una gotita de sangre le resbaló por el dedo, y el niño se lo chupó, mientras el hombre del turbante le ponía la flor en el jersey y le decía:

—No te había visto nunca por aquí.

—Vivo aquí, de verdad —replicó Nad—. ¿Y para qué son estas flores?

—Es una antigua tradición; se remonta a la época en que sólo existía el casco histórico. Cuando florecen los brotes de invierno en el cementerio de la colina, se cortan y se reparten entre los vecinos de la zona, ya sean hombres o mujeres, jóvenes o viejos, pobres o ricos; todos reciben su flor.

La música se oía más alta y más clara, y Nad se preguntó si se debía a la flor que lucía en el jersey. Aguzando un poco el oído, logró distinguir unos tambores lejanos que marcaban el compás y un sonido como de flautas que iban tejiendo la melodía, de tal modo que sintió el impulso de ponerse de puntillas y caminar al compás de la música.

Nad no había salido nunca a ver mundo. Por eso, se le olvidó que tenía terminantemente prohibido abandonar el cementerio, y que aquella noche ninguno de los muertos del cementerio estaba donde se suponía que debía estar; aquel lugar lo tenía fascinado por completo, y siguió trotando la mar de contento por las calles del casco antiguo hasta que llegó a los jardines municipales, delante mismo del ayuntamiento (convertido ahora en museo y oficina de turismo, pues el ayuntamiento propiamente dicho se había trasladado a un edificio de despachos mucho más aparente y moderno, pero también más anodino, en la zona nueva).

148

Todavía había gente paseando por los jardines municipales, que en aquella época del año se reducían a un extenso prado, con escalones aquí y allá, algún que otro arbusto y unas cuantas estatuas.

Nad seguía extasiado escuchando la música y la gente continuaba pasando por la plaza; unos iban solos, otros de dos en dos, e incluso se veían algunas familias. Nunca había contemplado a tantas personas vivas al mismo tiempo. Debía de haber cientos de ellas, personas que respiraban, que estaban tan vivas como él, y todos llevaban una florecilla blanca.

«¿Será esto lo que hacen las personas vivas?», se preguntaba Nad, pero en realidad sabía que no; los acontecimientos de aquella noche, sean los que fueren, eran algo especial.

La mujer que había visto antes, la que paseaba al bebé en su sillita, se hallaba ahora delante de él, con su hijo en brazos, siguiendo el compás de la música con la cabeza.

—¿Sabe usted hasta cuándo continuará sonando esa música? —le preguntó Nad, pero ella no respondió, sino que siguió sonriendo y meneando la cabeza.

A Nad le dio la impresión de que la mujer no debía de sonreír muy a menudo. Y cuando creía estar seguro de que no le había oído (quizá porque él se había desaparecido, o simplemente porque ella no tenía el menor interés en escuchar a alguien como él), la mujer dijo:

—¡Caray! Parece Navidad. —Hablaba como en sueños, como si se estuviera observando a sí misma desde fuera. Y prosiguió parloteando, sin salir de su trance—. Me recuerda a la hermana de mi abuela, la tía Clara; en Nochebuena íbamos a visitarla, después de morir mi abuela, y ella se sentaba a su viejo piano y tocaba —a veces también cantaba—, y comíamos bombones y frutos secos, aunque ya no recuerdo las canciones que interpretaba. Pero esa música es como todas aquellas canciones sonando a la vez.

El bebé dormía con la cabeza apoyada en el hombro de su madre, pero hasta él movía un poco las manitas al son de la música.

Y, de pronto, ésta cesó y la plaza quedó en silencio, un silencio sordo, semejante al caer de la nieve; la noche y los cuerpos de la gente que paseaba por la plaza absorbían hasta el más mínimo ruido; no se oían pisadas, ni voces, casi no se los oía ni respirar.

Un reloj cercano dio las doce: había llegado la medianoche, y todos se pusieron en camino.

Bajaron en procesión desde lo alto de la colina, caminando con aire solemne y marcando el mismo paso, y

149

ocuparon por completo el ancho de la carretera en formación de columnas de a cinco. Nad los conocía prácticamente a todos. En la primera fila, reconoció a Mamá Slaughter, a Josiah Worthington, al viejo conde que resultó herido en las Cruzadas y regresó a casa para morir, y al doctor Trefusis; todos ellos avanzaban con expresión digna y respetable.

Se oyeron gritos ahogados entre los ciudadanos congregados en la plaza, y alguien imploró en voz alta: «¡Señor, ten piedad, esto es el Juicio Final, sin duda!». Pero la mayoría de la gente se limitaba a mirarlos fijamente, con el rostro impasible, como si aquel acontecimiento formara parte de un sueño.

Los muertos continuaron avanzando, poco a poco, hasta llegar a la plaza.

Josiah Worthington subió los escalones para reunirse con la señora Caraway, la alcaldesa. Extendió un brazo y, en voz lo suficientemente alta para que todos los allí congregados pudieran oírlo, solicitó:

—Gentil dama, concededme la merced de bailar conmigo el Macabré.

La señora Caraway vaciló. Miró al hombre que estaba a su lado para que le indicara qué debía hacer; el hombre iba en bata y zapatillas de andar por casa, y lucía una flor blanca en la solapa. Sonriendo a la alcaldesa, asintió con la cabeza y la animó:

—Adelante.

Ella le tendió la mano a Josiah Worthington, y en cuanto sus dedos se tocaron, la música sonó de nuevo. Si la música que Nad había oído hasta ese momento era un preludio, había dejado de serlo; aquellos sones eran los que todos querían escuchar, y los pies de la gente siguieron el compás de la melodía.

Vivos y muertos se cogieron de las manos y se pusieron a bailar. Nad vio a Mamá Slaughter bailando con el hombre del turbante, mientras que el ejecutivo se aparejó con Lisa Bartleby; la señora Owens sonrió a Nad al tiempo que le cogía la mano al anciano del kiosco de prensa, y el señor Owens le tendió la mano a una niña pequeña, que la aceptó como si llevara toda la vida esperando la ocasión de bailar con él. Pero entonces Nad dejó de mirarlos, pues alguien le había cogido de la mano, y comenzó a bailar.

Liza Hempstock le sonrió abiertamente y le dijo:

—Esto es fantástico.

A continuación la niña se puso a cantar al son de la música:

Un paso hacia adelante y un giro, luego otro paso más y párate, y ya estamos bailando el Macabré.

Nad sentía una alegría desbordante, y sus pies se movían como si conocieran aquella danza, o llevaran toda la vida bailándola.

Danzó con Liza Hempstock hasta que Fortinbras Bartleby le cogió de la mano, y continuó bailando con él, avanzando entre las hileras de gente, que se apartaban a su paso.

Nad vio a Abanazer Bolger bailando con la señorita Borrows, su antigua y anciana profesora. Vivos y muertos bailaban juntos. A todo esto, las parejas de baile se separaron, formaron largas hileras de gente que danzaban al compás de la música, alternando los pasos de baile con algún que otro saltito (¡La…la…hop! ¡La…la…la…hop!), y, colocados en fila, recrearon una danza de miles y miles de años de antigüedad.

En ese momento, Nad tenía a Liza Hempstock de nuevo a su lado, y le preguntó:

—¿De dónde viene la música? —Ella se encogió de hombros—. ¿Quién ha organizado todo esto?

—Nadie lo organiza, simplemente sucede. Los vivos no lo recuerdan después, pero nosotros sí... —explicó y, excitada, exclamó—. ¡Mira, mira!

Nad sabía cómo eran los caballos por las ilustraciones de los libros, pero aquella era la primera vez que veía a uno de verdad, y el caballo blanco que cabalgaba hacia la plaza no se parecía en absoluto a lo que él había imaginado. Éste era muchísimo más grande, y su alargada cara tenía una expresión muy seria; sobre el desnudo lomo del animal cabalgaba una mujer, ataviada con un largo vestido gris que brillaba bajo la luna de diciembre como las telarañas bañadas por el rocío de la mañana.

Al llegar a la plaza, el caballo se detuvo y la mujer de gris descendió con gracia y se colocó frente a la multitud de vivos y muertos.

Los saludó con una reverencia.

Todos a una respondieron a su saludo con otra reverencia o inclinando la cabeza, y reanudaron la danza.

Antes de que el baile arrastrara a Liza Hempstock lejos de Nad, la niña cantó:

Al llegar la Dama de Gris,
dirigirá la danza del Macabré.

Todos avanzaban, giraban y brincaban al ritmo de la música, y la Dama de Gris bailaba con ellos, avanzando, girando y brincando con entusiasmo. Incluso el blanco caballo movía la cabeza y las patas al son de la música.

El ritmo de la música se aceleró, y los bailarines avivaron el paso. Nad se estaba quedando sin aliento, pero no le pasó por la cabeza que aquel baile —el Macabré, la danza de los vivos y de los muertos, la danza de la muerte— fuera a tener fin. El niño sonreía, y todos los demás, también.

De vez en cuando, mientras bailaba y daba vueltas y más vueltas por los jardines municipales, contemplaba a la Dama de Gris.

«¡Todo el mundo baila!», pensó Nad, pero enseguida se dio cuenta de que no era así. Oculto entre las sombras del antiguo ayuntamiento, había un hombre vestido de negro por completo. No bailaba; simplemente, los observaba.

Al niño le hubiera gustado adivinar los sentimientos de su tutor en aquellos momentos. ¿Acaso expresaba algún tipo de anhelo, tristeza o algo por el estilo? Sin embargo, el rostro de Silas era totalmente inexpresivo.

—¡Silas! —gritó Nad con la esperanza de que su tutor se acercara y se uniera al baile para divertirse con ellos.

Pero al oír su nombre, Silas retrocedió y desapareció entre las sombras.

«¡El último baile!», anunció una voz y, entrando en el postrero movimiento, el ritmo se fue tornando lento y majestuoso.

Los bailarines se emparejaron de nuevo uno a uno, los vivos con los muertos. Nad alargó el brazo y se encontró mano a mano, y cara a cara, con la Dama de Gris.

La mujer le sonrió y lo saludó:

—Hola, Nad.

—Hola —replicó el niño sin dejar de bailar—. No sé cuál es su nombre.

—Los nombres no importan en realidad.

—Tiene un caballo precioso. ¡Y qué grande es! No sabía que hubiera caballos tan grandes.

—Es lo suficientemente manso para llevar sobre su amplio lomo al más fuerte de vosotros, y también es lo suficientemente fuerte para llevar al más pequeño.

—¿Puedo montarlo? —preguntó Nad.

—Algún día… —respondió ella, y su vestido de tela de araña titiló como una estrella—. Algún día, sí. Antes o después, todos lo hacen.

—¿Prometido?

—Prometido.

Y en ese preciso instante, el baile llegó a su fin. Nad se inclinó ante su pareja de baile y entonces, pero ni un segundo antes, se dio cuenta de que estaba agotado. Tuvo la impresión de haber estado bailando horas y horas, le dolían todos los músculos del cuerpo y se había quedado sin resuello.

Un reloj dio la hora, y el niño fue contando las campanadas. Doce. Se preguntó cuánto tiempo habrían estado bailando: ¿doce horas, veinticuatro? ¿O quizás el tiempo se había detenido mientras bailaban?

Nad se desperezó y echó una ojeada. Los muertos se habían marchado ya, así como la Dama de Gris. En la plaza sólo quedaban los vivos, que se dirigían cada uno a su casa, aunque con aspecto de sonámbulos, como si acabaran de despertar tras un largo y profundo sueño.

El suelo de la plaza estaba cubierto de flores blancas; parecía que se había celebrado una boda.

Al día siguiente Nad despertó en la tumba de los Owens con la sensación de haber descubierto un importante secreto, de haber formado parte de un acontecimiento único, y ardía en deseos de comentarlo con alguien.

Cuando se levantó la señora Owens, Nad le dijo:

—¡Lo de anoche fue algo increíble!

—¿Ah, sí?

—Estuvimos bailando todos juntos en la parte antigua de la ciudad.

—¿De verdad? —dijo la señora Owens resoplando—. ¿Bailando, dices? Sabes que tienes terminantemente prohibido bajar a la ciudad.

Nad sabía de sobra que cuando su madre se levantaba con el pie izquierdo era mejor callarse, así que salió de allí a hurtadillas. Estaba empezando a anochecer.

Se fue colina arriba, hasta donde estaban la lápida de Josiah Worthington y el obelisco, junto al anfiteatro, y desde allí contempló la ciudad y las luces de alrededor.

Josiah Worthington estaba de pie a su lado.

—Usted abrió el baile con la alcaldesa —comentó Nad—. Estuvieron bailando juntos.

Josiah lo miró, pero no despegó los labios.

—Usted *estaba* allí.

—Los vivos y los muertos no se mezclan, muchacho —repuso Josiah Worthington—. Nosotros ya no formamos parte de su mundo y ellos tampoco pertenecen al nuestro. Si bailamos con ellos la danza macabra, la danza de la muerte, es algo que no comentaremos jamás, y mucho menos con una persona viva.

—Pero yo soy uno más de los vuestros.

—Todavía no, muchacho; todavía no. Y no lo serás mientras vivas.

Nad comprendió entonces por qué se unió al baile del mismo modo que los vivos, en lugar de bajar en procesión por la colina como hicieron sus amigos restantes.

—Ya entiendo... Bueno, me parece —dijo.

Bajó corriendo por la colina, con toda la energía de sus diez años, e iba a tal velocidad que estuvo a punto de tropezar con Digby Poole (1785-1860. «Algún día os veréis tal como hoy me veis a mí.»), pero logró esquivarlo sin perder el equilibrio, y siguió como una flecha hacia la vieja iglesia, pues temía que Silas ya se hubiera marchado.

155

Nad se sentó en el banco.

Algo se movió a su lado, pero sin hacer ningún ruido y, a continuación, oyó la voz de su tutor.

—Buenas noches, Nad.

—Tú estuviste allí anoche —le espetó Nad—. Y no intentes negarlo porque sé perfectamente que estabas allí.

—Sí, estuve allí.

—Bailé con ella. Con la dama que vino montada en el caballo blanco.

—¿Ah, sí?

—¡Lo viste con tus propios ojos! ¡Nos viste bailar! ¡Bailamos todos juntos, los vivos y los muertos! ¿Por qué nadie quiere hablar de ello?

—Porque es un misterio. Porque hay ciertas cosas de las que está prohibido hablar. Porque hay cosas que ellos simplemente no recuerdan.

—Pero tú estás hablando de ello ahora mismo. Estamos hablando del Macabré.

—Yo jamás lo he bailado.

—Pero sí lo has visto.

—No sé qué es lo que vi —alegó simplemente Silas.

—¡Bailé con la Dama de Gris, Silas! —exclamó Nad.

Su tutor parecía estar profundamente afligido, y Nad se asustó como un niño que acabara de despertar a una pantera.

Pero todo cuanto dijo Silas fue:

—Está conversación se acaba aquí.

A Nad le hubiera gustado añadir algo más; tenía cientos de cosas que decir, aun sabiendo que no hubiera sido prudente decirlas, pero algo distrajo su atención: una especie de susurro muy leve, y de inmediato, algo plumoso y frío le acarició la cara.

Entonces los recuerdos de aquel baile se le borraron

de la mente por completo, y con ellos desapareció también el miedo, dejándolo un poco desconcertado, pero con una sensación muy agradable.

Aquélla fue la tercera vez que la vio.

—¡Mira, Silas, está nevando! —gritó, y sentía una alegría tan inmensa, que no había lugar en su interior para ningún otro sentimiento—. ¡Es nieve, mírala!

Interludio

La asamblea

Un pequeño anuncio en el vestíbulo del hotel indicaba que el salón Washington estaba reservado aquella noche para una fiesta privada, aunque no especificaba de qué clase de fiesta se trataba. A decir verdad, no habríais podido averiguarlo aunque hubierais podido echar un vistazo al interior del salón. No obstante, os habríais dado cuenta inmediatamente de que no había ni una mujer. Así pues, los ocupantes de las mesas eran hombres —hasta ahí ninguna duda—, y estaban a punto de terminar el postre.

Había más o menos un centenar, todos ellos vestían traje negro, pero el traje era lo único que tenían en común, puesto que unos eran canosos, otros morenos, otros rubios, otros pelirrojos y otros, sencillamente, carecían de cabello. Se observaban semblantes risueños o malhumorados, de apariencia amable o antipática, sociables o reservados, brutos o sensibles; la mayoría de ellos tenían la piel más bien rosada, pero también los había negros y de tez aceitunada; entre ellos abundaban europeos, africanos, indios, chinos, latinoamericanos, filipinos, norteamericanos... Y hablaban en inglés, pero cada cual con un acento distinto. Prácticamente, todos los países del mundo estaban representados aquella noche en el salón Washington.

Los hombres vestidos de negro se quedaron sentados en sus respectivos asientos mientras que, desde la tribuna de oradores, un tipo gordo y vivaracho que iba de chaqué, como si viniera de una boda, exponía las buenas obras realizadas a lo largo del año: vacaciones a lugares exóticos para niños pobres, excursiones para personas sin recursos, cosa que les había obligado a comprar un autocar…

El hombre Jack estaba sentado en primera fila, en la mesa del centro, junto a un hombre de aspecto muy pulcro y cabellos plateados. Esperaban a que les sirvieran los cafés.

—El tiempo apremia —dijo el hombre del cabello plateado—, y se nos está agotando la paciencia.

—He estado dándole vueltas… —contestó el hombre Jack—. Me refiero a aquel asunto en San Francisco hace unos años...

—Una fatalidad, pero no te salgas por la tangente. Fracasaste, Jack. Quedamos en que te encargarías de todos. Y eso incluía al bebé; principalmente al bebé, de hecho. La palabra *casi* sólo es válida si hablamos de herrar a un caballo o de lanzar una granada de mano.

Un camarero con chaqueta blanca les sirvió el café. Sentados a la misma mesa, estaban también un hombre bajito con un fino bigote negro, otro alto y rubio, con aspecto de galán de la pantalla, y un tercero de tez aceitunada, mirada furibunda y un buen cabezón. Todos ellos hacían lo posible por mantenerse al margen de aquella conversación y escuchaban con interés al orador, incluso lo aplaudían de vez en cuando. El hombre del cabello plateado se sirvió varias cucharadas muy colmadas de azúcar, revolvió su café con energía y reemprendió la cháchara:

—Diez años, y el tiempo no perdona. Dentro de nada dejará de ser un niño. ¿Y entonces qué?

—Todavía tengo tiempo, señor Dandy —insinuó el hombre Jack, pero el aludido lo interrumpió bruscamente, apuntándolo con un largo dedo de piel rosada.

—Ya has tenido tiempo. Lo que tienes ahora es un plazo que cumplir. Ahora debes espabilarte. No vamos a volver a hacer la vista gorda contigo; se acabó. Estamos hartos de esperar, estamos todos hasta las mismísimas narices de esperar.

El hombre Jack asintió secamente y afirmó:

—Aún puedo tirar de algunos hilos.

—¿En serio? —replicó el hombre de los cabellos plateados sorbiendo ruidosamente su café.

—En serio. E insisto, creo que esto tiene algo que ver con aquel problema que tuvimos en San Francisco.

—¿Lo has comentado con el secretario? —preguntó el señor Dandy señalando al orador, que en ese momento aludía al equipamiento médico adquirido el año anterior gracias a la generosidad de todos ellos. («No una, ni dos, sino tres máquinas de diálisis», iba diciendo, y los presentes se aplaudieron muy educadamente por su gran generosidad.)

—Sí, se lo he mencionado.

—¿Y qué?

—No mostró el más mínimo interés. Él sólo espera resultados. De modo que quiere que remate el trabajo que dejé a medias.

—Como todos nosotros, chavalote —replicó el señor Dandy—. El niño sigue vivo, y el tiempo juega en nuestra contra.

Sus compañeros de mesa, los que fingían no escucharlos, asintieron con la cabeza y mostraron su conformidad emitiendo leves gruñidos.

—No lo olvides —dijo el señor Dandy con indiferencia—: el tiempo apremia.

«Creo —dijo Silas— que ya es hora
de que hablemos sobre tus orígenes.»

Capítulo 6

Nadie Owens va a la escuela

Llovía, y todo estaba lleno de charcos y turbios reflejos en el cementerio. Sentado bajo el arco que separaba el Paseo Egipcio de la frondosa zona noroeste del resto del cementerio, Nad leía un libro, escondiéndose de todos, tanto de los vivos como de los muertos.

—¡Maldito sea! —gritó alguien desde el sendero—. ¡Maldita sea su estampa! ¡Cuando le eche el guante, y puede estar seguro de que lo encontraré, lamentará haber nacido!

Nad suspiró, dejó el libro y echó una ojeada al sendero. Quien maldecía era Thackeray Porringer (1720-1734. «Hijo de los susodichos»), que subía por el resbaladizo sendero pateando el terreno. Era un chico mayor (murió a los catorce años, al poco tiempo de empezar a trabajar como aprendiz de un pintor de brocha gorda). Una mañana de enero, el pintor le dio ocho peniques de cobre y le encargó que comprara medio galón de pintura a rayas rojas y blancas para pintar los postes de la barbería, e insistió en que no se le ocurriera volver sin ella. El muchacho se pasó cinco horas buscándola de tienda en tienda, recorriendo la ciudad de punta a punta, pues en cuanto entraba en una tienda y le explicaba al dependiente el tipo de pintura que buscaba, el tipo se echaba a reír y lo mandaba a otra tienda a por la dichosa pintura; por fin comprendió que le habían tomado el pelo, y se puso tan furioso que le dio una apoplejía; este percance acabaría llevándoselo al otro barrio en el plazo de una semana, y murió maldiciendo a los demás aprendices, e incluso al propio maese Horrobin, el pintor, que tuvo que pasar por cosas mucho peores en sus tiempos de aprendiz y no entendía a qué venía tanto alboroto.

Así pues, Thackeray Porringer murió hecho una furia, agarrado a un ejemplar de *Robinson Crusoe* que, junto con una moneda de plata de seis peniques y la ropa que llevaba puesta, era todo cuanto poseía; por expreso deseo de su madre, fue enterrado con el libro. La muerte no había suavizado el irascible temperamento de Thackeray Porringer, y lo que iba gritando en ese momento era:

—¡Sé que estás aquí! ¡Sal para recibir tu castigo, ladrón, más que ladrón!

Nad cerró el libro y se defendió:

—No soy ningún ladrón, Thackeray. Sólo lo he cogido prestado y prometo devolvértelo en cuanto lo termine.

Thackeray alzó la vista y vio cómo Nad se refugiaba detrás de la estatua de Osiris.

—¡Te dije que no lo cogieras!

—Pero es que hay tan pocos libros por aquí. Y además, estoy en lo más interesante: acaba de encontrar la huella de un pie. Y no es suya. ¡Eso quiere decir que hay alguien más en la isla!

—Es mío —dijo Thackeray Porringer, empecinado—. ¡Devuélvemelo!

Nad estaba dispuesto a discutir si era necesario, o simplemente a negociar, pero se dio cuenta de que Thackeray lo había interpretado como una afrenta, y decidió ceder. Entonces se descolgó por uno de los laterales del arco y, de un salto, se plantó en el suelo.

—Toma —dijo Nad entregándole el libro.

Thackeray lo cogió sin más contemplaciones y fulminó al niño con la mirada.

—Si quieres puedo leértelo —se ofreció Nad.

—Quiero que te vayas a freír espárragos —soltó Thackeray, y le dio un puñetazo en el oído.

A Nad le dolió, pero, a juzgar por la expresión de su contrincante, el puño también debía de dolerle lo suyo.

El chico se marchó caminando con energía sendero abajo, y Nad se quedó contemplándolo. Sentía un dolor espantoso en el oído, y los ojos le escocían. Poco después echó a andar bajo la lluvia por el resbaladizo sendero cubierto de hiedra. En un momento dado resbaló y se rasgó el pantalón a la altura de la rodilla.

165

Junto a la tapia había una salceda, y Nad estuvo a punto de arrollar a Euphemia Horsfall y Tom Sands, que llevaban muchos años saliendo juntos. Tom murió tanto tiempo atrás, que su lápida resultaba prácticamente irreconocible; vivió y falleció durante aquella guerra entre Inglaterra y Francia que duró cien años, mientras que la señorita Euphemia (1861-1883. «Duerme, sí, mas duerme con los ángeles.») murió en la época victoriana, tras la ampliación del cementerio (que durante unos cincuenta años se convirtió en un próspero negocio), y tenía una tumba para ella sola en el Paseo del Sauce. Pero el hecho de pertenecer a épocas tan distintas y distantes no parecía importarles lo más mínimo.

—Deberías ir más despacio, joven Nad —aconsejó Tom—. Podrías lastimarte.

—Me temo que ya se ha lastimado —opinó la señorita Euphemia—. Por el amor de Dios, Nad. Cuando te vea tu madre, te va a echar un buen rapapolvo. No sé yo cómo se las va a ingeniar para remendar esos pantalones.

—Vaya, lo siento —se disculpó Nad.

—Tu tutor te anda buscando —añadió la señorita Euphemia.

Nad alzó la vista para mirar el nublado cielo y comentó:

—Pero si aún es de día.

—Hoy despertó más aína —dijo Tom utilizando una antigua expresión que Nad conocía perfectamente y que significa «más temprano»—, y quiere hablar contigo. Nos pidió que te diéramos el recado si te veíamos.

Nad asintió con la cabeza.

—Ya están en sazón las avellanas del nochizo que está detrás del monumento de los Littlejohn —comentó Tom, y sonrió como si quisiera suavizar el golpe.

—Gracias —replicó Nad.

Siguió corriendo atropelladamente hacia la parte baja de la colina y no se detuvo hasta llegar a la iglesia.

La puerta de la capilla estaba abierta, y Silas, que detestaba tanto la lluvia como la luz del día, se había refugiado en el interior, entre las sombras.

—Me han dicho que querías verme —dijo Nad.

—Sí, así es —replicó Silas—. Vaya, parece que te has roto los pantalones.

—Iba corriendo y me he caído. Bueno, he tenido un problemilla con Thackeray Porringer. Verás, yo quería leer *Robinson Crusoe*; es un libro que trata de un hombre que va en un barco (una cosa que sirve para ir por el mar, que es como un charco gigantesco) y naufraga en una isla, que es un trozo de tierra en medio del mar, y...

—Han pasado ya once años, Nad —lo interrumpió Silas—. Hace once años que vives con nosotros.

—Ya —dijo Nad—. Si tú lo dices, será verdad.

Silas miró a su pupilo. Estaba delgado, y su pardusco cabello se había ido oscureciendo con la edad.

En el interior de la vieja capilla, todo eran sombras.

—Creo —dijo Silas— que ya es hora de que hablemos sobre tus orígenes.

—Pero no tenemos por qué hablar de eso ahora si no quieres —musitó Nad respirando hondo y, aunque las palabras salieron de su boca con naturalidad, el corazón le latía desbocado.

Silencio, salvo por el repiqueteo de la lluvia y el ruido del agua corriendo a raudales por los sumideros. Un silencio que se prolongó hasta el límite de lo que Nad podía soportar.

—Tú sabes que eres diferente —dijo Silas—: estás vivo. Y sabes que te adoptamos, mejor dicho, que *ellos* te adoptaron, y yo me comprometí a ser tu tutor.

Nad se quedó callado.

Silas continuó hablando con su voz de terciopelo.

—Tuviste un padre y una madre, Nad. Y una hermana mayor. Pero los mataron. Y creo que tú también ibas a morir aquella noche; el hecho de que sobrevivieras se debió únicamente al azar y a la intervención de los Owens.

—Y a la tuya —añadió Nad, que había oído la historia de aquella noche de boca de varias personas, algunas de las cuales estuvieron presentes entonces. Aquella noche era un hito en la historia del cementerio.

—Nad, creo que el hombre que mató a tu familia sigue buscándote por ahí fuera con la intención de matarte.

—¿Y qué? La muerte no es algo tan malo. Quiero decir que mis mejores amigos están todos muertos.

—Sí —Silas vaciló un momento—, es verdad. Y en su mayor parte, ya no tienen nada que ver con el mundo. Pero tú sí. Tú estás *vivo*, Nad. Y eso significa que tienes infinitas posibilidades. Puedes hacer lo que quieras, pue-

167

des soñar lo que quieras. Si tú deseas cambiar el mundo, el mundo cambiará. Posibilidades... Al morir, desaparecen, y no hay vuelta atrás. Habrás hecho lo que hayas hecho, habrás soñado tus sueños, y habrás dejado tu nombre escrito. A lo mejor conseguirás que te entierren aquí, incluso seguirás andando, como si nada. Pero habrás perdido todas tus posibilidades.

Nad reflexionó un momento. Lo que le decía Silas tenía bastante sentido, aunque le vinieron a la cabeza varias excepciones: el hecho de que sus padres lo hubieran adoptado, por ejemplo. Pero los vivos y los muertos eran diferentes, y él lo sabía, por mucho que sus simpatías estuvieran más bien del lado de los muertos.

—¿Y tú? —le preguntó a Silas.

—¿Yo, qué?

—Pues, que tú no estás vivo, pero sales por ahí y haces cosas.

—Yo soy lo que soy, ni más ni menos. Como bien dices, no estoy vivo. Pero cuando me llegue el final, simplemente dejaré de existir. La gente como yo *es*, o *no* es. No sé si me entiendes.

—La verdad es que no.

Silas suspiró. Había parado de llover y la escasa luz de aquella tarde anubarrada iba cediendo paso ya al anochecer.

—Nad, es importante que sigamos manteniéndote a salvo. Por muchas razones.

—Pero ¿estás seguro de que ése que mató a mi familia, el que quiere matarme a mí también, sigue ahí fuera?

—Nad llevaba algún tiempo dándole vueltas a algo, y ahora sabía con exactitud lo que quería.

—Sí. Sigue ahí afuera.

—Entonces —y Nad se armó de valor para decir lo que no le estaba permitido decir—, quiero ir a la escuela.

Silas no se alteró lo más mínimo. Ya podía estar presenciando el fin del mundo, que no se le habría movido ni un pelo de su sitio. Pero, al cabo de unos segundos, frunció el entrecejo y abrió la boca para pronunciar una sola palabra:

—¿Qué?

—Mira, en el cementerio, he aprendido mucho: ya sé cómo realizar la Desaparición y la Aparición, sé cómo abrir una puerta *ghoul* y conozco todas las constelaciones. Pero hay todo un mundo en el exterior, y en ese mundo hay mares, islas, naufragios y cerdos. A ver, lo que quiero decir es que está lleno de cosas que aún no conozco. Y mis profesores me han enseñado muchas cosas, pero yo necesito aprender mucho más. Precisamente, para poder sobrevivir ahí afuera cuando llegue el momento.

Silas no parecía muy convencido y le rebatió:

—De ninguna manera. Aquí podemos protegerte, pero si estás lejos, podría pasarte cualquier cosa. ¿Cómo vamos a protegerte mientras vivas fuera del cementerio?

—Sí, claro —admitió Nad—. Eso forma parte de las posibilidades de las que me has hablado antes. —Se quedó callado un momento y poco después continuó—. Alguien mató a mis padres y a mi hermana.

—Sí. Alguien los mató.

—¿Fue un hombre?

—Fue un hombre.

—Pues en ese caso, te has equivocado de pregunta.

—¿Qué quieres decir? —cuestionó Silas, extrañado.

—Pues —dijo Nad— que si algún día salgo al mundo, la pregunta no es: ¿quién me va a proteger de él?

—¿Ah, no?

—No, porque la pregunta es: ¿quién lo va a proteger a él de mí?

Las ramas arañaban los ventanales más altos, como si pidieran permiso para entrar. Silas se sacudió una imagi-

naria mota de polvo de la manga, con una uña tan afilada como una espada.

—Tendremos que buscarte un buen colegio.

Nadie reparó en el niño, por lo menos al principio. Ni
siquiera repararon en que no habían reparado en él. En
clase, se sentaba en una de las últimas filas y no partici-
paba demasiado; sólo intervenía cuando le preguntaban
directamente a él, y aun así, sus respuestas eran breves y
discretas, insulsas; desaparecía de la vista y del recuerdo.

—¿Dirías que viene de una familia muy religiosa?
—preguntó el señor Kirby mientras corregían exámenes
en la sala de profesores.

—¿De quién hablas? —preguntó la señora McKinnon.

—De Owens, de octavo B —respondió el señor Kirby.

—¿Ese chico alto con la cara llena de granos?

—No, creo que no. No es alto. Normal.

—¿Y qué le pasa? —inquirió la señora McKinnon
encogiéndose de hombros.

—Su letra es siempre impecable, incluso cuando
toma apuntes —explicó el señor Kirby—. Tiene una caligrafía muy bonita. Eso que, antiguamente, se llamaba
caligrafía inglesa.

—Ya, ¿y eso te ha llevado a pensar que viene de una
familia muy religiosa porque...?

—Dice que en su casa no hay ningún ordenador.

—¿Y?

—Tampoco hay teléfono.

—Pues sigo sin entender qué tiene eso que ver con la
religión —comentó la señora McKinnon, que había empezado a hacer punto cuando prohibieron fumar en los
centros de trabajo, y ahora tejía una mantita para ningún
bebé en concreto.

—Es un chico muy listo —dijo el profesor Kirby—, pero tiene muchas lagunas. En la clase de historia, por ejemplo, lo adorna todo con un montón de detalles ficticios, cosas que no están en los libros...

—Cosas, ¿cómo qué?

El señor Kirby terminó de corregir el examen de Nad y lo añadió al montón de los que ya estaban corregidos. No recordaba ningún detalle concreto, así que, de pronto, le pareció que aquella cuestión no tenía mucho sentido.

—Nada, nada, cosas mías —dijo, y lo olvidó de inmediato. Tanto fue así que olvidó introducir el nombre de Nad en la lista de alumnos, de modo que el muchacho no figuraba en la base de datos del colegio.

El niño era un alumno modélico que pasaba completamente desapercibido, y dedicaba su tiempo libre a curiosear por las estanterías del aula de literatura o de la biblioteca del colegio, una sala grande llena de libros y butacas viejas, donde le gustaba sentarse y pasar el rato enfrascado en sus lecturas. Pasaba desapercibido hasta para sus compañeros, excepto cuando lo tenían sentado delante en alguna de las clases. Pero el resto del tiempo era completamente invisible. Si alguien les hubiera pedido a los alumnos de octavo B que cerraran los ojos y recitaran los nombres de los veinticinco compañeros de clase, ninguno habría mencionado a Owens. Era casi como un fantasma.

No sucedía lo mismo cuando lo tenían ante sus narices, claro está.

Nick Farthing había cumplido diez años, pero en según qué circunstancias podía pasar —y de hecho, pasaba— por un chico de dieciséis: un bigardo de sonrisa maquiavélica y sin demasiadas luces. Era un chico práctico, aunque de un modo algo elemental, a quien se le daba bien robar en las tiendas, y en el colegio ejercía de matón ocasional; le daba igual caerles bien o mal a sus compañeros (a los que superaba de largo en fuerza y en altura), porque lo único que le importaba era que todos lo obedecieran sin rechistar. El caso es que este chico tenía una amiga. Se llamaba Maureen Quilling, pero todos la llamaban Mo. Era una niña flaca y muy pálida, de cabello tan rubio que casi parecía blanco, ojos de color azul claro y una nariz aguileña y desafiante. Ya sabemos que a Nick le gustaba robar en las tiendas, pero era Mo quien le indicaba lo que debía robar; él no tenía el menor reparo en pegar o amenazar a cualquiera, pero era Mo la que le mostraba a quién había de pegar o amenazar. Como ella solía decir, formaban un buen equipo.

En una ocasión estaban los dos sentados en un rincón de la biblioteca, repartiéndose lo que les habían sacado a los de séptimo. Tenían extorsionados a ocho o nueve niños de ese curso para que les entregaran todas las semanas el dinero que les daban sus padres para el autobús o la merienda.

—Singh no ha aflojado todavía la pasta de esta semana —dijo Mo—. Tendrás que ir a hacerle una visita.

—Yo me ocupo —repuso Nick—. Verás qué rápido afloja.

—¿Qué fue lo que mangó? ¿Un CD?

Nick asintió.

—Pues no olvides recordarle ese pequeño detalle —indicó la niña, que siempre imitaba la forma de hablar de los tipos duros de las series que veía en la tele.

—Hecho —replicó Nick—. Somos un buen equipo tú y yo, ¿eh?

—Como Batman y Robin —apostilló Mo.

—Más bien como el doctor Jekyll y míster Hyde —dijo alguien que había estado todo ese tiempo sentado junto a la ventana, leyendo, sin que ellos se dieran cuenta. Y dicho esto, se levantó y se fue.

Cabizbajo y con las manos metidas en los bolsillos del pantalón, Paul Singh estaba sentado en el alféizar de la ventana de los vestuarios. Sacó una mano del bolsillo, la abrió, contempló las cuatro o cinco monedas de una libra que tenía en su palma, meneó la cabeza y volvió a cerrar la mano.

—¿Es eso lo que están esperando Nick y Mo? —le preguntó alguien, y del sobresalto, Paul soltó las monedas, que quedaron desperdigadas por el suelo.

El otro chico lo ayudó a recogerlas y se las devolvió. Era un chico mayor, y le sonaba que ya lo había visto por los pasillos del colegio, pero no estaba muy seguro.

—¿Eres amigo suyo? De Nick y Mo, quiero decir —preguntó Paul.

—No. De hecho, me parecen bastante desagradables los dos —vaciló un momento, pero a continuación dijo—: En realidad he venido a darte un consejo.

—¿Cuál?

—No les pagues.

—Ya, claro, para ti es fácil decir eso.

—¿Crees que es porque a mí no me están haciendo chantaje?

El chico miró a Paul y éste miró hacia otra parte; estaba avergonzado.

—Te pegaron o te amenazaron para que robaras ese CD. Luego te dijeron que si no les pagabas todas las semanas, se chivarían. ¿Qué hicieron? ¿Te grabaron en vídeo mientras lo hacías?

Paul asintió.

—Pues diles que no —dijo el chico—. No lo hagas.

—Me matarán. Y, además, dijeron...

—Diles que la policía y la dirección del colegio seguramente se mostrarán mucho más interesados en dos alumnos que obligan a otros más pequeños a entregarles su dinero y a robar para ellos, que en un niño que se ha visto obligado a robar un CD en contra de su voluntad. Asegúrales que si vuelven a meterse contigo, los denunciarás a la policía. Y diles también que lo has contado todo en una carta, y si algo llegara a sucederte, como que te pusieran un ojo morado o lo que sea, tus amigos entregarían de inmediato esa carta al director del centro y a la policía.

—Pero es que no puedo —se quejó Paul.

—Pues entonces tendrás que seguir regalándoles tu dinero hasta que termines el colegio. Y además, nunca dejarás de tenerles miedo.

—¿Y si voy directamente a la policía y se lo cuento todo?

—Ésa es otra posibilidad.

—No, creo que primero voy a intentarlo a tu manera. —Paul sonrió. Fue una sonrisa tímida, pero una sonrisa al fin y al cabo; la primera en tres semanas.

Así que Paul Singh fue a hablar con Nick Farthing y le explicó bien clarito cómo y por qué no iba a regalarle más su dinero, y se marchó tan tranquilo, dejando a Nick Farthing con un palmo de narices, incapaz de decir nada y gesticulando con los puños de pura rabia. Y al día siguiente, otros cinco niños de séptimo aprovecharon el recreo para ir a ver a Nick y exigirle que les devolviera su dinero, todo el que le habían entregado a lo largo del mes, o de lo contrario, se chivarían a la policía, con lo cual, el chaval era ahora el niño más desgraciado de todo el colegio.

—Ha sido él —afirmó Mo—. Él es quien tiene la culpa de todo. De no ser por él... jamás se les habría ocurrido algo así. Tenemos que darle una buena lección. Así se enterarán de quién manda aquí.

—¿Él? ¿Quién? —preguntó Nick.

—Ése que está siempre leyendo. El de la biblioteca. *Ned* Owens, se llama.

—¿Cuál de ellos?

—Ya te lo señalaré cuando lo vea.

Nad estaba acostumbrado a que todo el mundo lo ignorara y a moverse entre las sombras. Cuando lo natural es que las miradas te atraviesen como si fueras transparente, te das cuenta enseguida de que alguien se fija en ti, o de que alguien te mira con atención. Y si lo normal es que la mayoría de la gente ni siquiera sepa de tu existencia, que de repente te señalen o te sigan por los pasillos... es algo que te sorprende de inmediato.

Continuaron siguiéndolo al salir del colegio y, después, mientras subía por la carretera, al doblar la esquina del kiosco de prensa y por el paso elevado que cruzaba la vía del tren. Se lo tomó con calma, para asegurarse de que los dos que lo iban siguiendo, un chico grandote y una niña rubia de rasgos angulosos, no lo perdían de vista, y por fin, entró en el minúsculo cementerio que había al final de la carretera —un cementerio en miniatura situado detrás de la parroquia—; los esperó junto a la tumba de Roderick Persson y su esposa, Amabella, y su segunda esposa, Portunia («Dormidos en la esperanza de un nuevo despertar.»).

—Tú eres ese chico —dijo una voz de niña—. *Ned* Owens. Bien, pues estás metido en un lío y de los gordos, *Ned* Owens.

—*Ned* no, Nad —la corrigió Nad mirándolos fijamente—. Con «a». Y vosotros sois el doctor Jekyll y míster Hyde.

—Fuiste tú —lo acusó la niña—. Tú les comiste el tarro a los de séptimo.

—Así que vamos a darte una lección —añadió Nick Farthing sonriendo con maldad.

175

—A mí me encantan las lecciones —dijo Nad—. Y si estudiarais las vuestras como es debido, no tendríais que andar chantajeando a los pequeños para quedaros con su dinero.

—Estás muerto, Owens —sentenció Nick.

—No, yo no estoy muerto, pero ellos sí. —Y Nad señaló el entorno.

—¿Quiénes? —preguntó Mo.

—Los que están enterrados aquí —respondió Nad—. Veréis, os he traído hasta aquí para daros la oportunidad...

—Tú no nos has traído hasta aquí —protestó Nick.

—Estáis aquí —dijo Nad—. Yo quería veros aquí. Vine aquí. Vosotros me seguisteis. ¡Qué más da!

Mo, inquieta, miró alrededor.

—¿Has quedado aquí con tus amigos?

—Me parece que no me estáis entendiendo. Tenéis que cambiar de actitud. Dejad de comportaros como si los demás no importaran nada; dejad de hacer daño a la gente.

Mo sonrió con desprecio y le espetó a Nick:

—¡Maldita sea, pártele la cara de una vez!

—Os he dado una oportunidad —les advirtió Nad.

Nick lanzó un puñetazo a Nad con todas sus fuerzas, pero él ya no estaba allí, y el puño de Nick fue a estrellarse contra el canto de la lápida.

—¿Dónde se ha metido? —inquirió Mo. Nick soltaba sapos y culebras por la boca mientras sacudía la mano para calmar el dolor. Mo, desconcertada, recorrió el sombrío cementerio con la mirada—. Estaba aquí mismo. Tú lo has visto, ¿no?

Nick no tenía demasiadas luces, y tampoco estaba de humor para ponerse a pensar.

—A lo mejor ha salido corriendo —dijo.

—No, no ha salido corriendo. Sencillamente, se ha evaporado.

Mo sí que era lista, y era ella quien tomaba las decisiones. Pero en aquel momento, en que ya anochecía, se le puso la carne de gallina.

—Esto no me gusta nada de nada —masculló la niña, y con la voz estrangulada por el miedo, añadió—. Tenemos que largarnos de aquí.

—Ni hablar, quiero encontrar a ese chico —dijo Nick—, y no voy a parar hasta reventarle las entrañas.

Mo sentía cierta angustia en la boca del estómago, pues le daba la impresión de que las sombras oscilaban en torno a ellos.

—Nick, tengo miedo.

El miedo es muy contagioso. Y a veces basta con que alguien diga que tiene miedo para que éste se vuelva real. Mo estaba aterrorizada y Nick, también.

El chico no dijo nada. Simplemente, echó a correr, y Mo salió disparada tras él. Las farolas se iban encendiendo a medida que corrían con desesperación para regresar al mundo real, mientras la noche se cernía sobre ellos, transformando las sombras en áreas de oscuridad total en las que cualquier cosa podía suceder.

Siguieron corriendo sin parar hasta llegar a casa de Nick, entraron y encendieron todas las luces; Mo llamó a su madre por teléfono y, entre sollozos, le pidió que fuera a recogerla en coche porque esa noche no quería volver andando a casa, aunque en realidad vivía muy cerca de allí.

Nad se había quedado contemplándolos muy satisfecho mientras corrían.

—Eso ha estado muy bien, cielo —dijo una voz a sus espaldas; era una mujer alta y vestida de blanco—. Para empezar, una bonita Desaparición. Y después, el Miedo.

—Gracias —dijo Nad—. Aún no había probado el Miedo con un vivo. Quiero decir que me sabía muy bien la teoría, pero... Bueno, en fin...

177

—Pues lo has bordado —afirmó ella, divertida—. Soy Amabella Persson.

—Nad. Nadie Owens.

—¡Ah! ¿El niño vivo del cementerio grande de la colina? ¿En serio?

—¡Hum! —Nad no imaginaba que alguien que no residiera en su mismo cementerio supiera quién era.

Amabella golpeó la lápida con los nudillos.

—¿Roddy? ¿Portunia? ¡Mirad a quién tenemos aquí!

Ahora había tres fantasmas, y Amabella les presentó a Nad, que les estrechó la mano diciendo: «Es un placer. Encantado». Pues a esas alturas dominaba las distintas fórmulas de cortesía que habían estado en uso en los últimos novecientos años.

—Aquí donde lo veis, el joven Owens estaba asustando a unos niños que, sin duda alguna, se lo merecían —explicó Amabella.

—Formidable representación —dijo Roderick Persson—. Unos truhanes, reos de conducta reprensible, ¿eh?

—Matones de colegio —especificó Nad—. Se dedican a aterrorizar a los pequeños para que les entreguen el dinero de la merienda y cosas por el estilo.

—El Miedo es un buen comienzo —opinó Portunia Persson, que era una mujer robusta y bastante mayor que Amabella—. ¿Y qué piensas hacer si no da resultado?

—Pues la verdad es que no lo he pensado —comentó Nad, pero Amabella lo interrumpió.

—Yo te sugeriría que probaras con la Visita Onírica; creo que resultaría muy eficaz en este caso. Sabes cómo realizarla, ¿no?

—No estoy muy seguro —respondió Nad—. El señor Pennyworth me enseñó cómo se hacía, pero en realidad... Bueno, de ciertas cosas sólo conozco la teoría, y...

—La Visita Onírica está muy bien, pero ¿qué tal una buena Visitación? Es el único lenguaje que entiende esa clase de gente —aseguró Portunia.

—¡Oh, una Visitación! —exclamó Amabella—. Portunia, querida, de ningún modo pienso...

—No, claro que no. Por fortuna, una de las dos sí piensa.

—Tengo que marcharme ya —se apresuró a decir Nad—. Estarán preocupados por mi tardanza.

«Naturalmente», dijeron los Persson, y «Ha sido un placer conocerte», y «Que tengas muy buenas noches, joven». Amabella Persson y Portunia Persson se fulminaron mutuamente con la mirada.

—Discúlpame si me tomo la libertad de hacerte una última pregunta: ¿Qué tal está tu tutor? —inquirió Roderick Persson.

—¿Silas? Muy bien, gracias.

—Dale recuerdos de nuestra parte. Me temo que en un cementerio tan modesto como es éste… En fin, nunca llegaremos a conocer en persona a un miembro de la Guardia de Honor. Empero, es reconfortante saber que están ahí.

—Buenas noches —se despidió Nad, que no sabía de qué demonios le estaba hablando el buen señor, pero mentalmente tomó nota para averiguarlo más adelante—. Se los daré de su parte.

Recogió la mochila, donde llevaba los libros de la escuela, y se dirigió hacia su casa, sintiéndose aliviado al caminar en penumbra.

Asistir al colegio de los vivos no eximía a Nad de continuar con las clases de los muertos. Las noches eran largas, y a veces el niño no tenía más remedio que disculparse y arrastrarse hasta la cama antes de medianoche, derrengado. Pero, en general, iba tirando.

El señor Pennyworth no tenía de qué quejarse últimamente. Nad estudiaba de firme y hacía muchas preguntas. Aquella noche le preguntó acerca de los Sortilegios, y sus preguntas eran cada vez más específicas, lo que exasperaba al señor Pennyworth, que nunca se había planteado todas esas cosas.

«¿Qué hay que hacer exactamente para crear un punto frío en el aire?», le preguntó, y «Creo que ya domino bastante bien el Miedo, pero ¿cómo lo hago para llegar al Terror?», y el señor Pennyworth suspiró, carraspeó e intentó explicárselo lo mejor que pudo; y cuando acabaron la clase, eran más de las cuatro de la madrugada.

Al día siguiente Nad llegó a la escuela muy cansado. A primera hora tenía clase de historia (una asignatura con la que, en líneas generales, disfrutaba mucho, aunque a veces tenía que controlarse para no decir que determinado acontecimiento no sucedió así en realidad, al menos según las personas que lo habían vivido), pero aquella mañana apenas era capaz de mantener los ojos abiertos.

Hacía todo lo posible por concentrarse en la clase, de modo que no prestaba atención a lo que sucedía alrededor. Mientras escuchaba las explicaciones sobre el rey Carlos I y al mismo tiempo pensaba en sus padres —los señores Owens y su otra familia, a la que no recordaba—, alguien llamó a la puerta del aula. Tanto el señor Kirby como sus compañeros miraron hacia allí para ver de quién se trataba (era un niño de séptimo, que venía a buscar un libro de texto para su profesor). Y cuando todos dejaron de mirar hacia la puerta, Nad notó algo clavándosele en el dorso de la mano. No gritó. Únicamente, alzó la vista.

Nick Farthing le sonreía; en una mano sostenía un lápiz de punta muy afilada.

—No te tengo miedo —susurró Nick.

Nad se miró la mano. Una gota de sangre brotaba del punto en el que le había clavado el lápiz.

Esa misma tarde Mo Quilling pasó junto a él por un pasillo del colegio, y Nad le vio a la perfección el blanco de los ojos porque los había abierto desmesuradamente.

—Eres muy raro —dijo ella—. No tienes amigos.

—No vengo aquí a hacer amigos —replicó Nad con toda franqueza—. Vengo a aprender.

—¿Tienes idea de lo raro que es eso? —comentó la niña haciendo una mueca—. Nadie viene al colegio para aprender; vienes porque hay que venir.

Nad se encogió de hombros.

—No te tengo miedo —añadió Mo—. Ese truquito que hiciste ayer no me impresionó lo más mínimo.

—Vale —dijo Nad, y se fue andando por el pasillo.

El niño se preguntaba si no habría sido una equivocación involucrarse en los asuntos del colegio. Desde luego, había cometido un error de juicio. Mo y Nick habían empezado a hablar de él y, seguramente, los niños de séptimo también. Ahora algunos alumnos lo miraban y lo señalaban con el dedo, así que había dejado de ser una ausencia para convertirse en una presencia, y eso le hacía sentirse incómodo. Silas le insistió en que debía pasar desapercibido, le dijo que tenía que hacerse prácticamente invisible para sus compañeros y profesores, pero ahora todo era distinto.

Aquella misma noche habló de ello con su tutor, y le contó lo que había sucedido. Pero no esperaba que Silas reaccionara de aquel modo.

—No puedo creer —dijo Silas— que hayas sido tan... tan estúpido. Te dije que debías hacerte invisible, que te-

181

nías que pasar por completo desapercibido. ¿Y resulta que en el colegio todos hablan de ti?

—Bueno, ¿y qué querías que hiciera?

—Lo que has hecho, no, desde luego. Esto lo cambia todo. Ahora pueden seguirte la pista, Nad, pueden localizarte.

Daba la impresión de que Silas luchaba consigo mismo para controlar la ira. Su impasible rostro era como una capa de roca sobre un mar de lava hirviente. Si Nad sabía que su tutor estaba enfadado era únicamente porque lo conocía bien.

El chico tragó saliva y preguntó, escueto:

—¿Qué debo hacer?

—No vuelvas por allí. Lo de ir al colegio no era más que un experimento, y tendremos que asumir que no ha salido bien.

Nad guardó silencio un momento, pero enseguida dijo:

—No es sólo cuestión de lo que puedo aprender allí, sino que hay otras cosas. ¿Tú sabes lo agradable que es estar en un sitio rodeado de gente que también respira?

—Es algo que personalmente nunca me ha proporcionado el menor placer. Lo dicho: no volverás al colegio mañana.

—No pienso salir huyendo. Ni de Mo, ni de Nick, ni del colegio. Antes prefiero largarme de aquí.

—Harás lo que se te diga, ¿me oyes? —sentenció Silas, confundido y disgustado en medio de la oscuridad.

—¿Y si no, qué? —replicó Nad con las mejillas encendidas—. ¿Cómo piensas obligarme a permanecer aquí? ¿Acaso me matarás?

Y dicho esto, dio media vuelta y echó andar hacia las puertas del cementerio.

Silas lo llamó y le pidió que volviera, luego se puso en pie y se quedó solo en plena noche.

En el mejor de los casos, su expresión era del todo inescrutable. En aquel momento su rostro parecía un libro escrito en una lengua ignota, cuyo alfabeto resultaba indescifrable. Silas se envolvió en las sombras como si fueran una capa, y continuó mirando en la dirección que había seguido el niño, pero no fue tras él.

Nick Farthing dormía plácidamente en su cama soñando con piratas que navegaban por un soleado mar azul, cuando, de repente, todo se fue al traste. Al comienzo del sueño, Nick era el capitán de su propio barco pirata —un lugar feliz, tripulado por obedientes niños de once años, excepto las niñas, que eran todas un año o dos mayores que él y estaban especialmente bonitas con su atuendo pirata—; pero, en un visto y no visto, se halló solo en cubierta, al mismo tiempo que, surcando las tempestuosas aguas, se le acercaba cada vez más un barco oscuro y gigantesco —del tamaño de un petrolero—, de andrajosas velas negras y un mascarón de proa en forma de calavera.

Y entonces, sin solución de continuidad, tal como suceden las cosas en los sueños, se encontró de pie en la negra cubierta del otro barco, y frente a alguien más alto que él.

—Así que no me tienes miedo, ¿eh? —dijo el hombre.

Nick alzó la vista. En el sueño, sí estaba asustado, asustado de ese hombre con cara de muerto vestido de pirata, que apoyaba la mano en la empuñadura de un alfanje.

—¿Crees que eres un pirata, Nick? —preguntó su captor, y el crío creyó detectar algo en él que le resultaba vagamente familiar.

—Eres el chico ése —dijo—: *Ned* Owens.

—Yo —replicó el hombre— soy Nadie. Y tú tienes que cambiar: pasa página, refórmate. Ya sabes a qué me refiero. O las cosas se van a poner muy feas para ti.

—¿Muy feas?

—Sí, mucho —afirmó el rey de los piratas, que ahora tenía el aspecto de su compañero de clase. Además, ya no estaban en la cubierta del buque pirata, sino en el colegio, aunque la tormenta no había amainado y el suelo se inclinaba arriba y abajo como si siguieran a bordo de un barco.

—Esto no es más que un sueño —dijo Nick.

—Pues claro que es un sueño —replicó el otro niño—. Tendría que ser un monstruo para hacer algo así en la vida real.

Sonriendo, Nick le preguntó:

—¿Y qué daño puedes hacerme si esto es un sueño? No te tengo ningún miedo. Todavía tienes mi lápiz marcado en la mano. —Y señaló el punto negro en la mano de su interlocutor.

—Confiaba en no tener que recurrir a esto —se disculpó el otro niño, e inclinando la cabeza hacia un lado, como si estuviera escuchando algo, dijo—: Parecen hambrientos.

—¿Quiénes? ¿Qué son? —preguntó Nick.

—Esas cosas que viven en los sótanos, o en la sentina. Eso depende de si estamos en una escuela o a bordo de un barco, ¿no?

Nick era consciente de que estaba empezando a sentir verdadero pánico.

—No serán... arañas... ¿verdad?

—Podrían ser. Tú mismo lo descubrirás enseguida, no te preocupes.

—No —suplicó Nick—. Por favor, no.

—En realidad, eso depende de ti. Sólo tienes que elegir: o cambias de actitud, o bajas a los sótanos.

El ruido se oía más fuerte ahora, algo así como de tumulto y revuelo. Nick Farthing no tenía la menor idea de qué se trataba, pero estaba total y absolutamente convencido de que, sin duda, sería lo más pavoroso y terrible que iba a ver en toda su vida...

Y se despertó gritando.

Nad oyó el alarido, un grito de terror, y sintió la satisfacción del trabajo bien hecho.

De pie en la acera, delante de la casa de Nick Farthing, notaba la humedad en el rostro a causa de la espesa niebla nocturna, y se sentía entusiasmado pero exhausto, puesto que todavía no controlaba demasiado la técnica de la Visita Onírica. En todo momento había sido consciente de que en aquel sueño únicamente participaban Nick y él, y que Nick se había asustado tan sólo de un ruido.

Pero Nad estaba satisfecho. El otro chico se lo pensaría dos veces antes de volver a atormentar a los pequeños.

¿Y ahora, qué?

Se metió las manos en los bolsillos y echó a andar, sin saber muy bien hacia dónde. Abandonaría el colegio, pensó, igual que había abandonado el cementerio; se iría a algún lugar donde nadie lo conociera y se pasaría el día metido en una biblioteca, leyendo libros y escuchando respirar a la gente. Se preguntó si aún quedarían islas desiertas en el mundo, como aquella en la que había naufragado Robinson Crusoe. Podría irse a vivir a una de ellas…

Caminaba cabizbajo. Si hubiera alzado la vista, habría visto un par de ojos azules que lo vigilaban con atención desde la ventana de un dormitorio.

Como se sentía más cómodo entre las sombras, se metió en un callejón.

—Así que te vas, ¿eh? —dijo una voz de niña, pero

Nad no contestó—. Ésa es la diferencia entre los vivos y los muertos, ¿no? —continuó la voz. Era Liza Hempstock la que le hablaba, y él lo sabía, aunque no se la veía por ninguna parte—. Los muertos no te decepcionan. Ellos ya vivieron su vida, y lo que hicieron, hecho está; nosotros no cambiamos. Pero los vivos siempre te decepcionan, ¿verdad? Conoces a un niño lleno de nobleza y valentía, y cuando crece, va y sale huyendo...

—¡Eso no es justo! —protestó Nad.

—El Nadie Owens que yo conocí no se habría escapado del cementerio sin siquiera despedirse de la gente que lo aprecia y que siempre cuidó de él. A la señora Owens le vas a romper el corazón.

Nad no había caído en ese detalle.

—Me he peleado con Silas —dijo excusándose.

—¿Ah, sí?

—Él quiere que vuelva al cementerio y deje de ir al colegio; cree que es demasiado peligroso.

—¿Por qué? Con tu talento y mi magia, apenas se fijarán en ti.

—Me estaba involucrando demasiado con lo de esos niños que se aprovechaban de los pequeños. Yo sólo quería que no lo hicieran más. Pero de ese modo empecé a llamar la atención...

Liza se había vuelto visible, aunque no era más que una forma nebulosa caminando al lado de Nad.

—Él está ahí fuera, en alguna parte, y quiere verte muerto —afirmó Liza—. Él mató a tu familia. Pero nosotros, los que vivimos en el cementerio, deseamos que sigas vivo. Queremos que sigas sorprendiéndonos, decepcionándonos, impresionándonos y asombrándonos. Vuelve a casa, Nad.

—Creo... Le dije a Silas ciertas cosas. Seguro que está enfadado conmigo.

—Si está enfadado contigo, será porque se preocupa por ti... —Eso fue todo cuanto Liza le dijo.

Bajo los pies de Nad, las hojas secas del otoño se volvían resbaladizas y la neblina difuminaba los límites que separaban unas cosas de otras. Nada estaba tan claro y tan bien definido como él lo veía unos minutos antes.

—He hecho una Visita Onírica —explicó el niño.

—¿Y qué tal?

—Bien. Bueno, me las he arreglado bastante bien.

—Deberías decírselo al señor Pennyworth. Se alegraría mucho.

—Tienes razón. Debería hacerlo.

Llegó hasta el final del callejón y, en lugar de dar la vuelta, tal como tenía pensado, giró a la izquierda y siguió por la calle principal, para volver a Dunston Road y, por allí, enfilar hacia el cementerio de la colina.

—¿Quéee? —se extrañó Liza Hempstock—. ¿Qué estás haciendo?

—Vuelvo a casa, como tú me has sugerido —replicó Nad.

Las luces de las tiendas estaban encendidas, los adoquines relucían y se percibía el olorcillo a fritura que despedía el puesto de comida rápida de la esquina.

—Bien hecho —dijo Liza Hempstock, que volvía a ser tan sólo una voz. Pero, de pronto, esa voz lo alertó—. ¡Corre! ¡O pon en práctica la Desaparición! ¡Algo pasa!

Nad estaba a punto de decirle que no pasaba nada, que no fuera tonta, cuando vio un gran coche con una sirena encendida en el techo que bajaba a toda velocidad por la carretera y se detenía frente a él.

Dos hombres salieron del coche.

—Un momento, joven —dijo uno de ellos—. Policía. ¿Puedo saber qué haces en la calle a estas horas?

—No sabía que eso fuera ilegal —respondió Nad.

El hombre de mayor estatura abrió la puerta posterior del coche, y preguntó:

—¿Es éste el joven que vio usted, señorita?

Mo Quilling salió del coche, echó un vistazo a Nad y sonrió.

—Es él —afirmó—. Entró en el jardín trasero de nuestra casa y se puso a romper cosas. Y después se dio a la fuga. —Acto seguido, miró directamente a Nad a los ojos y añadió—: Te vi por la ventana de mi cuarto. Creo que es el que va por ahí rompiendo los cristales de las ventanas.

—¿Quién eres? —le preguntó el policía del bigote color canela.

—Nadie —contestó Nad, y exclamó: «¡Ay!», pues el hombre acababa de darle un fuerte tirón de orejas.

—No abuses de mi paciencia —le recomendó el policía—. Limítate a responder a mis preguntas como un chico bien educado, ¿estamos?

Nad guardó silencio.

—Veamos, ¿dónde vives, exactamente?

Nad no respondió. Intentaba desaparecerse, pero la Desaparición —incluso cuando uno cuenta con la ayuda de una bruja— consiste básicamente en desviar de ti la atención de todos, pero, en aquel momento, él era el centro de atención y, por si fuera poco, el policía le sujetaba por los hombros con ambas manos.

—No tiene usted derecho a arrestarme simplemente por no darle mi nombre o mi dirección —se defendió.

—No, no lo tengo. Pero puedo llevarte a comisaría y retenerte hasta que nos des el nombre de algún familiar, tutor, o adulto responsable que se haga cargo de ti.

Obligó a Nad a instalarse en el asiento trasero del coche, al lado de Mo Quilling, que sonreía como un gato que acabara de comerse una docena de canarios.

—Te vi desde la ventana y llamé a la policía —le dijo en voz baja.

—No estaba haciendo nada —replicó Nad—. Ni siquiera estaba en tu jardín. ¿Y por qué te han traído con ellos?

—¡Silencio ahí atrás! —ordenó uno de los hombres, y todos guardaron silencio hasta que el coche se detuvo frente a una casa, que debía de ser la de Mo. El conductor abrió la puerta del lado de la niña, y al bajar ésta, le dijo:

—Te llamaremos mañana; cuéntaselo a tus padres.

—Gracias, tío Tam —replicó la niña sonriendo—. Sólo he hecho lo que debía.

El coche puso rumbo de nuevo al centro de la ciudad; los tres iban en silencio. Nad seguía intentando la Desaparición con todas sus fuerzas, pero no lo conseguía. Estaba algo mareado y se sentía muy desgraciado. En una sola noche había tenido su primera bronca de verdad con Silas e intentado fugarse de casa sin lograrlo, y ahora tampoco lograría volver a ella. No podía darle su dirección a la policía, ni tampoco su nombre, así que pasaría el resto de su vida encerrado en una celda o en una cárcel de niños. ¿Tendrían cárceles para niños? Ni idea.

—Perdonen, ¿tienen ustedes cárceles para niños?

—Empiezas a preocuparte, ¿eh? —dijo el tío de Mo—. No me extraña. Los chicos de ahora estáis desmadrados. Y te voy a decir una cosa: a algunos no os vendría nada mal pasar un tiempo a la sombra.

Nad no estaba seguro de si aquello era un sí o un no. Y en vista del éxito, se puso a mirar por la ventanilla. Algo gigantesco volaba por encima del coche, algo demasiado oscuro y grande para ser un pájaro; era algo del tamaño de un hombre que iba dando capirotazos y revoloteaba, como el estroboscópico vuelo de un murciélago.

El policía del bigote dijo:

—Cuando lleguemos a la comisaría, más vale que nos

189

digas cómo te llamas y a quién podemos avisar para que pase a recogerte; le diremos que te hemos echado una buena bronca y podrá llevarte a casa. ¿Entendido? Si cooperas, tendremos una noche tranquilita y nos ahorraremos un montón de papeleo. Al fin y al cabo somos tus amigos.

—Estás siendo demasiado blando. Una noche en el calabozo no es para tanto —argumentó el otro policía, dirigiéndose a su compañero, y luego le dijo a Nad—: A menos que sea una noche movidita y tengamos que encerrarte con los borrachos, claro. Esos sí que podrían hacértelo pasar mal.

Nad pensó: «¡Está mintiendo!» y también: «Lo están haciendo a propósito, el numerito éste del poli bueno y el poli malo...».

A todo esto el coche dobló una esquina y se oyó un ¡clonc! Algo muy grande cayó sobre el capó de un salto y después salió despedido en la oscuridad. El coche frenó en seco, y el policía del bigote se puso a maldecir por lo bajini.

—¡Se me ha echado encima! —gritó—. ¡Tú mismo lo has visto!

—No sé muy bien qué es lo que he visto —replicó su compañero—. Pero, desde luego, le has dado.

Los dos hombres se bajaron del coche y, linterna en mano, inspeccionaron la zona. El del bigote dijo:

—¡Iba todo de negro! Va a ser imposible verlo.

—Allí está —gritó el otro policía, y echaron a correr hacia un cuerpo que yacía en el suelo.

Nad trató de abrir las puertas de atrás, pero no pudo. Y, además, un enrejado lo separaba de los asientos delanteros. Aunque lograra desaparecerse, seguiría atrapado en el coche de policía. Optó, pues, por situarse de la mejor manera posible para ver qué estaba sucediendo fuera.

El del bigote estaba agachado junto a un cuerpo, examinándolo. El otro, el más alto, le observaba el rostro a la luz de la linterna.

Nad distinguió la cara del hombre que estaba tendido en el suelo, y se puso a aporrear el cristal de la ventanilla frenética, desesperadamente.

El policía alto se acercó a ver qué le pasaba.

—¿Qué hay? —preguntó, irritado.

—Ha atropellado a mi... a mi padre —dijo Nad.

—¡Anda ya, niño!

—En serio, me parece que es él. ¿Puedo acercarme para verlo mejor?

El policía se ablandó de repente y gritó:

—¡Eh! Simon, el chico dice que es su padre.

—Déjate de chorradas.

—Creo que habla en serio —dijo el alto, y abrió la puerta del coche para que Nad saliera.

Silas estaba tendido boca arriba, en mitad de la carretera, donde el coche lo había atropellado. Estaba quieto como un muerto.

—¿Papá? —murmuró Nad, sintiendo que los ojos le escocían, y luego le dijo al policía—. Lo has matado.

Aquello no era mentira, se dijo Nad; no lo era.

—Ya he pedido una ambulancia —dijo Simon, el del bigote de color canela.

—Ha sido un accidente —dijo el otro.

Nad se agachó junto a Silas y le apretó una gélida mano. Si habían pedido ya la ambulancia, no tenían demasiado tiempo.

—Esto acabará con sus carreras —espetó a los policías.

—Ha sido un accidente... ¡Tú lo has visto!

—Se echó encima....

—Lo que yo he visto —dijo Nad, furioso— es que usted se prestó a hacerle un favor a su sobrinita, y ha asustado a un compañero de colegio con el que ella ha tenido problemas. De modo que me arrestó sin más por estar en la calle de noche, y cuando mi padre ha intentado detenerlos para averiguar qué estaba pasando, usted lo ha atropellado deliberadamente.

—¡Ha sido un accidente! —repetía Simon.

—¿O sea que tú y Mo habéis tenido problemas en el colegio? —preguntó el tío de la niña sin demasiada convicción.

—Vamos a la misma clase, en el colegio que está en el casco viejo —respondió Nad—. Y usted ha matado a mi padre.

A lo lejos se oía un ruido de sirenas.

—Simon —dijo el poli alto—, tenemos que hablar de este asunto.

Ambos se fueron hacia el otro lado del coche, y dejaron a Nad solo, entre las sombras, junto al cuerpo de Silas. El niño oyó discutir acaloradamente a los dos policías. «¡Por culpa de tu maldita sobrina!», decía Simon y, clavando el dedo en el pecho de su compañero, añadió: «¡Si hubieras estado atento a la carretera...!».

Entonces Nad susurró:

—Venga, vamos a aprovechar ahora que los polis están distraídos. —Y se desapareció.

Una profunda oscuridad se arremolinó en torno a ellos, y el cuerpo que estaba tendido en la carretera se puso en pie.

—Te voy a llevar a casa —dijo Silas—. Cuélgate de mi cuello.

Nad se agarró con firmeza a su tutor, y juntos se zambulleron en la negra noche, rumbo al viejo cementerio.

—Lo siento —se excusó Nad.

—Yo también lo siento —replicó Silas.

—¿Te ha dolido mucho? Me refiero a cuando te has dejado atropellar.

—Sí, bastante. Y deberías darle las gracias a tu amiga, la niña bruja. Fue ella quien vino a decirme que estabas en peligro y me lo explicó todo.

Aterrizaron en el cementerio. Nad contempló su hogar como si lo viera por primera vez.

—Lo que ha pasado esta noche ha sido una estupidez, ¿verdad? Quiero decir que he corrido un riesgo innecesario.

—No te imaginas hasta qué punto, Nadie Owens.

—Tenías razón. No voy a volver, ni a ese colegio, ni de ese modo.

Maureen Quilling estaba viviendo la peor semana de toda su vida: Nick Farthing ya no le hablaba; su tío Tam le había echado la bronca por el asunto Owens y advertido que no se le ocurriera contarle a nadie lo que había pasado aquella noche, porque a lo mejor le costaba el empleo, y si eso llegaba a suceder, ya podía echarse a temblar; sus padres estaban furiosos con ella; sentía que el mundo entero se había puesto en su contra y, para colmo, los de séptimo ya no le tenían ningún miedo. ¡Qué asco de vida! Deseaba por encima de todo que Owens, a quien ella culpaba de todos sus males, pagara por lo que le había hecho. Y cuando pensaba que debía de haberlo pasado mal al arrestarlo... urdía complicados y perversos planes de venganza. Eso era lo único capaz de hacerle sentir un poco mejor, pero tampoco era un consuelo.

Si había una tarea que Mo detestaba con toda su alma, era la de limpiar el laboratorio de ciencias: guardar los mecheros Bunsen y volver a colocar en su sitio los tubos de ensayo, las placas de Petri y los filtros sin usar que habían quedado por en medio.

En realidad se encargaban de aquella tarea por turnos, y a Mo le correspondía hacerlo una vez cada dos meses, pero ya era mala suerte que le hubiera ido a tocar precisamente ese día, en la peor semana de toda su vida, y que, para más inri, tuviera que hacerlo ella solita.

Al menos, la señora Hawkings, que daba clase de ciencias, estaba allí también, ordenando sus papeles y sus cosas para el día siguiente. Agradecía que alguien le hiciera compañía.

—Estás haciendo un buen trabajo, Maureen —dijo la señora Hawkins.

Una serpiente blanca, que estaba dentro de un tarro con formol, las miraba fijamente con sus ojos sin vida.

—Gracias —respondió Mo.

—Pero ¿no lo hacéis siempre de dos en dos? —preguntó la profesora.

—Sí, hoy nos tocaba a Owens y a mí. Pero lleva días y días sin venir al colegio.

—¿Y quién es Owens? —le preguntó, un tanto ausente y extrañada—. Ni siquiera lo tengo en la lista.

—Sí, *Ned* Owens: pelo pardusco y bastante largo; no habla mucho. Fue quien acertó los nombres de todos los huesos del cuerpo humano en el concurso, ¿se acuerda?

—Pues la verdad es que no.

—¡Tiene que acordarse! ¡Nadie se acuerda de él! ¡Ni siquiera el señor Kirby!

La señora Hawkins terminó de guardar los papeles en su cartera, y dijo:

—En fin, es muy amable por tu parte que te encargues de todo tú sola. No te olvides de pasarles una bayeta a las mesas de trabajo antes de irte.

Y se marchó cerrando la puerta al salir.

El laboratorio era muy antiguo. En él había unas mesas muy largas, de madera oscura, con hornillos, grifos y pilas encastradas; estantes de esa misma madera llenos de tarros con toda clase de cosas dentro. Las cosas que flotaban dentro de los tarros estaban muertas; llevaban muertas muchos años. Había, incluso, un esqueleto humano amarilleado por el tiempo en un rincón de la sala; Mo no sabía si era de verdad o no, pero en ese momento le daba escalofríos.

Cada vez que hacía un ruido se oía el eco, pues era una sala muy grande. Para que el lugar no pareciera tan siniestro, encendió todas las luces del techo, e incluso la que había encima de la pizarra. La sala se estaba quedando helada, pero la pena era que no podía encender la calefacción. Se acercó a uno de los inmensos radiadores metálicos y lo tocó con la mano: ardía. Y, sin embargo, ella temblaba de frío.

El laboratorio estaba vacío, y ese vacío resultaba inquietante. Mo tenía la sensación de que no estaba sola… Alguien la observaba.

«Qué bobada, pues claro que alguien me observa —pensó—. Hay como cien cosas muertas dentro de esos tarros, observándome, por no hablar ya del esqueleto.» Y miró furtivamente hacia los estantes.

Entonces fue cuando las cosas muertas de los tarros empezaron a moverse: una serpiente de ojos lechosos y ciegos se retorció dentro de su bote; un bicho marino sin cara y lleno de púas se revolvió en su mar de alcohol, y un gatito, que llevaba varias décadas muerto, le enseñó los dientes y arañó el cristal con las zarpas.

Mo cerró los ojos.

«Esto no está pasando de verdad —se dijo—. Es sólo cosa de mi imaginación.»

—No tengo miedo —dijo en voz alta.

—Eso está bien —dijo alguien desde la puerta, oculto entre las sombras—. No mola nada tener miedo.

—Ninguno de los profesores se acuerda de ti —le dijo.

—Pero tú si te acuerdas de mí —dijo el niño, el responsable de todas sus desgracias.

La niña cogió un vaso de precipitados y se lo tiró, pero no apuntó bien y el vaso fue a estrellarse contra una pared sin tocar a Nad ni de lejos.

—¿Cómo está Nick? —le preguntó Nad, como si nada.

—Sabes perfectamente cómo está —replicó ella—. Ya no me dirige la palabra; se queda callado en clase, y al salir, vuelve directamente a su casa y hace los deberes. Seguro que hasta juega con un tren eléctrico.

—Estupendo.

—¿Y tú, qué? Llevas una semana entera faltando a clase. Se te va a caer el pelo, *Ned* Owens. El otro día vino la policía; preguntaban por ti.

—Huy, casi se me olvida... ¿Cómo está tu tío Tam? Mo no contestó.

—En cierto modo —continuó Nad—, podría decirse que te has salido con la tuya, porque me voy del colegio. Pero en realidad no; no te has salido con la tuya. ¿Te han hechizado en alguna ocasión, Maureen Quilling? ¿Te has mirado alguna vez al espejo preguntándote si esos ojos que te miran desde el otro lado son de verdad los tuyos? ¿O alguna vez has estado sentada en una habitación vacía y, de repente, has tenido la sensación de que no estabas sola?

—¿Vas a hechizarme? —preguntó Mo con voz trémula.

Nad no dijo ni mu y se limitó a mirarla fijamente. Algo cayó al suelo en un rincón del laboratorio: la cartera de la niña se había deslizado de la silla, y cuando volvió a mirar a la puerta, comprobó que se había quedado sola de nuevo. El camino de vuelta a casa iba a ser muy largo y muy oscuro.

Y

El niño y su tutor contemplaban las luces de la ciudad desde lo alto de la colina.

—¿Te sigue doliendo? —preguntó el niño.

—Un poco —respondió Silas—. Pero me recupero deprisa. Pronto estaré como nuevo.

—¿Podría haberte matado? Me refiero al atropello.

Silas meneó la cabeza para indicar que no, y explicó:

—Existen diversos medios para acabar con alguien como yo, pero el coche no es uno de ellos. Soy muy viejo y aguanto mucho.

—Metí la pata, ¿verdad? —preguntó Nad—. La idea era ir al colegio sin que nadie se diera cuenta, pasando completamente desapercibido. Y yo voy y me implico en los asuntos internos y, de repente, me encuentro metido en un lío tremendo con policía incluida y toda la pesca. He sido muy egoísta.

—No, no has sido egoísta, sino que necesitas relacionarte con tus semejantes; es lo más natural. Aunque ocurre que el mundo de los vivos es más complicado, y a nosotros no nos resulta fácil protegerte si estás en él. Yo quería mantenerte a salvo de todo, pero para los que son como tú sólo existe un lugar seguro, un lugar al que no llegarás hasta que hayas superado todas las aventuras que te quedan por vivir.

Nad pasó la mano por la superficie de la lápida de Thomas R. Stout (1817-1851. «Profundamente añorado por cuantos lo conocieron.»), y acarició el suave tapiz de musgo, que se le deshacía entre los dedos.

—El hombre que mató a mi primera familia sigue ahí fuera —dijo Nad—. Pero yo necesito aprender más cosas sobre la gente. ¿No me vas a dejar salir nunca más del cementerio?

197

—No. Eso fue un error, y me parece que los dos hemos aprendido la lección.

—¿Y entonces, qué vamos a hacer?

—Pues haremos todo lo posible por satisfacer tus deseos de leer y de conocer otras historias y otros mundos. Para algo están las bibliotecas. Hay otras maneras de aprender lo mismo que enseñan en el colegio. Y también tendrás ocasión de relacionarte con los vivos en otras circunstancias, como en el teatro, o en el cine, por ejemplo.

—¿Y eso qué es? ¿Es como el fútbol? En el colegio me gustaba mucho ver a los chicos jugar al fútbol.

—¿El fútbol? Vaya, vaya. Por lo general, los partidos se juegan a una hora demasiado temprana para mí, pero quizá la señorita Lupescu pueda llevarte a ver uno la próxima vez que nos visite.

—Eso sería genial —dijo Nad.

Echaron a andar colina abajo.

—Tanto tú como yo hemos ido dejando demasiadas pistas y rastros que seguir en las últimas semanas. Y sabes que hay gente fuera de aquí que está buscándote.

—Sí, ya me lo has dicho —admitió Nad—. ¿Y tú cómo lo sabes? ¿Quiénes son? ¿Qué quieren de mí?

Pero Silas se limitó a negar con la cabeza, y Nad sabía que ya no le sacaría ni una palabra más, así que, de momento, tendría que darse por satisfecho.

«Los cuatro hombres seguían esperando frente
a la puerta del número 33.»

Capítulo 7

Todos se llaman Jack

Silas llevaba varios meses como ensimismado. Empezó a ausentarse del cementerio con cierta frecuencia y se pasaba fuera varios días o incluso semanas. En Navidad, la señorita Lupescu volvió al cementerio para sustituirlo durante tres semanas, y solía invitar a Nad a comer en el pequeño apartamento que tenía alquilado en la parte antigua de la ciudad, e incluso lo llevó a ver un partido de fútbol, tal como le había prometido Silas. Pero pasadas las tres semanas, la señorita Lupescu tuvo que regresar a lo que ella llamaba «la madre patria», no sin antes estrujar amorosamente los mofletes de Nad llamándolo *Nimini*, un apodo cariñoso que ella misma le adjudicó.

De modo que Silas seguía de viaje y la señorita Lupescu se marchó también. Un día, sentados en la tumba de Josiah Worthington, los señores Owens charlaban con el propio Josiah. Los tres estaban muy disgustados.

—¿Quieren ustedes decir que no les indicó adónde iba ni quién iba a ocuparse del niño mientras él estuviera de viaje? —preguntó Josiah Worthington.

Los señores Owens negaron con la cabeza.

—Pero ¿dónde ha podido ir?

Ni el señor Owens ni su esposa pudieron responder a su pregunta, pero él comentó:

—Nunca había estado fuera tanto tiempo. Y cuando decidimos hacernos cargo del niño, se comprometió a quedarse aquí, o a buscar a alguien que lo cuidara y le trajera comida llegado el caso de tener que ausentarse varios días. Lo *prometió*.

—La verdad es que estoy muy preocupada. Seguro que le ha ocurrido algo malo —afirmó la señora Owens, y parecía a punto de echarse a llorar, pero, de repente, se puso furiosa—. ¡Debería darle vergüenza! ¿De verdad no hay manera de localizarlo, de decirle que haga el favor de volver y cumplir lo que prometió?

—No, que yo sepa —respondió Josiah Worthington—. Pero creo que ha dejado dinero en la cripta para la comida del niño.

—¡Dinero! —exclamó la señora Owens—. ¿Y de qué nos sirve que haya dejado dinero?

—Nad lo necesitará si tiene que salir a comprar comida —insinuó el señor Owens, pero su mujer arremetió contra él.

—¡Sois todos iguales! —le espetó.

Y dicho esto, se marchó y se fue a buscar a su hijo, a quien encontró, tal como ella esperaba, en la cumbre de la colina contemplando la ciudad.

—Te doy un penique por tus pensamientos —dijo la señora Owens.

—Tú no tienes ni un penique —replicó Nad. Tenía ya catorce años, y era más alto que su madre.

—Tengo dos en mi ataúd. Probablemente, a estas alturas tendrán cardenillo, pero estoy segura de que aún están ahí.

—Pues estaba pensando en el mundo. ¿Quién nos asegura que la persona que mató a mi familia sigue viva y está esperándome ahí fuera?

—Es lo que dice Silas.

—Sí, pero no da más detalles.

—Él sólo quiere lo mejor para ti. Y tú lo sabes.

—Gracias —replicó Nad, no muy convencido—. Y entonces, ¿dónde está?

La señora Owens no supo qué responder.

—El día en que me adoptasteis, tú llegaste a ver al hombre que mató a mi familia, ¿verdad?

La señora Owens asintió.

—¿Cómo era?

—En realidad aquel día yo no tenía ojos más que para ti. Pero déjame pensar... Sí, tenía el cabello oscuro, muy oscuro, la cara angulosa y una expresión ávida y, al mismo tiempo, airada. Me dio mucho miedo. Fue Silas quien lo alejó de aquí.

—¿Y por qué no lo mató directamente? —cuestionó Nad, furioso—. Debería haberlo matado entonces.

La señora Owens le acarició la mano con sus gélidos dedos, y replicó:

—Silas no es un monstruo, Nad.

—Si Silas hubiera acabado con él entonces, yo no tendría nada que temer ahora y podría ir a donde quisiera.

—Silas sabe más que tú de todo esto, más que cualquiera de nosotros. Y también sabe mucho sobre la vida y la muerte —afirmó la señora Owens—. No es algo tan simple.

—¿Cómo se llamaba el tipo que los mató?

—No nos lo dijo. Al menos, en aquel momento no lo hizo.

Nad ladeó la cabeza y clavó en ella sus ojos grises como nubes de tormenta.

—Pero sabes cómo se llama, ¿verdad?

—Nad, tú no puedes hacer nada.

—Te equivocas. Puedo aprender *todo* lo que necesito saber, *tanto* como sea capaz. Ya he aprendido a reconocer las puertas de los *ghouls* y a hacer Visitas Oníricas; la señorita Lupescu me enseñó a leer en las estrellas y Silas, a guardar silencio; sé cómo Hechizar a una persona, practico la Desaparición y conozco este cementerio palmo a palmo.

La señora Owens puso una mano en el hombro de su hijo.

—Algún día... —musitó, pero titubeó un momento. Algún día ella ya no podría acariciarlo. Algún día él se marcharía. Algún día… Y luego, cambiando de tema, comentó—: Silas me dijo que el hombre que mató a tu familia se llamaba Jack.

Nad se quedó callado, y poco después asintió lentamente con la cabeza.

—Oye, mamá,

—¿Qué, hijo mío?

—¿Cuándo volverá Silas?

El viento de medianoche era frío y venía del norte.

La señora Owens ya no estaba enfadada. Ahora sólo temía por su hijo.

—Ojalá lo supiera, mi vida, ojalá lo supiera —se limitó a responder.

Sentada en el piso superior del vetusto autobús, Scarlett Amber Perkins, de quince años de edad, era en ese momento un cúmulo de ira y rencor. Odiaba a sus padres por haberse separado; odiaba a su madre por marcharse de Escocia; odiaba a su padre porque le daba la impresión de que no le importaba que se marchara; odiaba aquella ciudad por ser tan diferente (no tenía nada que ver con Glasgow, la ciudad en la que se había criado), y la odiaba porque cada dos por tres, al doblar una esquina, veía cosas que lograban que todo le pareciera doloroso y horriblemente familiar.

Aquella misma mañana, hablando con su madre, había estallado.

—¡Por lo menos en Glasgow tenía amigos! —había dicho Scarlett, medio a voces, medio llorosa—. ¡Y ya no volveré a verlos nunca más!

—Al menos éste no es un lugar desconocido para ti; ya has vivido aquí antes. Quiero decir que vivimos en esta ciudad algún tiempo cuando eras pequeña —replicó su madre.

—Pues yo no me acuerdo. Y no conozco a nadie aquí. ¿O es que quieres que me ponga a buscar a mis viejos amigos de cuando tenía cinco años? ¿Es eso lo que pretendes?

—Mira, hija, haz lo que te dé la gana.

En el colegio, Scarlett había pasado todo el día enfadada, y continuaba estándolo. Detestaba su colegio y su vida, en general, y en aquel preciso instante detestaba especialmente el servicio de autobuses de la ciudad.

Todos los días, al salir de clase, cogía el autobús de la línea 97, que la dejaba al final de la calle en que se encontraba el apartamento que había alquilado su madre. Aquel desapacible día del mes de abril, llevaba casi media hora esperando en la parada y en todo ese tiempo no había visto pasar ni un solo 97, de modo que cogió el 121, que iba hasta el centro de la ciudad. Pero, allí donde el otro autobús giraba siempre a la derecha, éste giró a la izquierda, se adentró en el casco antiguo, pasó por delante de los jardines municipales, frente al antiguo ayuntamiento, y por delante también de la estatua de Josiah

Worthington, baronet, y finalmente, enfiló la carretera que subía por la colina, a cuyos lados se sucedían las viviendas. Scarlett ya no estaba enfadada, pero ahora se sentía muy desgraciada.

Bajó al piso inferior del autobús y, pese a leer el cartel que indicaba a los pasajeros que no debían hablar con el conductor mientras el vehículo estuviera en marcha, dijo:

—Disculpe. Yo quería bajar en Acacia Avenue.

La mujer que conducía el autobús —una mujerona—, cuya piel era aún más oscura que la de Scarlett, replicó:

—En ese caso, deberías haber cogido el 97.

—Pero este autobús va al centro.

—Es el final del trayecto, sí. Pero aun así, tendrías que coger un segundo autobús. —La mujer suspiró—. Lo mejor que puedes hacer es bajar aquí mismo e ir andando hasta la parada que hay al pie de la colina, enfrente del ayuntamiento. Ahí puedes coger el 4 o el 58, ninguno de los dos para exactamente en Acacia Avenue, pero te dejarán muy cerca. Baja en el polideportivo y luego continúas a pie. ¿Te acordarás de todo?

—A ver, el 4 o el 58.

—Puedes bajar aquí. —El autobús se detuvo varios metros más allá de unas puertas de hierro forjado; el lugar tenía un aspecto de lo más lúgubre. Scarlett se quedó inmóvil frente a las puertas abiertas del autobús hasta que la conductora le dijo—: ¡Vamos, baja ya!

Así lo hizo, y el autobús arrancó estrepitosamente, dejando tras de sí un rastro de humo negro.

El viento agitaba las ramas de los árboles que estaban al otro lado de la tapia.

Scarlett echó a andar colina abajo; ésta era precisamente la razón por la que necesitaba un teléfono móvil. Su madre se ponía histérica en cuanto se retrasaba cinco minutos pero, incluso así, no había manera de que se lo comprara. Pues qué bien. Otra bronca más. Al fin y el cabo, no sería la primera, ni tampoco la última.

Había llegado a las gigantescas puertas de hierro, que estaban abiertas. Se asomó para echar un vistazo y...

—¡Qué raro! —dijo en voz alta.

Hay una expresión, *déjà vu*, que se emplea para describir esa percepción que uno tiene a veces de haber estado anteriormente en un lugar cuando en realidad es la primera vez que lo ve, como si lo hubiera contemplado en sueños o algo así. Scarlett había experimentado esa sensación muchas veces, por ejemplo, cuando un profesor les contaba que había ido de vacaciones a Inverness, y ella tenía la impresión de que ya lo sabía, o cuando a alguien se le caía una cuchara al suelo y ella creía que no era la primera vez que sucedía. Pero esto era diferente. No es que tuviera la sensación de haber estado antes en ese lugar, sino que sabía a ciencia cierta que había estado allí.

Así que cruzó las puertas y entró en el cementerio.

Una urraca levantó el vuelo, exhibiendo en todo su esplendor el plumaje negro, blanco y verde iridiscente, fue a posarse en las ramas de un tejo, y desde allí observó a la chica.

«A la vuelta de esa esquina —pensó Scarlett—, hay una iglesia y un banco delante de ésta.» Y al llegar a dicha esquina vio una iglesia (mucho más pequeña de lo que ella recordaba), un pequeño templo de estilo gótico y aspecto algo siniestro, y su correspondiente campanario; delante mismo había un viejo banco de madera. Scarlett se sentó en él, balanceando los pies en el aire como si todavía fuera una niña pequeña.

—Hola. Ejem... ¿Hola? —dijo una voz a sus espaldas—. Ya sé que es casi un abuso por mi parte, pero ¿podrías ayudarme a sujetar...? En fin, que me vendría muy bien otro par de manos si no es mucha molestia.

Scarlett se volvió y vio a un hombre, que vestía una gabardina de color beis, agachado frente a una lápida; sostenía en la mano un papel de gran tamaño. Ella se levantó y se le aproximó corriendo.

—Sujétalo así —le indicó el hombre—. Una mano aquí, y la otra, aquí, eso es. Un abuso por mi parte, lo sé. No sabes cómo te lo agradezco.

Cerca del hombre, había también una caja de galletas, de la que sacó un carboncillo del tamaño de una vela pequeña, y lo frotó sobre el papel con movimientos precisos. Al parecer, tenía mucha práctica.

—Ya está —dijo con jovialidad—. Aquí la tenemos... ¡Uuupa! Y este adorno de aquí me parece que es una hoja de hiedra; en la época victoriana eran muy aficionados a ponerla en todas partes, por su contenido simbólico, ya sabes... Pues esto ya está. Ya puedes soltarlo si quieres.

El hombre se puso en pie y se pasó la mano por sus canosos cabellos.

—¡Ay! Necesitaba estirar las piernas; se me estaban durmiendo —explicó—. Bien. ¿Qué te parece?

Líquenes verdes y amarillos recubrían la lápida, pero estaba tan desgastada que apenas se podía leer la inscripción; en cambio, ésta había quedado limpiamente reflejada en el calco.

—Majella Godspeed, soltera de esta parroquia, 1791-1870. «Su vida se extinguió, mas continúa viva en el recuerdo.» —leyó Scarlett en voz alta.

—Y, a estas alturas, ni eso —dijo el hombre sonriendo tímidamente y parpadeando tras los pequeños y redondos cristales de sus gafas, que en cierto modo le conferían el aspecto de un amigable búho.

Una gruesa gota de lluvia cayó sobre el papel, y el hombre lo enrolló a toda prisa y recogió la caja en la que guardaba los carboncillos. Como continuaba chispeando, señaló una carpeta que estaba apoyada contra una lápida; Scarlett la recogió y lo siguió hasta el diminuto porche de la iglesia.

—Muchísimas gracias —dijo el desconocido—. Seguramente no será más que un chaparrón. Según el hombre del tiempo, hoy disfrutaríamos de una tarde bastante soleada.

Una ráfaga de viento muy frío parecía querer contradecir las previsiones de los meteorólogos y, de pronto, se puso a llover a cántaros.

—Sé lo que estás pensando —dijo el hombre.

—¿Ah, sí? —replicó ella. En realidad lo que estaba pensando era: «Mi madre me va a matar».

—Estás pensando: ¿es esto una iglesia o una capilla funeraria? Y la respuesta, según lo que he averiguado, es que en este lugar hubo una iglesia con su correspondiente cementerio. Estoy hablando del siglo VIII o IX de nuestra era. Fue reconstruida y ampliada en diversas ocasiones, pero hacia 1820 hubo un incendio, y por aquel entonces resultaba ya demasiado pequeña. Hacía tiempo que la parroquia había sido trasladada a Saint Dunstan, en el centro de la ciudad, así que cuando la reconstruyeron, pasó a ser simplemente una capilla funeraria. Se conservaron muchos elementos de la primera edificación, como las vidrieras del muro del fondo que, al parecer, son las originales...

—La verdad —lo interrumpió Scarlett— es que estaba pensando que mi madre me va a matar. Me equivoqué de autobús, y hace ya mucho rato que debería estar en casa...

—Santo cielo, pobrecita. Mira, yo vivo un poco más abajo. Espérame aquí...

El hombre cogió la carpeta, los carboncillos y el papel enrollado, y echó a correr hacia la puerta del cementerio, con la cabeza agachada para que la lluvia no le empapase la cara. Apenas dos minutos más tarde, Scarlett vio las luces de un coche y oyó el claxon.

Scarlett corrió hacia las puertas y vio un viejo Mini verde detenido delante de ellas. Al volante, reconoció al hombre con el que había estado charlando, que bajó la ventanilla y le dijo:

—Sube. ¿Adónde te llevo?

Scarlett se quedó quieta, con el agua chorreándole por la nuca.

—Nunca subo al coche de un extraño.

—Y haces muy bien. Pero, como se suele decir, favor con favor se paga. Venga, deja tus cosas en el asiento de atrás antes de que se empapen del todo.

El hombre abrió la puerta del copiloto, y Scarlett las puso en el asiento de atrás lo mejor que pudo.

—Tengo una idea —dijo el hombre—. ¿Por qué no llamas a tu madre (puedes usar mi móvil) y le das el número de la matrícula? Pero mejor hazlo aquí dentro, porque te estás quedando hecha una sopa.

Scarlett titubeó un momento. En efecto, el cabello le chorreaba, y hacía frío.

El hombre alargó el brazo y le ofreció su móvil. Ella se quedó mirándolo. Entonces se dio cuenta de que le daba más miedo llamar a su madre que meterse en el coche.

—También podría llamar a la policía, ¿verdad?

—Claro, desde luego. O puedes volver andando a tu casa. O, incluso, puedes llamar a tu madre y pedirle que venga a buscarte.

La joven se subió al coche y cerró la puerta, pero sin separarse del móvil.

—¿Dónde vives?

—No es necesario que se moleste, de verdad. Quiero

decir que sería suficiente con que me acercara a la parada del autobús...

—Te llevaré a casa, y no se hable más. ¿Dónde vives?

—Acacia Avenue, número 102a. Hay que salir de la carretera principal en una desviación que hay pasado el polideportivo...

—Caramba, pues sí que te has apartado de tu camino. Muy bien, vamos allá. —El hombre soltó el freno de mano, maniobró y se fueron colina abajo.

—¿Y hace mucho que vives aquí?

—No, no mucho. Nos trasladamos después de Navidad. Pero ya habíamos vivido aquí antes cuando yo tenía cinco años.

—Tu acento es del norte, ¿verdad?

—Estuvimos diez años viviendo en Escocia. Allí todo el mundo hablaba como yo, pero aquí voy dando el cante con mi acento. —Su intención era que pareciera una broma, pero era cierto, y se percató en cuanto las palabras salieron de su boca. No tenía ninguna gracia; era muy triste.

El hombre la llevó hasta Acacia Avenue, estacionó el coche frente a su casa, e insistió en acompañarla hasta la puerta. Cuando la madre de Scarlett salió a abrir la puerta, dijo:

—Le ruego me disculpe, señora. Me he tomado la libertad de traerle a su hija. La ha educado usted muy bien y sabe que no debe subir nunca al coche de un extraño, pero, en fin, se puso a llover, ella se equivocó de autobús y acabó en la otra punta de la ciudad. Bueno, es un poco complicado de explicar. Pero seguro que es usted dueña de un corazón generoso y sabrá perdonarla... a ella, y... hum, a mí también, claro.

Scarlett creía que su madre se iba a liar a gritos con los dos, así que se llevó una sorpresa muy agradable cuando le oyó decir que con los tiempos que corren toda precaución es poca, y que si el señor Hum era uno de sus profesores y, por cierto, ¿podía ofrecerle una taza de té?

El señor Hum le explicó que en realidad era el señor Frost, pero prefería que lo llamara Jay, y la señora Perkins sonrió y le pidió que la llamara Noona, y puso agua a hervir.

Mientras tomaban el té, Scarlett le contó su odisea con los autobuses, cómo había llegado hasta el cementerio y encontrado al señor Frost junto a la vieja iglesia...

A la señora Perkins se le cayó la taza de las manos.

Estaban sentados alrededor de la mesa de la cocina, así que la taza no llegó muy lejos y ni siquiera se rompió, aunque se derramó el té. La señora Perkins se disculpó y fue a coger una bayeta para limpiarlo.

—¿Te refieres al cementerio de la colina, el que está en la parte antigua de la ciudad? ¿Te refieres a ése?

—Yo vivo cerca de allí —intervino el señor Frost—. Me gusta sacar calcos de las lápidas. ¿Y sabíais que en realidad es una reserva natural?

—Sí, lo sé —respondió secamente la señora Perkins—. Le agradezco mucho que haya traído a Scarlett a casa, señor Frost. Pero no quisiera entretenerlo más. —Cada palabra era como un cubito de hielo.

—Caramba, qué carácter —replicó Frost, desenfadado—. No pretendía herir sus sentimientos. ¿He dicho algo que la haya molestado? Los calcos son para un trabajo sobre la historia de la ciudad, no vaya usted a creer que me dedico a desenterrar huesos o algo por el estilo.

Por una décima de segundo, Scarlett creyó que su madre iba a pegarle un puñetazo al señor Frost, que parecía bastante preocupado. Pero la señora Perkins se limitó a negar con la cabeza y dijo escuetamente:

—Perdóneme, son cosas de familia. Usted no tiene la

211

culpa de nada. —Y haciendo un esfuerzo por parecer jovial, añadió—: Verá, lo cierto es que Scarlett solía jugar en ese cementerio cuando era pequeña, hace... ¡diez años ya, caray! Por aquella época tenía un amigo imaginario, un niño llamado Nadie.

El señor Frost esbozó una sonrisa involuntaria.

—Ah, vaya, ¿un fantasmita?

—No, no lo creo. Scarlett decía que vivía allí, en el cementerio. Incluso llegó a señalarnos la tumba en la que vivía. En ese sentido, supongo que sí debía de ser un fantasma. ¿Te acuerdas, cariño?

Scarlett meneó la cabeza para indicar que no, y afirmó:

—Debí de ser una niña bastante rarita.

—No creo que fueras... hum —terció el señor Frost—. Está criando a una jovencita realmente encantadora, Noona. Bueno, el té estaba delicioso. Siempre es una alegría hacer nuevos amigos, pero ha llegado el momento de que cada mochuelo se vaya a su olivo. Voy a ver si me preparo algo para cenar, porque luego tengo una reunión en la Sociedad Histórica local.

—¿Se prepara la cena usted mismo? —le preguntó la señora Perkins.

—Sí, así es. Bueno, en realidad, me limito a descongelarla. También soy un artista del «hervir y listo». Comida para uno. Vivo solo, ¿sabe? Soy un viejo solterón cascarrabias. Aunque, ahora que lo pienso, ¿no suele eso interpretarse como un eufemismo para decir «gay»? Pero no soy gay, simplemente no he encontrado a la mujer adecuada. —Y, por un momento, su rostro adoptó una expresión melancólica.

La señora Perkins, que detestaba cocinar, dijo que los fines de semana siempre guisaba como si tuviera que dar de comer a un ejército y, mientras acompañaba al señor Frost hasta la puerta, Scarlett oyó cómo él aceptaba la invitación de su madre para cenar con ellas el sábado por la noche.

Cuando la señora Perkins volvió a la cocina, no le dijo a Scarlett más que: «Espero que hayas hecho tus deberes».

Tumbada en la cama, mientras escuchaba el ruido del tráfico a lo lejos, Scarlett pensaba en todo lo que había sucedido aquella tarde. De pequeña, ella había estado allí, en aquel cementerio; por eso todo le resultaba tan familiar.

Se abandonó a sus fantasías y a sus recuerdos y, en algún momento, se quedó dormida; en sus sueños seguía paseando por los senderos que había entre las tumbas. Era de noche, pero lo veía todo con la misma claridad que si fuera de día: se hallaba en la ladera de una colina en compañía de un niño de su misma edad, pero él estaba de espaldas, contemplando las luces de la ciudad.

—Hola, ¿qué estás haciendo? —le preguntó.

El niño se dio la vuelta, aunque parecía tener problemas para verla.

—¿Quién ha dicho eso? —Y, tras unos instantes, añadió—: ¡Ah, ya te veo! Bueno, más o menos. ¿Me estás haciendo una Visita Onírica?

—Creo que estoy soñando, sí —respondió Scarlett.

—No me refería a eso exactamente —replicó el niño—. Bueno, hola. Me llamo Nad.

—Y yo, Scarlett.

Él volvió a mirarla como si la viera por primera vez.

—¡Claro, Scarlett! Ya decía yo que me sonaba tu cara. Has estado esta tarde en el cementerio, con ese hombre, el de los calcos.

—El señor Frost, sí; es un tipo encantador. Me llevó a

casa en su coche —hizo una pausa, y preguntó—: ¿Nos has visto?

—Sí, bueno… Suelo estar al tanto de todo lo que ocurre por aquí.

—¿Y qué clase de nombre es Nad?

—Es el diminutivo de Nadie.

—¡Pues claro! Ahora lo entiendo todo. Tú eres mi amigo imaginario, el que me inventé cuando era pequeña, pero has crecido.

Nad asintió.

Era más alto que ella; iba vestido de gris (aunque Scarlett no habría sabido describir su ropa), y llevaba el cabello demasiado largo; ella pensó que debía de haber pasado mucho tiempo desde su último corte de pelo.

—Te portaste como una valiente. Bajamos hasta el centro de la colina, vimos al Hombre Índigo y nos encontramos con el Sanguinario.

Entonces algo ocurrió en la mente de Scarlett: fue como si, de repente, todo se acelerara y diera vueltas, y se vio envuelta en una especie de remolino negro y un montón de imágenes se le sucedieron a toda velocidad…

—¡Ahora lo recuerdo todo! —exclamó la chica. Pero lo dijo en la soledad de su habitación, y ninguna voz le respondió; sólo se oía el ruido lejano de un camión que pasaba por la carretera.

Nad guardaba un montón de comida almacenada en la cripta, así como en las tumbas y mausoleos más gélidos del cementerio. Silas se quiso asegurar de que no le faltara alimento, así que tenía suficiente para un par de meses. Porque, a menos que su tutor o la señorita Lupescu lo acompañaran, no debía salir de aquel lugar.

Echaba de menos el mundo que había más allá de la

verja del cementerio, pero sabía que no era un sitio seguro para él; todavía no. En el cementerio, sin embargo, era dueño y señor de todo, y él se sentía orgulloso de ello y lo amaba como sólo un chico de catorce años es capaz de amar.

Y aun así...

En el camposanto, la gente no cambiaba nunca, de modo que los niños con los que Nad jugaba cuando era pequeño continuaban siendo niños: Fortinbras Bartleby, que fue su mejor amigo durante la infancia, era ahora cuatro o cinco años menor que él, y cada vez tenían menos en común; Thackeray Porringer tenía la misma edad y estatura que Nad, y parecía entenderse bastante mejor con él (por las noches salían los dos juntos a pasear, y Thackeray le contaba las desventuras que sufrieron sus amigos). Normalmente, al final de estas historias, los amigos de Porringer acababan siendo ahorcados por algún delito que no cometieron, aunque a veces simplemente los deportaban a las colonias americanas y así, mientras no regresaran a Inglaterra, lograban evitar la horca.

En cambio, Liza Hempstock, que había sido su amiga durante los últimos seis años, sí había cambiado en cierto modo: ahora ya no salía a su encuentro cuando iba a la fosa común a visitarla, y en las raras ocasiones en las que lo hacía, estaba de mal humor, con ganas de pelea o directamente grosera.

Nad se lo comentó al señor Owens, quien, tras unos instantes de reflexión, le dijo:

—Las mujeres son así. Te apreciaba cuando eras un niño, pero has crecido, y ahora no sabe muy bien qué clase de persona eres. Cuando yo era pequeño, iba todos los días al estanque de los patos a jugar con una niña, hasta que un día, cuando tenía más o menos tu edad, ella me tiró una manzana a la cabeza y ya no volvió a dirigirme la palabra hasta que cumplí los diecisiete.

La señora Owens, muy digna, lo corrigió:

—No fue una manzana, sino una pera. Y volví a hablarte mucho antes, porque recuerdo que bailamos juntos una pieza en la boda de tu primo Ned, que se celebró dos o tres días después de que cumplieras los dieciséis.

—Es cierto, querida, qué mala memoria la mía —replicó el señor Owens y, guiñándole un ojo a Nad, articuló sólo con los labios: «Diecisiete».

Nad no se permitía tener amigos entre los vivos. De ese modo, según aprendió después de su breve experiencia como escolar, se ahorraba un montón de problemas. Sin embargo, nunca se olvidó de Scarlett y la echó de menos durante años, pero a esas alturas ya se había hecho a la idea de que no volvería a verla nunca más. Y ahora había regresado y visitado el cementerio, aunque no la había reconocido...

El chico estaba explorando a fondo la tupida selva de hiedra y árboles que convertían el cuadrante noroeste del cementerio en una zona muy peligrosa; incluso había carteles que advertían del peligro a los visitantes, pero en realidad no hacían ninguna falta. Lo que había al final del Paseo Egipcio era un lugar inhóspito y tétrico; en los últimos cien años, la naturaleza se había ido adueñando de esa zona, y las lápidas estaban caídas en el suelo; nadie visitaba ya aquellas tumbas, que en su mayor parte habían quedado enterradas bajo la hiedra y las hojas que habían ido cayendo de los árboles a lo largo de los últimos cincuenta años. Todos los senderos habían desaparecido y el lugar era intransitable.

Nad caminaba con cautela, pues conocía bien el terreno y sabía lo peligroso que podía ser.

Cuando tenía nueve años, explorando por allí, dio un

paso en falso y cayó en una fosa que tenía unos seis metros de profundidad. Era una tumba que, seguramente, estaba pensada para albergar varios ataúdes, pero no tenía lápida y sólo había un ataúd; éste contenía los restos mortales de un médico bastante irascible llamado Carstairs, quien se alegró mucho al ver a Nad por allí e insistió en examinarle la muñeca (pues se la torció al caer, intentando agarrarse a una raíz), antes de que el chico lograra convencerlo para que fuera a buscar ayuda.

Pero ahora Nad no había ido allí para explorar, sino porque necesitaba hablar con el poeta.

El poeta se llamaba Nehemiah Trot, y en su tumba, cubierta de maleza, se leía la siguiente inscripción:

Aquí yacen los restos mortales de
NEHEMIAH TROT
POETA
1741-1774
LOS CISNES CANTAN ANTES DE MORIR

—¿Maese Trot? Necesito consultarle algo.

Nehemiah Trot sonrió lánguidamente y respondió:

—Estoy a tu entera disposición, mi arriscado amigo. ¡El consejo es a un poeta lo que la cordialidad es a un rey! ¿Qué ungüento, no, ungüento no, qué bálsamo puedo yo ofrecerte para aliviar tu dolor?

—Pues, dolor no tengo ninguno, pero es que... Bueno, verá, es que hace tiempo conocí a una chica, y la verdad es que no sé si debería ir a hablar con ella o simplemente olvidarla.

Nehemiah Trot se enderezó (aun así seguía siendo más bajo que Nad), y se llevó ambas manos al pecho con emoción.

—¡Oh! Debes ir en su busca e implorarle. Debes decirle que es tu Terpsícore, tu Eco, tu Clitemnestra. Debes cantar sus virtudes en un poema, dedicarle una oda sublime (no te preocupes, muchacho, yo te ayudaré), y entonces, sólo entonces, conquistarás el corazón de tu gran amor.

—En realidad no pretendo conquistar su corazón, ni es mi gran amor. Simplemente, me gusta hablar con ella.

—De todos los órganos que componen el ser humano —replicó Nehemiah Trot—, la lengua es el más extraordinario. Pues nos es necesaria tanto para paladear el néctar más delicioso como el más acerbo de los venenos, y con una misma lengua pronunciamos también las palabras más dulces y las más ultrajantes. ¡Ve en su busca y háblale sin más demora!

—Pero es que no debería.

—¡Deberías, claro que deberías! Y yo daré fe de tu victoria en un poema, una vez concluida y ganada la batalla.

—Pero si me hago visible para hablar con ella, otros podrían verme también...

—¡Ah, escúchame bien, joven Leandro, joven Héroe, joven Alejandro! Si nada arriesgas, llegarás al fin de tus días y nada habrás ganado.

—Interesante planteamiento.

Nad se alegraba de haber ido a pedirle consejo al poeta. «De hecho —pensó—, ¿quién podría ofrecerme mejores consejos que un poeta?». Y eso le recordó que...

—Señor Trot —dijo Nad—, hábleme de la venganza.

—La venganza es un plato que se sirve frío —sentenció Nehemiah Trot—. Jamás la lleves a cabo en caliente; espera el momento propicio. Recuerdo a un poetastro de aquellos que malvivían en Grub Street (se llamaba O'Leary y era irlandés, por más señas), que tuvo el valor y la desfachatez de escribir una reseña de mi primer poemario, *Florilegio lírico para caballeros con clase*, afirmando que se trataba de un vulgar compendio de ripios sin interés alguno, y que el papel en el que había sido escrito habría estado mejor empleado en... No, no puedo repetirlo. Digamos sencillamente que terminaba la frase de manera harto vulgar.

—Pero ¿se vengó usted de él? —quiso saber Nad.

—¡Oh, claro que me vengué, de él y de todos los de su misma ralea! ¡Oh, sí, joven Owens, y fue una venganza terrible! Escribí una epístola que clavé en las puertas de todos los *pubs* de Londres que solían frecuentar aquellos ganapanes. En ella explicaba que, dada la fragilidad del genio poético, había decidido no volver a publicar un solo verso mientras viviera. Y dejé instrucciones de que, a mi muerte, me enterraran con todos mis poemas inéditos, para que únicamente cuando la posteridad reconociera mi genio y la irreparable pérdida que esto suponía, sólo entonces, fueran rescatados de entre mis gélidas manos y publicados para el deleite de todos. Es algo atroz adelantarse a los tiempos que a uno le ha tocado vivir.

—¿Y, después de muerto, lo desenterraron y publicaron sus poemas?

—Todavía no. Pero aún hay tiempo de sobra. La posteridad es vasta.

—Entonces... ¿ésa fue toda su venganza?

—Nada menos. ¡Una venganza sublime, refinada y aplastante!

—Sí... Sí, claro —replicó Nad sin mucha convicción.

—Mejor. Servirla. Fría —sentenció Nehemiah Trot, muy hueco.

Nad abandonó el selvático paraje y regresó a la parte más civilizada del cementerio. Empezaba a caer la tarde, y se dirigió hacia la vieja capilla, no porque esperara que Silas hubiera regresado de su largo viaje, sino porque llevaba toda la vida visitándola al anochecer, y le reconfortaba seguir su rutina de siempre. Además, tenía hambre.

Atravesó con sigilo la puerta y bajó a la cripta. Apartó una caja de cartón llena de húmedos y abarquillados registros parroquiales, y sacó un cartón de zumo de naranja, una manzana, una bolsa de colines y una cuña de queso, y se puso a comer mientras se planteaba si debía ir a buscar a Scarlett y cómo se las arreglaría para encontrarla. Quizá lo más adecuado sería hacerle una Visita Onírica, ya que ella había elegido ese medio para ir a su encuentro...

Al terminar, salió de la iglesia y, según se dirigía hacia el banco para sentarse un rato, vio algo que le hizo dudar: el banco ya estaba ocupado por una chica que leía una revista.

Nad puso en marcha la Desapación total y se fundió con el entorno, como si fuera una sombra más.

Pero la chica alzó la vista, lo miró directamente y preguntó:

—¿Eres tú, Nad?

Él tardó unos segundos en decidirse a responder.

—¿Cómo es posible que me hayas visto?

—En realidad no estaba segura. Al principio pensé que eras solamente una sombra o algo así. Pero tienes el mismo aspecto que en mi sueño y, de alguna manera, empecé a verte con un poco más de nitidez.

Nad se le acercó e inquirió.

—¿De verdad estás leyendo? ¿Tienes luz suficiente?

—Es muy raro, sí —repuso Scarlett cerrando la revista—. Casi se ha hecho de noche, pero veo a la perfección. Vamos, que puedo leer sin dificultad.

—¿Has venido...? —Nad vaciló un momento, sin saber muy bien qué era exactamente lo que quería preguntarle—. ¿Has venido sola?

Scarlett asintió.

—Sí. Verás, al salir del colegio, he venido a ayudar al señor Frost a sacar algunos calcos. Pero cuando hemos acabado, le he dicho que me apetecía sentarme aquí a pensar un rato. Le he prometido que después pasaría a tomar una taza de té con él, y se ha ofrecido a acercarme en coche a mi casa; ni siquiera me ha preguntado por qué quería quedarme. Dice que a él también le encanta pasear por los cementerios, porque no hay sitios más tranquilos en el mundo que éstos. —Se calló un momento y, a continuación, le preguntó—: ¿Puedo abrazarte?

—¿Quieres abrazarme?

—Sí.

—Bueno, en ese caso —se lo pensó un momento antes de terminar la frase—, no me importa que lo hagas.

—Mis brazos no te atravesarán ni nada parecido, ¿verdad?

—No, no, soy de carne y hueso; no te preocupes. —Y ella lo abrazó con tal fuerza que casi no le dejaba respirar.

—Me estás haciendo daño —se quejó Nad.

—¡Ay, perdona! —Y lo soltó.

—No, si me ha gustado. Pero es que has apretado más de lo que esperaba.

—Sólo quería asegurarme de que eres real. Todos estos años no has existido más que en mi mente, aunque luego me olvidé de ti. Pero no eras un producto de mi imaginación, y ahora has vuelto, y estás en el mundo también.

—Solías llevar una especie de abrigo, de color naranja, y siempre que veía algo de ese color, pensaba en ti. Imagino que ya no lo tendrás —dijo Nad sonriendo.

—No, claro, hace ya tiempo que no. A estas alturas no creo que cupiera en él.

221

—Sí, ya me lo imagino.

—Debería regresar a casa ya. Pero creo que podré volver aquí este fin de semana —dijo Scarlett y, viendo la expresión de Nad, añadió—: Hoy es miércoles.

—Vale, me encantaría volver a verte.

Scarlett se dio la vuelta para marcharse, pero titubeó un momento y se giró de nuevo hacia Nad.

—¿Qué he de hacer para encontrarte la próxima vez?

—No te preocupes; yo te encontraré. Tú ven sola y saldré a buscarte.

Scarlett asintió y se marchó.

Nad dio media vuelta y se fue colina arriba, en dirección al mausoleo de Frobisher. Sin embargo, no entró en el edificio, sino que trepó por uno de los laterales, apoyando los pies en las gruesas raíces de hiedra, y se subió al tejado de piedra. Se sentó allí y contempló el mundo que había más allá del cementerio, recordando el modo en que Scarlett lo había abrazado y lo seguro que se había sentido él entre sus brazos, aunque sólo fuera por un instante. Pensó también en lo agradable que debía de ser poder circular libremente y sin temor por el mundo que había tras las rejas del cementerio, y en lo estupendo que era ser dueño y señor de su propio mundo en miniatura.

Scarlett dijo que no quería una taza de té, gracias, ni una galleta de chocolate. El señor Frost se quedó preocupado y le dijo:

—En serio, parece como si hubieras visto un fantasma. Aunque, bien pensado, no sería raro, teniendo en cuenta que vienes de un cementerio, hum... Hace años, tuve una tía que decía que su loro estaba hechizado. En realidad era un guacamayo rojo; el loro, claro. Mi tía era arquitecta. Pero nunca logré que me diera más detalles.

—Estoy bien —lo tranquilizó Scarlett—. Lo que ocurre es que ha sido un día muy largo.

—En ese caso, te llevaré a casa. Pero antes, dime, ¿tú entiendes lo que pone aquí? Llevo media hora rompiéndome la cabeza, pero no hay manera. —Le señaló un calco que tenía extendido encima de la mesa, sujeto con un bote de mermelada en cada punta—. El nombre podría ser Gladstone, ¿a ti qué te parece? Quizá fuera pariente de William Gladstone, el primer ministro. Pero el resto no lo entiendo.

—Me temo que yo tampoco lo entiendo. Ya le echaré un vistazo con más calma el sábado.

—¿Tu madre vendrá también?

—Dijo que me traería aquí por la mañana y luego se iría a hacer la compra. Quiere hacer carne asada para cenar.

—¿Con patatas asadas de guarnición? —preguntó el señor Frost.

—Pues creo que sí.

El señor Frost parecía muy complacido, aunque dijo:

—Tampoco querría causarle demasiadas molestias.

—No se preocupe, ella está encantada —aseguró Scarlett, y no mentía—. Le agradezco mucho que se tome la molestia de acercarme a casa en su coche.

—Es un verdadero placer.

Bajaron juntos por la escalera de la alta y estrecha casa del señor Frost, y salieron a la calle.

En Cracovia, en la colina de Wawel, hay unas cuevas que se conocen por el nombre de La Caverna del Dragón. Es un lugar de sobra conocido por los turistas que visitan la zona. Pero, debajo de ellas, hay otras cuevas que los turistas no conocen y nunca visitan. Son muy profundas y están habitadas.

223

Silas iba delante, seguido de cerca por la gigantesca grisura de la señorita Lupescu, que avanzaba silenciosamente y a cuatro patas. Detrás de ellos iba Kandar, una momia asiria —el cuerpo envuelto en vendas, alas de águila y ojos como rubíes— que, a su vez, llevaba un cerdito.

Al principio eran cuatro, pero habían perdido a Haroun en una de las cuevas superiores, cuando el ifrit (seguro de sí mismo en demasía, como todos los de su especie) se aventuró a explorar un espacio encuadrado entre tres espejos de bronce y, en medio de un fogonazo de luz rojiza, quedó atrapado dentro de los espejos. Durante unos segundos vieron su reflejo mostrando los ojos exorbitados y moviendo la boca, como si tratara de avisarlos para que se marcharan de allí; luego se desvaneció y no volvieron a verlo más.

Para Silas, los espejos no suponían ningún peligro, así que se acercó y, cubriendo con su abrigo uno de ellos, dejó inutilizada la trampa. Hecho esto, dijo:

—Bueno, pues ahora ya sólo quedamos tres.

—Y un cerdo —precisó Kandar.

—¿Y para qué lo has traído si se puede saber? —preguntó la señorita Lupescu.

—Trae suerte —respondió Kandar, y ante el gruñido que emitió la señorita Lupescu, nada convencida, preguntó—: ¿Acaso Haroun tenía un cerdo?

—Callad —les ordenó Silas—. Se están acercando. Por el ruido que hacen, diría que son muchos.

—Dejad que se acerquen —susurró Kandar.

El pelo de la señorita Lupescu se erizó. Pese a ello, no dijo nada, pero se preparó para hacerles frente y tuvo que esforzarse mucho para no alzar la cabeza y soltar un aullido.

Y

—Me encanta este sitio —comentó Scarlett.

—Sí, es muy bonito —coincidió Nad.

—¿Así que mataron a toda tu familia? ¿Y alguien sabe quién lo hizo?

—No, que yo sepa. Lo único que me ha dicho mi tutor es que el hombre que los mató sigue vivo, y que ya me contará el resto de la historia algún día.

—¿Cómo que algún día?

—Cuando esté preparado para conocer toda la verdad.

—¿De qué tiene miedo? ¿De que cojas una pistola y salgas a vengarte del hombre que mató a tus padres y a tu hermana?

—Es obvio —dijo el chico con gran seriedad—; no exactamente con una pistola, pero sí. Algo así.

—Me estás tomando el pelo.

Nad no respondió de momento, sino que apretó mucho los labios y negó con la cabeza. Poco después replicó:

225

—No, no estoy de broma.

Aquel sábado había amanecido soleado y radiante, y los dos jóvenes se hallaban en el Paseo Egipcio, a la sombra de los pinos y de las largas ramas de la araucaria.

—¿Y tu tutor también es un muerto?

—Nunca hablo de él.

A Scarlett le dolió la respuesta.

—¿Ni siquiera conmigo?

—Ni siquiera contigo.

—Bueno —dijo ella—, pues qué bien.

—Lo siento, Scarlett, no pretendía...

—Le prometí al señor Frost que no tardaría mucho, así que será mejor que me vaya ya —dijo ella, al mismo tiempo que Nad intentaba disculparse.

—Vale —replicó el chico, temiendo haber herido los sentimientos de su amiga y sin saber muy bien qué podía decir para arreglarlo.

Y se la quedó mirando mientras se alejaba colina abajo. Una voz femenina y familiar dijo con mala uva: «¡Mírala! ¡La marquesita del Pan Pringao!», pero por allí no se veía a nadie.

Nad se sentía como un idiota, y echó a andar otra vez hacia el Paseo Egipcio. Las señoritas Lillibet y Violet le habían dado permiso para guardar en su cripta una caja de cartón llena de libros, y leer un rato era lo único que le apetecía en ese momento.

Scarlett estuvo ayudando al señor Frost con sus calcos hasta el mediodía, y entonces se tomaron un respiro para comer algo.

Él se ofreció a invitarla a pescado con patatas, así que bajaron hasta la tienda que había al final de la carretera y, mientras subían de nuevo por la colina, se fueron comiendo la humeante fritura generosamente sazonada con sal y vinagre.

—¿Dónde investigaría usted si quisiera averiguar algo sobre un asesinato? —le preguntó Scarlett—. Ya he mirado en Internet y no he encontrado nada.

—Hum… Depende. ¿De qué clase de asesinato estamos hablando?

—Un suceso local, creo. Tuvo lugar hace trece o catorce años. Alguien asesinó a toda una familia que vivía por aquí cerca.

—¡Caramba! ¿Estás hablando en serio?

—Y tan en serio. ¿Se encuentra usted bien?

—Pues la verdad es que no. Pero no te preocupes, no es más que flojera. Prefiero no pensar en ese tipo de cosas; me refiero a los crímenes que suceden a la puerta de mi casa, como quien dice. Y me sorprende que a una chica de tu edad le interesen esas cosas tan truculentas.

—Y no me interesan especialmente; es que quiero ayudar a un amigo mío.

El señor Frost comió su último trozo de bacalao, y dijo:

—Podrías mirar en la biblioteca, supongo. En la hemeroteca se guardan ejemplares antiguos de los periódicos locales. Y, por cierto, ¿a santo de qué te ha dado a ti por investigar ese asunto?

—Pues —Scarlett quería mentir lo menos posible— por un chico que conozco; está interesado en conocer los detalles.

—En ese caso, lo mejor es que vaya a la biblioteca. Un asesinato… Brrr. Se me pone la carne de gallina.

—A mí también. Si no es mucha molestia, ¿le importaría acercarme a la biblioteca esta tarde?

El señor Frost mordió un trozo grande de patata, lo masticó y se quedó mirando el trozo que tenía en la mano con cierta desilusión.

—Se quedan frías enseguida, ¿verdad? Cuando empiezas a comerlas, te abrasas la lengua y, al momento, ya se han quedado heladas.

—Perdone —se disculpó Scarlett—, a veces parece que creo que es usted mi chófer particular…

—No, no, en absoluto. Sólo estaba tratando de organizarme, y pensando si a tu madre le gustarán los bombones. ¿A ti qué te parece: llevo una botella de vino, o mejor unos bombones? No termino de decidirme. ¿Y si llevo las dos cosas?

—Al salir de la biblioteca, puedo volver a casa por mi cuenta —dijo Scarlett—. A mi madre le encantan los bombones. Y a mí también.

—Decidido entonces, llevaré bombones —aseguró el señor Frost, aliviado. Habían llegado a la mitad de la hilera de casas adosadas que jalonaban la carretera de la co-

227

lina, donde estaba aparcado el Mini verde, frente a la casa del señor Frost—. Sube. Te llevaré a la biblioteca.

La biblioteca era un edificio cuadrado de piedra y ladrillo de principios del siglo anterior. Scarlett entró y se acercó al mostrador.

—¿Qué deseas? —inquirió la mujer que lo atendía.

—Necesito consultar unos periódicos antiguos —dijo Scarlett.

—¿Para un trabajo escolar?

—Sí, algo sobre la historia de la ciudad —respondió Scarlett, contenta de no haber tenido que inventar una mentira.

—Los archivos del periódico local están en microfichas —explicó la mujer.

228 Era una mujer grandota y llevaba aros de plata en las orejas. El corazón de Scarlett le latía con fuerza dentro del pecho; estaba segura de que su actitud resultaba sospechosa, pero la mujer la condujo hasta una sala llena de cajas que parecían monitores de ordenador, y le enseñó cómo funcionaban.

—Algún día los mandaremos digitalizar —dijo la mujer—. A ver, dime qué época es la que te interesa.

—Hace unos trece o catorce años —contestó Scarlett—. No puedo precisar más. Pero reconoceré lo que busco en cuanto lo vea.

La mujer le entregó una cajita que contenía el equivalente a cinco años del periódico en microfilm, y le dijo:

—Tú misma.

Scarlett imaginaba que el asesinato de una familia al completo habría merecido figurar en la primera página, pero lo que encontró fue una noticia breve en la página cinco. Tuvo lugar trece años antes, en el mes de octubre. El artículo era una mera enumeración de los datos más significativos: «Se han encontrado los cadáveres del arquitecto Ronald Dorian, de 36 años, su mujer Carlotta, una editora de 34 años de edad, y la hija de ambos, Misty, de 7 años, en el número 33 de Dunstan Road. La policía sospecha que han sido asesinados. El portavoz de la policía afirma que todavía es pronto para determinar cómo y por qué sucedió todo, pero hay varias líneas de investigación abiertas».

El periodista no precisaba cómo habían muerto ni mencionaba la desaparición de ningún bebé. Y Scarlett no encontró ninguna noticia relacionada con la investigación en ediciones posteriores; por lo visto, la policía no volvió a hacer declaraciones sobre el particular.

Pero era la noticia que buscaba; estaba segura. Además, el hecho tuvo lugar en el número 33 de Dunstan Road, y Scarlett conocía esa casa. Es más, había estado en ella.

Al pasar por el mostrador, devolvió la cajita a la bibliotecaria, le dio las gracias y regresó a su casa bajo el sol abrileño.

Su madre estaba cocinando, sin demasiado acierto a juzgar por el olor a quemado que inundaba el apartamento. Scarlett se fue a su habitación, abrió las ventanas de par en par, y se sentó en la cama para hablar por teléfono.

—¿Oiga? ¿Señor Frost?

—Hola, Scarlett. ¿Sigue en pie lo de esta noche? ¿Qué tal está tu madre?

—¡Oh, sí, no se preocupe! Está todo bajo control —le dijo Scarlett, que era exactamente lo que le había contestado su madre cuando se lo preguntó—. Hum... Señor Frost, ¿cuánto tiempo lleva usted viviendo en esa casa?

—¿Qué cuánto tiempo llevo...? Pues, a ver, unos cuatro meses, aproximadamente.

—¿Y cómo la encontró?

—A través de una inmobiliaria. Estaba desocupada y

el precio me pareció razonable. Bueno, más o menos. Buscaba una casa lo más cerca posible del cementerio, y ésta parecía perfecta.

—Señor Frost —Scarlett no sabía muy bien cómo decírselo, así que se lo soltó a bocajarro—, hace unos trece años, tres personas fueron asesinadas en esa misma casa. Era la familia Dorian.

Al otro lado del hilo telefónico se hizo un silencio.

—¿Señor Frost? ¿Sigue usted ahí?

—Hum... Sí, sigo aquí, Scarlett. Perdona. Es que no esperaba oír algo así. Es una casa antigua, quiero decir que no sería extraño que hubieran sucedido cosas hace muchos años, pero no... Caramba. ¿Y qué fue exactamente lo que sucedió?

Scarlett no estaba muy segura de hasta dónde podía contarle.

—Encontré una noticia breve en un periódico antiguo, pero no mencionaba los detalles del suceso, sino únicamente la dirección de la casa. No sé cómo murieron ni nada más.

—¡Santo cielo! —Por el tono de voz, el señor Frost parecía más intrigado de lo que Scarlett había previsto—. Es precisamente en este tipo de investigaciones donde los cronistas locales nos movemos con más soltura que nadie. Deja que yo me ocupe. Me pondré a investigar y, cuando haya averiguado que fue lo que sucedió, te lo contaré todo.

—Muchas gracias —dijo Scarlett, aliviada.

—Hum… Imagino que me has llamado porque si Noona llega a enterarse de que hubo un asesinato en mi casa, aunque fuera hace trece años, no querría que volvieras a verme y te prohibiría ir al cementerio. De modo que, hum, supongo que será mejor que no lo mencione a menos que tú saques el tema.

—¡Muchísimas gracias, señor Frost!

—Nos vemos a las siete. Y llevaré bombones.

Lo pasaron realmente bien en la cena. La cocina ya no olía a quemado. El pollo no estuvo mal, la ensalada estaba muy rica y, aunque las patatas se habían quedado un poco duras, el señor Frost proclamó que estaban exactamente como a él le gustaban, e insistió en repetir.

Las flores no eran nada del otro mundo, pero los bombones estaban riquísimos y, después de cenar, el señor Frost se quedó charlando con ellas, e incluso se quedó a ver la tele un rato. Pero a eso de las diez, les dijo que ya era hora de marcharse a casa.

—El tiempo, la marea y el trabajo de investigación no esperan a nadie —dijo, estrechando con entusiasmo la mano de Noona mientras, en un gesto de complicidad, le guiñaba un ojo a Scarlett.

Aquella noche la chica intentó buscar a Nad en sus sueños; se acostó pensando en él y se imaginó que lo buscaba por todo el cementerio, pero en cambio, soñó que deambulaba por las calles del centro de Glasgow con sus viejos amigos. Iban buscando una determinada calle, pero fueran por donde fueran no encontraban más que callejones sin salida.

En los abismos de la tierra —Cracovia— y, a su vez, en la gruta más profunda de lo que se conoce como La Caverna del Dragón, la señorita Lupescu se tambaleó y cayó al suelo.

Silas se agachó a su lado y le sostuvo la cabeza entre las manos. Tenía sangre en la cara, y parte de esa sangre pertenecía a la propia señorita Lupescu.

—No te preocupes por mí —le dijo a Silas—; ve a salvar al niño.

Su cuerpo era ahora mitad lobo y mitad mujer, pero la cabeza era la de una mujer.

—No —dijo Silas—, no pienso abandonarte.

Justo detrás de él, Kandar mecía al cerdito como si fuera un niño acunando una muñeca. El ala izquierda de la momia estaba destrozada, y no podría volver a volar, pero su barbado rostro tenía una expresión implacable.

—Volverán, Silas —murmuró la señorita Lupescu—. Y está a punto de salir el sol.

—Entonces —dijo Silas—, tendremos que ocuparnos de ellos antes de que tengan tiempo de organizarse para un nuevo ataque. ¿Podrías mantenerte en pie?

—*Da*. Soy un sabueso de Dios; aguantaré.

La señorita Lupescu inclinó la cabeza y se desentumeció los dedos. Cuando alzó de nuevo la cabeza, volvía a ser la de un lobo. Plantó en el suelo sus garras delanteras y, con mucho esfuerzo, logró ponerse en pie; era de nuevo un lobo gris más grande que un oso, pero su pelaje tenía manchas de sangre.

Echó la cabeza hacia atrás y, en actitud desafiante, lanzó un aullido lleno de furia. Después, poco a poco, recuperó la posición normal.

—Venga —gruñó la señorita Lupescu—. Vamos a poner fin a esto.

El domingo, a última hora de la tarde, sonó el teléfono. Scarlett estaba en la planta baja, copiando los dibujos de un cómic manga que había leído. Fue su madre quien cogió el teléfono.

—¡Qué casualidad, precisamente estábamos hablando de usted! —decía Noona, aunque no era verdad que estuvieran hablando de él—. Lo pasamos de maravilla —continuó—. No, no, en absoluto, ninguna molestia.

¿Los bombones? Estaban deliciosos; realmente deliciosos. Ya le dije a Scarlett que le dijera que puede venir a cenar con nosotras cuando quiera. Así que... ¿Scarlett, dice? Sí, sí, está en casa; se la paso. Scarlett, ¿dónde estás?

—Aquí, mamá. No hace falta que des esas voces. —Scarlett se puso al teléfono—. Hola, señor Frost.

—Hola. —El hombre parecía excitado—. El... Hum... Mira, el asunto del que estuvimos hablando el otro día, aquel suceso que tuvo lugar en mi casa... Puedes decirle a tu amigo que he descubierto... hum, pero antes dime una cosa: cuando hablabas de «un amigo», ¿estabas hablando en realidad de ti, o de verdad existe ese amigo? No me malinterpretes, no querría inmiscuirme en tu vida personal, simplemente, siento curiosidad.

—No, no, es verdad que tengo un amigo que tiene interés en saber lo que ocurrió —respondió Scarlett, divertida.

Su madre la miró desconcertada.

—Pues dile a tu amigo que he estado haciendo algunas averiguaciones, y creo haber descubierto algo. Parece que he tropezado con cierta información que ha permanecido en secreto todos estos años. Pero creo que deberíamos manejarla con mucho cuidado... Yo... hum... He averiguado algunas cosas más.

—¿Como, por ejemplo?

—Verás... no vayas a creer que me he vuelto loco. El caso es que, bueno, por lo que he podido averiguar, efectivamente fueron tres las víctimas. Pero había también otra persona (un bebé, según creo) que logró salvarse. Era una familia compuesta por cuatro personas, en vez de tres. Y hay más, pero no me parece prudente hablar de ello por teléfono. Dile a tu amigo que venga a verme, y le pondré al corriente de todo.

—Se lo diré —dijo Scarlett, y colgó el teléfono. Su corazón latía a cien por hora.

233

ϒ

Nad bajó los estrechos escalones de piedra por primera vez en seis años. El eco multiplicaba el ruido de sus pasos en la caverna situada en el corazón de la colina.

Finalmente, llegó al nivel inferior y esperó a que el Sanguinario se manifestara. Esperó y esperó, pero no sucedió nada; no hubo susurros, ni movimiento alguno.

Echó un vistazo alrededor; la oscuridad no suponía ningún impedimento para él, pues veía en la oscuridad igual que los muertos. Se acercó a la losa que hacía las veces de altar, donde aún podían verse el cáliz, el broche y el puñal de piedra.

Nad acarició la hoja del puñal. Estaba más afilada de lo que esperaba, y le rasgó levemente la piel del dedo.

—Ése es el tesoro del sanguinario, susurró la triple voz, pero sonaba más débil e insegura que años atrás.

—Tú eres el más viejo del lugar —le dijo Nad—. He venido a hablar contigo, porque necesito que me aconsejes sobre una cosa.

Silencio.

—Nadie viene a pedir consejos al sanguinario. El sanguinario custodia. El sanguinario espera.

—Sí, ya lo sé. Pero Silas no está, y no sé a quién más puedo recurrir.

Nadie respondió. Únicamente un silencio con ecos de polvo y soledad.

—No sé qué hacer —admitió Nad—. Creo que puedo averiguar quién mató a mi familia, quién es esa persona que ahora quiere matarme a mí. Pero para lograrlo, tendría que abandonar el cementerio.

El Sanguinario no dijo nada. Pero sus tentáculos de humo iban envolviendo lentamente la caverna.

—No me asusta morir —continuó Nad—. Es sólo

que, toda la gente a la que quiero se ha esforzado tanto y durante tanto tiempo en mantenerme a salvo, en darme una educación, en protegerme...

De nuevo el silencio.

—Es algo que tengo que hacer yo solo —dijo.

SÍ.

—Pues, eso es todo. Siento haberte molestado.

Entonces una voz sinuosa e insinuante le susurró en la mente: El sanguinario fue colocado aquí para custodiar el tesoro hasta que el amo regrese. ¿Eres tú el amo?

—No —respondió Nad.

Y entonces, con un gemido esperanzado, le preguntó: ¿Querrías ser nuestro amo?

—Pues la verdad es que no.

—Si fueras nuestro amo, podríamos rodearte con nuestros tentáculos de humo para siempre; si fueras nuestro amo, podríamos protegerte y mantenerte a salvo hasta el final de los tiempos y no tendrías que hacer frente a los peligros del mundo.

—No soy vuestro amo.

—No.

Nad notó que el Sanguinario se le retorcía en el interior de la mente.

—En tal caso, ve y encuentra tu nombre.

Acto seguido, la mente del chico se vació, y la caverna también quedó vacía de nuevo. Nad estaba solo una vez más.

Volvió a subir la escalera, con cuidado, pero muy deprisa. Había tomado una decisión y tenía que actuar rápido, antes de que se arrepintiera.

Scarlett lo estaba esperando en el banco que había frente a la vieja capilla.

—¿Y bien? —le preguntó.

—Iré a verlo. ¡Vamos! —contestó Nad.

Y, juntos, avanzaron por el sendero en dirección a las puertas del cementerio.

El número 33 era una casa alta y estrecha, situada en el centro de la hilera de casas adosadas; una vivienda corriente de ladrillo rojo. Nad la contempló con aire dubitativo, preguntándose por qué no había nada en ella que le resultara familiar. No era más que una casa como cualquier otra. En lugar de jardín delantero, había tan sólo un pequeño espacio asfaltado, donde habían aparcado un Mini verde; la puerta principal estaba pintada de azul, pero el tiempo y el sol habían deslucido mucho la pintura.

—¿Vamos? —le preguntó Scarlett.

Nad llamó a la puerta. Al cabo de unos segundos, oyeron un ruido de pasos en el interior, y la puerta se abrió, dejando a la vista un pequeño recibidor y el inicio de una escalera. En el umbral había un hombre con gafas, canoso y con entradas. El individuo parpadeó y alargó la mano para estrechar la de Nad.

—Tú debes de ser el misterioso amigo de la señorita Perkins —comentó con una sonrisa nerviosa—. Encantado de conocerte.

—Éste es Nad —dijo Scarlett.

—¿Nat?

—Nad, acabado en «d» —lo corrigió Scarlett—. Nad, éste es el señor Frost.

Nad y Frost se estrecharon la mano.

—He puesto agua a hervir —les informó el señor Frost—. ¿Qué os parece si tomamos una taza de té mientras hablamos?

Lo siguieron por la escalera hasta la cocina, donde

Frost sirvió tres tazas de té y, a continuación, los condujo a una pequeña sala de estar.

—El resto de las habitaciones están arriba —les dijo—. El cuarto de baño está en el piso inmediatamente superior y, arriba del todo, los dormitorios y mi despacho. Andar todo el día subiendo y bajando la escalera te mantiene en forma.

Se sentaron en un espacioso sofá de color morado chillón («Ya estaba aquí cuando llegué»), y se dispusieron a tomar el té.

Scarlett temía que el señor Frost abrumara a Nad con toda clase de preguntas, pero no lo hizo. No obstante, parecía muy emocionado, como si acabara de identificar la tumba de algún personaje famoso y estuviera impaciente por dar a conocer su hallazgo al mundo entero. No paraba de rebullirse en su asiento; parecía que tuviera algo verdaderamente importante que comunicarles y estuviera haciendo un gran esfuerzo por contenerse.

237

—Bueno, ¿qué es lo que ha averiguado? —le preguntó Scarlett sin más preámbulos.

—Bien, pues, en primer lugar, tenías razón. En efecto, ésta es la casa en la que mataron a esas tres personas. Y el hecho... quiero decir, el crimen, fue... bueno, no es que intentaran ocultarlo deliberadamente, pero lo cierto es que la policía lo dejó correr. Se hicieron los locos, por así decirlo.

—No lo entiendo —dijo Scarlett—. Un asesinato no es algo que se pueda barrer y dejarlo debajo de la alfombra.

—Pues eso fue exactamente lo que hicieron con éste —dijo el señor Frost mientras apuraba su té—. Supongo que alguien muy influyente movió algunos hilos. Es la única explicación que se me ocurre para ese silencio y para lo que pasó con el pequeño...

—¿Y qué fue lo que pasó con él? —preguntó Nad.

—Sobrevivió —respondió Frost—, de eso estoy seguro. Pero nadie lo buscó. Normalmente, la desaparición de un niño de dos años habría sido una noticia de interés nacional. Pero ellos... hum... debieron de ocultársela a los medios.

—¿Y quiénes son *ellos*? —inquirió Nad.

—Los mismos que asesinaron al resto de la familia.

—¿Y ha podido averiguar algo más?

—Sí. Bueno, poca cosa... —Frost intentó desdecirse—. Perdonadme. Yo... Veréis. Teniendo en cuenta lo que he descubierto... En fin, resulta todo muy difícil de creer.

Scarlett empezaba a sentirse frustrada y le espetó:

—Cuéntenoslo. Díganos qué es lo que ha descubierto.

Frost parecía algo avergonzado.

—Tienes razón. Perdonadme. Esto de andar con secretitos no es buena idea. Los historiadores no nos dedicamos a enterrar cosas; lo que hacemos es sacarlas a la luz, mostrárselas a la gente. Bien... —vaciló un momento, y luego continuó—. He encontrado una carta. Sí, ahí arriba. Estaba escondida bajo una placa suelta de la tarima—. Y volviéndose hacia Nad, le preguntó—: Jovencito, ¿sería acertado por mi parte pensar que... en fin, que tu interés en este asunto, en este trágico asunto, es de índole personal?

Nad asintió con la cabeza.

—No te preguntaré nada más —aseguró el señor Frost, y se puso en pie—. Ven conmigo —le dijo—. Tú no, Scarlett, todavía no. Quiero que él la lea primero. Luego, si lo cree oportuno, te la enseñaré a ti también. ¿De acuerdo?

—De acuerdo —respondió Scarlett.

—No tardaremos —le dijo el señor Frost—. Vamos, jovencito.

Nad se levantó y miró a Scarlett con aire preocupado.

—Tranquilo —le dijo Scarlett sonriendo—. Yo te espero aquí.

La chica siguió las sombras de los dos con la mirada mientras salían de la habitación y subían por la escalera. Se preguntó qué sería lo que Nad estaba a punto de descubrir, pero le parecía bien que él fuera el primero en saberlo. Al fin y al cabo se trataba de su historia. Así era como debía ser.

El señor Frost subió delante de Nad.

El chico iba mirando alrededor, pero todo lo que veía seguía sin resultarle familiar.

—Vamos al último piso, arriba del todo —indicó el señor Frost, y siguieron subiendo—. Yo no... bueno, si no quieres, no tienes por qué responder, pero... hum... Tú eres el niño que desapareció, ¿verdad?

Nad no respondió.

—Ya estamos —dijo el señor Frost. Abrió la puerta con la llave, y entraron en una habitación.

Era un cuarto pequeño, un ático con el techo abuhardillado. Trece años antes, la cuna de Nad estuvo en aquella habitación; ahora casi no cabían los dos a la vez.

—La verdad es que fue un golpe de suerte —dijo el señor Frost—. La tenía justo debajo de mis narices, por así decirlo.

Frost se agachó y retiró la raída alfombra que cubría el suelo de la estancia.

—¿Usted sabe por qué asesinaron a mi familia? —le preguntó Nad.

—Está todo aquí —respondió el señor Frost haciendo palanca con el dedo para levantar una tabla que estaba suelta—. Éste era el cuarto del bebé. Te enseñaré... Lo único que no sabemos es quién lo hizo; no tenemos ni idea. No dejó ni una sola pista.

—Sabemos que tiene el cabello oscuro —afirmó Nad,

en la habitación que un día había sido la suya—, y también sabemos que se llama Jack.

El señor Frost metió la mano en el hueco que había quedado al quitar la tabla.

—Han pasado casi trece años —dijo—. Con el tiempo, el pelo se cae y salen canas. Pero, en efecto, se llama Jack.

Frost se puso de pie. En la mano que había metido en el agujero había ahora un enorme y afilado puñal.

—Muy bien —dijo el hombre Jack—. Ha llegado el momento de poner el punto final a esta historia.

Nad lo miró con los ojos desorbitados. Era como si el señor Frost hubiera sido una especie de abrigo, un simple disfraz, y ahora no quedara nada de aquel semblante amable y solícito. La luz se le reflejaba en los cristales de las gafas y en la hoja del puñal.

Una voz los llamó desde abajo; era Scarlett.

—Señor Frost, alguien está llamando a la puerta. ¿Quiere que vaya a abrir?

El hombre Jack no apartó la vista de él más que un instante, pero Nad sabía que aquel momento era de todo lo que disponía, e inició su Desaparición hasta hacerse completamente invisible. Jack volvió a mirar hacia donde se suponía que debía estar el chico, luego recorrió la habitación con la mirada, debatiéndose entre el desconcierto y la furia. Dio un paso adelante y giró la cabeza a uno y otro lado, como un tigre rastreando a su presa.

—Sé que estás aquí —gruñó el hombre Jack—. ¡Puedo olerte!

Detrás de él, la pequeña puerta del ático se cerró de golpe y, antes de que pudiera reaccionar, oyó el ruido de la llave al girar en la cerradura.

—Con esto ganarás algo de tiempo, pero no me detendrás, chico —gritó—. Tú y yo seguimos teniendo un asunto pendiente.

Y

Nad bajó como una flecha por la escalera, apoyándose en las paredes, y a punto estuvo de caer de cabeza en su afán por reunirse cuanto antes con Scarlett.

—¡Scarlett! —exclamó al verla—. ¡Es él! ¡Vámonos!

—¿Quién? ¿De qué demonios estás hablando?

—¡De él! ¡De Frost! Él es Jack. ¡Ha intentado matarme!

Oyeron un zambombazo en el piso de arriba; era el hombre Jack que intentaba derribar la puerta a patadas.

—Pero... —Scarlett intentaba comprender lo que estaba escuchando—. Pero si es un tipo estupendo.

—No —dijo Nad mientras la agarraba del brazo y tiraba de ella para llevársela hacia la puerta—. No, no lo es.

Scarlett abrió la puerta de la calle.

—¡Ah! Buenas tardes, señorita —dijo el hombre que había llamado a la puerta—. Buscamos al señor Frost. Tengo entendido que vive aquí.

El hombre tenía el cabello plateado y olía a agua de colonia.

—Disculpen... ¿Son ustedes amigos suyos? —preguntó Scarlett.

—¡Oh, sí! —respondió otro hombre, más bajito, que lucía un fino bigote negro y era el único que llevaba sombrero.

—Desde luego que sí —afirmó un tercero. Sin duda, era el más joven de todos, rubio y con aspecto de vikingo.

—Todos y cada uno de nosotros lo somos —dijo el último, fuerte como un toro, de piel aceitunada y de cabeza enorme.

—Él ha... El señor Frost ha salido a un recado —mintió Scarlett.

—Pero su coche está aquí —dijo el hombre del cabello plateado.

—Y por cierto, ¿tú quién eres, niña? —dijo el rubio hablando al mismo tiempo que el anterior.

—Mi madre y él son amigos —respondió Scarlett.

Estaba viendo a Nad, detrás mismo del grupo de hombres reunido frente a la puerta, que gesticulaba frenéticamente indicándole que se despidiera ya y se fuera con él.

Scarlett intentó zafarse de ellos lo más rápido posible.

—Ha salido sólo un momento. Ha ido a comprar el periódico a la tienda que hay un poco más abajo, en la esquina —les explicó según salía y cerraba la puerta. Y, a continuación, pasó por delante del grupo y se marchó.

—¿Adónde vas? —le preguntó el del bigote.

—Tengo que coger el autobús —respondió Scarlett, y siguió andando colina arriba hacia la parada del autobús, sin mirar atrás.

Nad iba a su lado, pero incluso a Scarlett le costaba verlo; en la penumbra del atardecer, parecía un reflejo producido por la calima, o una hoja recién caída de un árbol que, por un momento, podía haber parecido la silueta de un niño.

—Acelera —le dijo Nad—, todos te están mirando. Pero no corras.

—¿Quiénes son esos tipos? —preguntó Scarlett en voz baja.

—No lo sé. Pero hay algo raro en ellos; como si no fueran del todo humanos. Necesito volver y escuchar lo que dicen.

—Pues claro que son humanos —dijo Scarlett, y continuó caminando colina arriba tan deprisa como podía, pero sin correr. Ya no estaba segura de si Nad seguía a su lado o no.

Los cuatro hombres seguían esperando frente a la puerta del número 33.

—Esto no me gusta nada —dijo el más fuerte, el de la cabeza grande.

—¿No le gusta nada, señor Tar? —ironizó el del cabello plateado—. A ninguno nos gusta. Nada de esto va como debería.

—Hemos perdido la comunicación con Cracovia; no contestan. Y después de lo de Melbourne y Vancouver... —dijo el del bigotillo—. Al parecer, ya sólo quedamos nosotros.

—Silencio, señor Ketch —dijo el hombre del cabello plateado—. Estoy pensando.

—Lo siento, señor —dijo el señor Ketch, y se acarició el bigote con un enguantado dedo mientras lanzaba furtivas miradas hacia la colina y silbaba.

—Deberíamos seguirla —dijo el señor Tar.

—Pues yo creo que deberíais escucharme a mí —replicó el hombre del cabello plateado—. He pedido silencio. Y silencio significa *silencio*.

—Disculpe, señor Dandy —dijo el hombre rubio.

Todos guardaron silencio.

Y en medio del silencio, oyeron golpes que parecían venir del piso superior de la casa.

—Voy a entrar —anunció el señor Dandy—. Señor Tar, usted venga conmigo. Nimble y Ketch, coged a la chica y traedla aquí.

—¿Viva o muerta? —preguntó el señor Ketch, con una sonrisilla petulante.

—¡Viva, pedazo de imbécil! —respondió el señor Dandy—. Quiero averiguar qué sabe.

—Quizá sea una de ellos —sugirió el señor Tar—. Me refiero a los que acabaron con nosotros en Vancouver, en Melbourne y...

—¡Traedla! —lo interrumpió el señor Dandy—. ¿A qué estáis esperando?

El vikingo y el hombre del bigote salieron corriendo colina arriba, mientras que el señor Dandy y el señor Tar se quedaron frente a la puerta del número 33.

—¡Derríbala! —ordenó el señor Dandy.

El señor Tar apoyó un hombro contra la puerta y empujó con todas sus fuerzas.

—Está reforzada. Tiene algún tipo de protección. No sé si seré capaz de derribarla.

—Cualquier Jack puede deshacer lo que ha hecho otro Jack —sentenció el señor Dandy y, tras quitarse un guante, colocó sobre la puerta la mano desnuda y murmuró unas palabras en una primitiva y arcana lengua—. Inténtelo ahora.

Tar se apoyó contra la puerta y empujó. Esta vez, la puerta cedió y se abrió.

—Buen trabajo —dijo el señor Dandy.

244 A todo esto, oyeron un ruido en el ático de algo que se rompía.

Se tropezaron con el hombre Jack en mitad de la escalera. El señor Dandy le dedicó una amplia sonrisa, que dejó al descubierto su perfecta dentadura.

—Hola, Jack Frost —lo saludó—. Creí entender que ya tenías al niño.

—Y lo tenía, pero se ha escapado.

—¿Otra vez? —La sonrisa de Jack Dandy era cada vez más amplia, más cruel y más perfecta—. Una vez es un simple error, Jack; dos, es un desastre.

—Lo cogeremos —afirmó el hombre Jack—. De esta noche no pasa.

—Más te vale —advirtió el señor Dandy.

—Habrá vuelto al cementerio —dijo el hombre Jack. Y los tres echaron a correr escaleras abajo.

El hombre Jack olfateó el aire; el olor del chico le había impregnado las fosas nasales, y sintió un escalofrío. Tenía la sensación de que esto mismo le había pasado hacía ya muchos años. Se detuvo y cogió el abrigo negro del perchero del recibidor; estaba colgado junto a la chaqueta de mezclilla y la gabardina beis del señor Frost.

La puerta principal estaba abierta, y empezaba a oscurecer. Esta vez, Jack sabía exactamente adónde ir. Sin pensárselo más, salió de la casa y echó a andar hacia el cementerio de la colina con paso decidido.

Al llegar, Scarlett se encontró con que las puertas del cementerio estaban cerradas y tiró de ellas con desesperación, pero tenían puesto ya el candado. Y entonces vio a Nad a su lado.

—¿Sabes dónde se guarda la llave? —le preguntó.

—No hay tiempo para eso —replicó Nad, y se acercó a las puertas de hierro—. Agárrate a mí rodeándome con los brazos.

—¿Cómo?

—Tú pégate a mí y cierra los ojos.

Scarlett se lo quedó mirando fijamente, como desafiándolo, y luego se apretó contra su cuerpo y cerró los ojos con fuerza.

—Vale.

Nad se aplastó contra los barrotes. Las puertas formaban parte del cementerio, pero confiaba en que la ciudadanía honorífica que le concedieron en su día pudiera extenderse, aunque sólo fuera por esa vez, a otra persona. Y entonces, como si estuviera hecho de humo, Nad atravesó los barrotes.

—Ahora ya puedes abrir los ojos —dijo.

Scarlett los abrió.

—¿Cómo has hecho eso?

—Estoy en mi casa —le explicó—, y aquí puedo hacer cosas como ésta.

En ese momento oyeron un ruido de pisadas que se acercaban por la acera, y vieron a dos hombres que sacudían la otra puerta, intentando abrirla.

—¡Hola, hola, hola! —exclamó Jack Ketch torciendo el bigote y sonriendo a Scarlett a través de los barrotes, como si estuviera en posesión de un secreto. Llevaba una cuerda de seda negra enrollada en el antebrazo izquierdo y, con la enguantada mano derecha, tiraba de ella. La desenrolló y la estiró con las dos manos, como si quisiera probar su resistencia—. Ven aquí, jovencita. No pasa nada. Nadie te va a hacer daño.

—Sólo queremos que respondas a unas preguntas —dijo el rubio, el señor Nimble—. Hemos venido por un asunto oficial.

(Mentía descaradamente. El gremio de los Jack no tenía carácter oficial, ni mucho menos, aunque había habido algunos Jack al frente de muchos gobiernos, fuerzas policiales y demás instancias oficiales.)

—¡Corre! —le dijo Nad a Scarlett, tirándole de la mano, y ella lo obedeció.

—¿Has visto eso? —preguntó Jack Ketch.

—¿El qué?

—Había alguien con ella. Un chico.

—¿Te refieres al *chico*? —preguntó el Jack que se hacía llamar Nimble.

—¿Y cómo quieres que lo sepa? A ver, aúpame.

El vikingo juntó las manos a modo de estribo y Jack Ketch apoyó el pie, se encaramó a la puerta y saltó, aterrizando a cuatro patas, como si fuera una rana.

—Mira a ver si encuentras otro modo de entrar. Yo voy tras ellos —le dijo a Nimble mientras se dirigía por el sendero hacia el interior del cementerio.

Y

—¿Qué hacemos? —preguntó Scarlett.

Nad caminaba ahora a toda prisa por el cementerio, pero sin correr, de momento.

—¿Qué quieres decir?

—Creo que quería matarme. ¿Has visto cómo jugaba con esa cuerda negra?

—Pues claro que quería matarte. Y ese tal Jack (tu señor Frost) iba a matarme a mí. Tiene un puñal.

—No es *mi* señor Frost. Bueno, supongo que sí lo es, en cierto modo. Lo siento. Pero ¿adónde vamos?

—Pues en primer lugar, a buscarte un sitio seguro donde pueda dejarte a salvo. Después yo me ocuparé de ellos.

Los habitantes del cementerio empezaban a despertar y a congregarse en torno a Nad, alarmados.

—¿Qué está ocurriendo, Nad? —cuestionó Cayo Pompeyo.

—Mala gente —respondió Nad—. ¿Os importaría echarles un ojo y mantenerme informado de dónde están en todo momento? Y tenemos que esconder a Scarlett, ¿se os ocurre alguna idea?

—¿Qué te parece en la cripta de la iglesia? —sugirió Thackeray Porringer.

—Será el primer lugar donde buscarán.

—¿Con quién hablas? —preguntó Scarlett mirando fijamente a su amigo, como si creyera que se había vuelto loco de repente.

—¿Y en el interior de la colina? —insinuó Cayo Pompeyo.

Nad reflexionó un momento y replicó:

—Sí. Buena idea. Scarlett, ¿te acuerdas de la gruta en la que encontramos al Hombre Índigo?

—Más o menos; estaba muy oscura. Pero recuerdo que no había nada de qué asustarse.

—Te llevaré allí.

Echaron a correr por el sendero. Scarlett se dio cuenta de que Nad iba hablando con gente por el camino, pero ella sólo oía lo que decía él. Era como escuchar a alguien que hablara por teléfono. Eso le recordó que...

—Mi madre estará histérica —dijo—. Ya puedo darme por muerta.

—No, no estás muerta; todavía no. Y en lo que de mí dependa, seguirás viva muchos años —le aseguró Nad y, a continuación, dirigiéndose a otro ente, dijo—: Son dos. ¿Van juntos? Entendido.

Llegaron al mausoleo de Frobisher.

—La entrada está detrás del ataúd de la izquierda, abajo del todo —le indicó Nad—. Si alguien intenta acercarse y no soy yo, baja inmediatamente hasta el fondo... ¿Tienes algo con lo que puedas alumbrarte para no tropezar?

—Sí. Mi llavero tiene un LED que puedo usar como linterna.

—Estupendo.

Nad abrió la puerta del mausoleo y le recomendó:

—Y ten cuidado, no vayas a tropezar ni nada de eso.

—¿Adónde vas?

—Ésta es mi casa, y voy a protegerla.

Scarlett apretó con fuerza su llavero-linterna, y se puso a gatas para pasar por el agujero. El espacio era muy estrecho, pero logró pasar y volvió a colocar el ataúd en su sitio. El LED le iluminaba el camino lo justo para no tropezar con los escalones. Sin dejar de tocar la pared con una mano, bajó tres peldaños y luego se sentó a esperar, confiando en que Nad supiera lo que estaba haciendo.

—¿Dónde están ahora? —preguntó Nad.

—Uno de ellos te está buscando por el Paseo Egipcio

—le dijo su padre—. El otro lo espera en el callejón, junto a la tapia. Y han venido tres más, que se han subido en los contenedores para saltarla.

—Ojalá Silas estuviera aquí; él los despacharía en un pispás. O si no la señorita Lupescu.

—Tú lo estás haciendo muy bien —lo animó el señor Owens.

—¿Dónde está mamá?

—En el callejón.

—Dile que he escondido a Scarlett en el subterráneo que hay bajo el mausoleo de Frobisher. Si algo me sucede, quiero que se ocupe de ella.

Había oscurecido ya, y el chico echó a correr. El único modo de llegar a la zona noroeste era atravesando el Paseo Egipcio, y al llegar allí tendría que pasar por delante de las narices del tipo de la cuerda negra, el tipo que lo estaba buscando y quería verlo muerto...

Él era Nadie Owens, se dijo a sí mismo, y formaba parte del cementerio. Todo iba a ir bien.

Al llegar al Paseo Egipcio, le costó localizar al hombre del bigote, el Jack que se hacía llamar Ketch. Aquel individuo se camuflaba muy bien entre las sombras.

Nad respiró hondo, puso en práctica la Desaparición, hasta volverse invisible, y pasó junto al hombre como un puñado de polvo aventado por la brisa nocturna.

Bajó por el Paseo Egipcio y, entonces, volvió a hacerse completamente visible y le dio una patada a una piedra.

En ese momento vio una sombra que, sigilosa como un muerto, se desgajaba del arco para aproximársele.

Nad siguió caminando por entre la hiedra que cubría el Paseo Egipcio y se dirigió hacia la esquina noroeste del cementerio. Era consciente de que tenía que sincronizar perfectamente sus movimientos, porque si iba demasiado rápido, el hombre lo perdería, pero si iba demasiado despacio acabaría con una cuerda de seda negra alrededor del cuello, que se llevaría su último aliento y, con él, todo su futuro.

Siguió caminando por entre la maraña de hiedra haciendo mucho ruido, lo que espantó a uno de los numerosos zorros que pululaban por el cementerio. Aquello era una auténtica jungla de lápidas caídas y estatuas sin cabeza, de árboles y acebos, de resbaladizos y putrefactos montones de hojas caídas, pero Nad conocía aquella jungla como la palma de su mano, pues llevaba explorándola desde que dio sus primeros pasos.

Avanzaba deprisa pero con mucho cuidado, pasando de una maraña de hiedra a una piedra, y luego al suelo, con la confianza que le daba el saber que estaba en su casa. Y tenía la sensación de que el propio cementerio intentaba protegerlo, ocultarlo, hacerlo invisible, mientras que él luchaba por hacerse visible.

Vio a Nehemiah Trot y vaciló un momento.

—¡*Hola*,[11] joven Nad! —lo saludó el poeta—. Por lo que oigo, una gran excitación se ha adueñado de ti, y te aventuras por estos pagos cual cometa por el ignoto firmamento. ¿A qué debo el honor de esta visita, joven Nad?

—Quédese ahí —susurró Nad—, exactamente donde está en este momento, y mire lo que hay detrás de mí. Avíseme cuando se acerque.

Nad sorteó la tumba abierta de Carstairs y se detuvo, jadeando, como si necesitara recobrar el aliento; le daba la espalda a su perseguidor.

Aguardó. Fueron tan sólo unos segundos, pero le parecieron una eternidad.

11. Hola: en español en el original. *(N. de la T.).*

(«Ya viene, Nad. Lo tienes a unos veinte pasos», le previno Nehemiah Trot.)

El Jack que se hacía llamar Ketch vio al muchacho delante de él, y tiró con fuerza de los dos extremos de la cuerda negra. Ésta había estrangulado un montón de cuellos, a lo largo de muchos años, y puesto fin a la vida de cuantos recibieron su mortal abrazo; era muy suave pero muy resistente, y completamente invisible para los rayos X.

Ketch meneó su bigotillo, pero mantenía inmóvil el resto del cuerpo. Tenía su presa a la vista y no quería espantarla; avanzó con lentitud, sigiloso como una sombra.

El chico se enderezó.

Jack Ketch dio otro paso. Las suelas de sus impecables zapatos negros se posaban sobre las hojas sin hacer apenas ruido.

(«¡Lo tienes justo detrás!», gritó Nehemiah Trot.)

Nad se dio la vuelta, y Jack Ketch se abalanzó sobre él...

Y el señor Ketch notó que el suelo desaparecía bajo sus pies. Trató de agarrarse con una mano, pero siguió cayendo unos seis metros más hasta estrellarse contra el ataúd de Carstairs. En la caída, rompió la tapa del ataúd y su propio tobillo.

—Uno menos —dijo Nad con voz tranquila, aunque en ese momento estaba cualquier cosa menos tranquilo.

—Una jugada muy elegante —afirmó Nehemiah Trot—. Creo que compondré una oda. ¿Querrías escucharla?

—Ahora no tengo tiempo —se disculpó Nad—. ¿Dónde están los demás?

—Tres de ellos están en el sendero del sureste —le informó Euphemia Horsfall—; van hacia la colina.

—Y hay otro merodeando por los alrededores de la

251

iglesia —añadió Tom Sands—. Es el mismo que ha estado viniendo a diario estos días por el cementerio. Pero hay algo diferente en él.

—Vigila al tipo que está con el señor Carstairs —le indicó Nad—. Y dile a éste que lo siento muchísimo, por favor...

Se agachó para no darse con la rama de un pino, y corrió hacia la colina por los senderos cuando podía, y si no, saltando de lápida en lápida.

Pasó por delante del viejo manzano.

—Todavía quedan cuatro —dijo una voz femenina—, y los cuatro son asesinos. Y no creo que ninguno de ellos vaya a saltar dentro de una profunda fosa para hacerte un favor.

—Hola, Liza. Creí que estabas enfadada conmigo.

—Puede que sí y puede que no. Pero no pienso dejar que te den matarile, de eso ni hablar.

—Entonces, pónselo difícil, confúndelos y haz que se desplacen más despacio. ¿Eres capaz de hacerlo?

—¿Para que huyas otra vez? Vamos a ver, Nadie Owens, ¿por qué no te limitas a desaparecer y te escondes en la preciosa tumba de tu mamaíta? Allí no te encontrarán nunca, y Silas no tardará en llegar. Él se encargará de ellos...

—Tal vez vuelva o tal vez no —replicó Nad—. Reúnete conmigo junto al árbol partido por el rayo.

—Todavía sigo sin hablarte —le advirtió la voz de Liza, más digna que un pavo real.

—Pues ahora lo estás haciendo. Quiero decir, que en este momento estás hablando conmigo.

—Sólo porque se trata de una emergencia. Después no pienso dirigirte la palabra.

Nad corrió hacia el haya que un rayo carbonizó veinte años atrás, dejando únicamente un tronco negro y muerto con algunas ramas apuntando al cielo como si fueran garras.

Se le había ocurrido una idea, aunque todavía no estaba del todo redondeada. El éxito del plan dependía de que hubiera aprendido bien las lecciones que le enseñó la señorita Lupescu, y recordara con precisión todo cuanto vio y escuchó siendo niño.

Hallar la tumba le resultó más difícil de lo que esperaba, pero finalmente la encontró: una tumba fea e inclinada, exhibiendo la estatua de un ángel sin cabeza cubierto de líquenes, con el aspecto de un enorme y repulsivo hongo sobre la lápida. Pero no estuvo del todo seguro hasta que la tocó y sintió aquel frío glacial tan característico.

Se sentó en la lápida y se esforzó en volverse completamente visible.

—No has desaparecido —dijo la voz de Liza—. Cualquiera podría verte.

—De eso se trata. Quiero que me encuentren.

—Como un cordero camino del matadero —sentenció Liza.

Estaba saliendo la luna. Aún estaba baja en el cielo y parecía gigantesca. Nad se preguntaba si ponerse a silbar sería un poco excesivo.

—¡Ya viene!

Un hombre corría hacia él, dando traspiés y saltando, y dos más iban pisándole los talones.

Nad era consciente de que los muertos los rodeaban por todas partes y observaban atentamente la escena, pero hizo un esfuerzo por ignorarlos. Así pues, se arrellanó sobre la espantosa tumba; se sentía como un cebo viviente, y no era una sensación nada agradable.

El tipo más fuerte fue el primero en llegar a la tumba, pero el hombre del cabello plateado y el vikingo llegaron casi inmediatamente después.

Nad no se movió de donde estaba.

—¡Ah, tú debes de ser el escurridizo benjamín de los Dorian! —dijo el hombre del cabello plateado—. Asombroso. Nuestro querido Jack Frost removiendo Roma con Santiago para encontrarte, y resulta que estabas aquí, exactamente en el mismo lugar donde te dejó hace trece años.

—Ese hombre mató a mi familia —dijo Nad.

—En efecto, él los mató.

—¿Por qué?

—¿Y eso qué importa? Nunca podrás contárselo a nadie.

—Entonces, ¿qué más le da contármelo?

El hombre del cabello plateado soltó una carcajada.

—¡Ja, ja! Qué chico tan gracioso. Lo que a mí me gustaría saber es: ¿cómo es posible que hayas vivido trece años en un cementerio sin que nadie se haya enterado?

—Contestaré a su pregunta si usted responde a la mía.

—¡No vuelvas a hablarle así al señor Dandy, mocoso! —le dijo el más fuerte—. O te romperé la cara...

El hombre del cabello plateado se acercó un paso más a la tumba.

—Cierra el pico, Jack Tar. Está bien. Una respuesta a cambio de otra respuesta. Nosotros, mis amigos y yo, pertenecemos a una hermandad conocida como el gremio de los Jack, o los Truhanes; se nos conoce por diversos nombres. Es una hermandad muy antigua. Nosotros sabemos... recordamos ciertas cosas que la mayor parte de la gente han olvidado ya. El Primitivo Saber, ¿te das cuenta?

—Magia. Saben ustedes algo de magia —dijo Nad.

—Sí, si quieres llamarlo así. Pero se trata de una clase de magia muy particular, una que proviene de la muerte: algo abandona este mundo y algo nuevo llega para reemplazarlo.

—Y mataron a mi familia porque... ¿Por qué? ¿Por obtener ciertos poderes mágicos? Eso es ridículo.

—No. Os matamos para protegernos. Hace mucho tiempo, uno de los nuestros (en Egipto, en la época en que se construyeron las pirámides) predijo que algún día nacería un niño que sería capaz de deambular por la frontera que separa a los vivos de los muertos. Y predijo también que si ese niño llegaba a convertirse en un hombre, acabaría con nuestra Orden y con todo lo que nosotros representamos. Ya teníamos gente controlando todos los nacimientos cuando Londres no era más que un pueblo, y localizamos a tu familia antes de que Nueva Amsterdam se convirtiera en Nueva York. Así que enviamos al que creíamos el mejor, el más astuto y el más peligroso de todos los Jack para que se ocupara de ti, para que lo hiciera bien, y así conseguir dar la vuelta a la tortilla y que nuestra Orden siguiera funcionando viento en popa otros cinco mil años. Pero no cumplió su misión.

Nad observó a los tres hombres y preguntó:

—¿Y dónde está ahora? ¿Por qué no esta él aquí?

—Nosotros nos encargaremos de ti —replicó el rubio—. Tiene muy buen olfato, nuestro querido Jack Frost; está siguiendo el rastro de tu amiguita. No podemos dejar ningún testigo en un asunto como éste.

Nad se inclinó hacia adelante y enterró las manos en los hierbajos que crecían junto a la tumba.

—Cogedme si podéis —los retó.

El rubio sonrió de oreja a oreja, el fortachón se abalanzó sobre el chico y, sí, incluso el señor Dandy se le acercó unos pasos más.

Nad metió todavía más las manos entre los hierbajos, hasta que le cubrieron las muñecas, y entonces pronun-

255

ció tres palabras en una lengua que ya era antigua cuando nació el Hombre Índigo.

—*Skagh! Theg! Khavagah!* —gritó, y se abrió la puerta de los *ghouls*.

La tumba se levantó como si fuera una trampilla. En el profundo pozo que había bajo la lápida, Nad vio muchas estrellas, una oscuridad repleta de titilantes luces.

Situado al borde del pozo, el señor Tar —el fortachón— no pudo detenerse a tiempo y cayó sin saber cómo reaccionar.

El señor Nimble se abalanzó hacia Nad con los brazos extendidos, y cayó también al pozo. El chico vio cómo el individuo quedaba suspendido en el aire por unos instantes, en el punto más elevado del salto, antes de ser engullido por la puerta de los *ghouls*.

El señor Dandy se quedó al borde del precipicio, contemplando la oscuridad del abismo que tenía frente a sí. Luego alzó la vista para mirar a Nad, y sonrió con los labios muy prietos.

—No sé qué es lo que acabas de hacer, pero no te va a servir de nada —sentenció el señor Dandy, mientras sacaba una enguantada mano del bolsillo del abrigo y apuntaba a Nad con una pistola—. Esto es exactamente lo que debería haber hecho hace trece años. Cuando algo importa de verdad, es mejor encargarse personalmente de ello.

A través de la puerta de los *ghouls* llegaba un viento del desierto, caliente y seco, cargado de polvo.

—Ahí abajo hay un desierto —le explicó Nad—. Pero hay agua, si uno sabe dónde buscarla. Y también comida, si uno busca bien, pero procure no enfadar a los ángeles descarnados de la noche y manténgase alejado de Ghølheim. Los *ghouls* podrían borrar sus recuerdos y convertirle en uno de ellos, o simplemente dejar que se pudriera al sol para luego devorarlo. Personalmente, no sé cuál de las dos opciones es peor.

El señor Dandy continuó apuntándolo con la pistola, sin inmutarse.

—¿Por qué me cuentas todo esto?

Nad señaló hacia el otro lado del cementerio.

—Por ellos —respondió y, aprovechando el breve instante en que el señor Dandy desvió la mirada, Nad efectuó una nueva Desaparición.

El señor Dandy miró a un lado y a otro, pero no vio al chico por ninguna parte. Desde las profundidades del abismo, oyó algo similar al solitario lamento de un ave nocturna.

Confundido y furioso a la vez, echó un vistazo alrededor sin saber qué hacer.

—¿Dónde te has metido? —aulló—. Por todos los demonios, ¿dónde estás?

Y le pareció oír una voz que decía: «Las puertas de los *ghouls* están diseñadas para abrirse y cerrarse después. No se pueden dejar abiertas, tienden a cerrarse».

El borde del pozo vibró y comenzó a temblar. Muchos años antes, en Bangladesh, el señor Dandy vivió un terremoto, y lo que estaba sucediendo ahora se parecía bastante a aquella experiencia: el suelo daba violentas sacudidas, y el señor Dandy se cayó. Habría sido engullido por el abismo, de no ser porque logró agarrarse a la inclinada lápida. No sabía exactamente lo que encontraría allí abajo, pero tampoco tenía ganas de averiguarlo.

La tierra tembló una vez más, y el señor Dandy notó que la lápida cedía un poco bajo su peso. Alzó la vista. El chico estaba ahí mismo, observándolo con curiosidad.

—Ahora ya sólo tengo que esperar a que la puerta se cierre —comentó Nad—. Y si sigue agarrándose a eso, lo más probable es que se cierre sobre usted y lo aplaste. O quizá simplemente lo absorba y pase usted a formar parte de la puerta. La verdad es que no lo sé. Pero le voy a dar una oportunidad, cosa que usted no le concedió nunca a mi familia.

El señor Dandy miró con intensidad los grises ojos del chico, y soltó una maldición.

—No podrás escapar de nosotros —le espetó—. Somos el gremio de los Jack; estamos por todas partes. Esto no se acaba aquí.

—Para usted, sí. Éste es el fin de los de su calaña y de lo que representan, como predijo aquel hombre en el antiguo Egipto. No han podido matarme; su gente estaba por doquier, pero ahora todo ha terminado —Nad sonrió—. Eso es precisamente lo que está haciendo Silas en estos momentos, ¿verdad? Por eso abandonó el cementerio.

La expresión del señor Dandy confirmó todas las sospechas de Nad.

Pero Nad nunca sabría qué le hubiera respondido el señor Dandy, porque el hombre soltó la lápida y cayó lentamente en la oscuridad del abismo que se abría bajo la puerta de los *ghouls*.

—*Wegh Khârados!* —dijo Nad.

Y la puerta de los *ghouls* volvió a ser una simple tumba, nada más.

Alguien le tiró de la manga. Era Fortinbras Bartleby.

—¡Nad, el hombre que estaba junto a la iglesia se dirige hacia la colina!

El hombre Jack dejó que su olfato lo guiara. Se había separado de los demás, entre otras cosas, porque la peste a colonia de Jack Dandy hacía imposible distinguir rastros más sutiles. Pero la niña olía igual que la casa de su madre, como la gotita de perfume que se había puesto en el cuello aquella mañana antes de ir a la escuela. Y también olía como una víctima, a miedo, pensó Jack, a presa. Donde ella estuviera, tarde o temprano, estaría el chico también.

Asió con fuerza la empuñadura del puñal y subió hacia la cima de la colina. Ya casi había llegado cuando tuvo una corazonada —una corazonada que, sin lugar a dudas, era verdad—: Jack Dandy y los demás se habían ido. «Mejor —pensó—. Siempre hay sitio en la cumbre para uno más.» De hecho, el ascenso del hombre Jack dentro de la Orden se había estancado después de fracasar en su misión de aniquilar a la familia Dorian. Era como si ya no confiaran en él.

Pero todo eso estaba a punto de cambiar.

En lo alto de la colina, el hombre Jack perdió el rastro de la chica. Pero sabía que estaba cerca.

Volvió sobre sus pasos, como quien no quiere la cosa y, a unos quince metros más allá, cerca de un pequeño mausoleo con una verja de hierro cerrada, recuperó el rastro. Tiró de la verja, que se abrió sin la menor dificultad.

Ahora percibía el olor de la chica con toda claridad. Y olía su miedo. Retiró todos los ataúdes, uno por uno, dejándolos caer estrepitosamente al suelo, sin importarle que se rompieran ni que los restos que contenían quedaran desperdigados por el suelo. No, no estaba escondida en ninguno de ellos...

Entonces, ¿dónde?

Inspeccionó las paredes del mausoleo; eran macizas. Se arrodilló en el suelo, se puso a gatas, apartó el último ataúd y tanteó la pared que había detrás. Su mano topó con un agujero.

—¡Scarlett! —gritó tratando de imitar la voz que utilizaba cuando era el señor Frost. Pero ya no era capaz de encontrar aquella parte de sí mismo; ahora era el hombre Jack, y punto. Gateando, entró por el agujero.

Al oír el estropicio que Jack estaba provocando arriba, Scarlett se dispuso a bajar los escalones con mucho cuidado, tanteando la pared de roca con la mano izquierda y sujetando con la derecha el llavero-linterna, que le alumbraba el camino lo suficiente para saber dónde ponía el pie. Por fin, llegó al último escalón y se adentró en la caverna con la espalda pegada a la pared de roca y el corazón a punto de salírsele del pecho.

Tenía miedo; miedo del amable señor Frost y de sus escalofriantes amigos; miedo de aquella caverna y de los recuerdos que le traía a la mente; incluso, para ser sincera, tenía que admitir que hasta Nad la atemorizaba un poco. Porque ya no era aquel niño callado con un halo de misterio que le recordaba la infancia, sino algo muy diferente, algo que ni siquiera era del todo humano.

«Me gustaría saber en qué estará pensando mamá en estos momentos —se dijo—. Llevará un buen rato llamando por teléfono a casa del señor Frost para enterarse de cuándo pienso volver a casa. Si logro salir de ésta con vida, la obligaré a que me compre un móvil. Es completamente ridículo no tenerlo. Probablemente, soy la única chica de mi edad que aún no tiene móvil propio. A pesar de todo… ¡Ojalá mamá estuviera aquí!»

Jamás hubiera creído que un ser humano podría moverse en la oscuridad con tal sigilo, pero, de repente, una enguantada mano le tapó la boca, y una voz que recordaba vagamente a la del señor Frost le dijo:

—Un paso en falso, una sola tontería, y te corto el cuello. Si me has entendido, asiente con la cabeza.

Scarlett asintió.

Nad vio los destrozos que habían organizado en el mausoleo de Frobisher: todos los ataúdes estaban despedazados y los restos que contenían, desperdigados por el suelo. Había muchos Frobisher y Frobysher, y algunos Pettyfer, sumidos en diversos grados de enfado y consternación.

—El tipo sigue ahí abajo —le informó Ephraim.

—Gracias —repuso Nad, que inmediatamente se coló por el agujero y bajó la escalera.

El chico veía en la oscuridad igual que los muertos: distinguía los escalones y la caverna que había al final. Y al llegar a la mitad de la escalera, vio al hombre Jack, que había obligado a Scarlett a elevar un brazo y doblarlo hacia atrás, de modo que se lo sujetaba por la espalda, mientras la amenazaba apoyándole un puñal en la garganta.

El tipo alzó la vista y lo saludó:

—Hola, amiguito.

Nad no respondió. Estaba concentrado en su inmediata Desaparición, pero avanzó un paso más.

—Crees que no puedo verte —dijo el hombre Jack—, y tienes razón. No te veo, pero puedo oler tu miedo y oír cómo te mueves y cómo respiras. Y ahora que conozco tu habilidad para hacerte invisible, soy capaz de detectarte. Di algo para que pueda oírte, o empezaré a trocear a tu amiguita. ¿Me has entendido?

—Sí —contestó Nad, y su voz resonó por toda la caverna—. Le he entendido perfectamente.

—Bien —replicó Jack—. Ahora acércate. Vamos a hablar tú y yo.

Nad siguió bajando los escalones. Se concentró en el Miedo, en elevar el nivel de pánico que flotaba entre los tres, en lograr que el Terror fuera algo tangible...

—Sea lo que sea que estés haciendo, déjalo —le advirtió Jack—. No lo hagas más.

Nad abandonó.

—¿Crees que puedes vencerme con tus truquitos de magia? ¿Sabes qué soy yo?

—Eres un Jack —respondió Nad—. Mataste a mi familia y deberías haberme matado a mí también.

—¿Que debería haberte matado también a ti? —El hombre alzó una ceja, extrañado.

—Y tanto. Aquel anciano predijo que si permitíais que llegara a convertirme en adulto, vuestra Orden sería destruida. Y ya soy un adulto. Fracasaste, de modo que habéis perdido.

—Mi Orden es anterior a la fundación de Babilonia. Nada puede destruirla.

—No llegaron a decírtelo, ¿verdad? —Nad estaba ahora a escasos cinco pasos del hombre Jack—. Ellos eran los últimos Jack. ¿Qué fue lo que dijeron...? Cracovia, Vancouver y Melbourne. Todos aniquilados.

—Por favor, Nad. Haz que me suelte —imploró Scarlett.

—No te preocupes —la consoló Nad con una calma que no sentía en absoluto. Y, dirigiéndose a Jack, continuó diciendo—: No tiene sentido que le hagas daño a ella. Y, a estas alturas, matarme a mí tampoco servirá de nada. ¿Es que no lo entiendes? El gremio de los Jack ya no existe. Es historia.

—Si eso es cierto —replicó Jack asintiendo con aire pensativo—, si soy el único Jack que queda vivo, me acabas de dar un motivo de peso para mataros a los dos.

Nad no contestó.

—Orgullo, eso es. El orgullo del trabajo bien hecho. El orgullo de terminar lo que empecé —aseveró el hombre Jack y, tras una breve pausa, preguntó—. ¿Qué estás haciendo?

Nad sintió que se le ponía la carne de gallina, porque

percibía una extraña presencia, como unos tentáculos de humo que iban envolviendo poco a poco la caverna.

—No soy yo —respondió—. Es el Sanguinario. El que custodia el tesoro que hay aquí enterrado.

—No me mientas.

—No miente —terció Scarlett—. Está diciendo la verdad.

—¿La verdad? —se burló Jack—. ¿Un tesoro enterrado? No me hagas...

—EL SANGUINARIO CUSTODIA EL TESORO DEL AMO.

—¿Quién ha dicho eso? —preguntó el hombre Jack mirando en derredor.

—¿Puedes oírlo? —preguntó a su vez Nad, desconcertado.

—Claro que lo oigo —respondió Jack.

—Yo no he oído nada —dijo Scarlett.

—¿Qué demonios es este sitio? ¿Dónde diablos estamos? —preguntó el hombre Jack.

Pero antes de que Nad respondiera, la voz del Sanguinario volvió a resonar entre las paredes de la caverna.

—ÉSTE ES EL LUGAR DEL TESORO. UN LUGAR DE PODER. AQUÍ ES DONDE EL SANGUINARIO CUSTODIA EL TESORO Y ESPERA EL RETORNO DE SU AMO.

—Oye, Jack... —dijo Nad.

El hombre Jack ladeó un poco la cabeza y comentó:

—Qué bien suena mi nombre en tu boca, amiguito. Si lo hubieras pronunciado antes, no habría tardado tanto en encontrarte.

—Jack, ¿cuál es mi verdadero nombre? ¿Cómo me llamaban mis padres?

—¿Y eso qué importa ya?

—El Sanguinario me dijo que debía encontrar mi nombre. ¿Cuál era?

—Déjame pensar... ¿Peter? ¿Paul? ¿Roderick? Yo diría que tienes cara de llamarte Roderick. ¿O era Stephen?

—Estaba jugando con él.

—Qué más te da decirme cuál es mi nombre. Si de todos modos vas a matarme.

Jack se encogió de hombros, como diciendo: «Obviamente».

—Pero deja que la chica se vaya —dijo Nad—. Suelta a Scarlett.

Jack escudriñó la oscuridad unos instantes y preguntó:

—Esa piedra es un altar, ¿no?

—Supongo.

—¿Y eso, un puñal? ¿Y un cáliz? ¿Y un broche?

Jack sonreía. Nad lo veía perfectamente: una extraña sonrisa de satisfacción que no cuadraba con aquella cara, la sonrisa de quien acaba de descubrir algo importante, del que por fin lo comprende todo. Scarlett no veía absolutamente nada, tan sólo una especie de destellos intermitentes en el interior de sus propios ojos, pero percibía la profunda satisfacción de Jack por el tono de su voz.

—De modo que la hermandad y la asamblea han sido aniquiladas, ¿eh? Pero ¿qué importa que ya no queden más hombres Jack aparte de mí? Podría crear una nueva hermandad, más poderosa aún que la anterior.

—PODER, PODER —repitió el Sanguinario, como un eco.

—Es perfecto —prosiguió el hombre Jack—. Piénsalo bien. Estamos en un lugar que mi gente ha buscado durante miles de años, y tenemos aquí todo lo necesario para celebrar la ceremonia. Cosas como ésta te devuelven la fe en la Providencia, o en el cúmulo de todas las plegarias de los Jack que nos precedieron, ¿verdad? En el peor de los momentos posibles, se nos ofrece esta oportunidad.

Nad percibía que el Sanguinario estaba escuchando las

palabras de Jack, y cómo un leve susurro de excitación iba ascendiendo poco a poco entre las paredes de la caverna.

—Voy a extender una mano, chico. Scarlett, mi puñal sigue acariciando tu garganta: ni se te ocurra echar a correr cuando te suelte el brazo. Y tú, amiguito, depositarás el cáliz, el puñal de piedra y el broche en mi mano.

—El tesoro del sanguinario —susurró la triple voz—. Siempre retorna. Nos lo custodiamos hasta que el amo regrese.

Nad se agachó, cogió los tres objetos del altar y los colocó en la palma de la enguantada mano. Jack sonrió satisfecho.

—Scarlett, voy a soltarte. Cuando aparte el puñal de tu cuello, quiero que te tumbes en el suelo, boca abajo, con las manos detrás de la cabeza. Si te mueves o intentas lo que sea, te mataré de forma lenta y muy dolorosa. ¿Me has entendido?

Scarlett tragó saliva. Tenía la boca prácticamente seca pero, armándose de valor, dio un paso al frente. Tenía el brazo derecho completamente entumecido, y sentía un dolor intenso y punzante en el hombro. Siguiendo las instrucciones de Jack, se tumbó en el suelo, apoyando la mejilla contra el frío suelo.

«Estamos muertos», pensó, pero no sentía emoción alguna. Era como si todo aquello le estuviera sucediendo a otra persona, y ella no fuera más que un simple testigo. Oyó cómo Jack agarraba a Nad...

—Déjala marchar —insistió la voz del chico.

—Si haces exactamente lo que yo te diga —respondió la voz de Jack—, no la mataré, ni le haré ningún daño.

—No te creo. Ella podría identificarte.

—No, no podría. —La voz de Jack denotaba convicción. Tras una breve pausa, comentó con admiración—: ¡Diez mil años, y la hoja sigue perfectamente afilada!

—Acto seguido, se dirigió a Nad—. Ponte de rodillas sobre el altar con las manos a la espalda. ¡Vamos!

—Ha pasado tanto tiempo… —dijo el Sanguinario.

Scarlett no percibía más que un siseo, como si una especie de niebla fuera envolviendo poco a poco la caverna. Pero el hombre Jack lo oía con toda claridad.

—¿Quieres saber tu verdadero nombre antes de que derrame tu sangre sobre el altar?

Nad notaba la fría hoja del puñal en su cuello. Y en ese preciso instante, comprendió. De pronto todo se paralizó. De pronto todo cobró sentido.

—Ya sé cuál es mi verdadero nombre. Soy Nadie Owens. Ése soy yo. —Se arrodilló sobre la fría piedra del altar. Ahora le parecía todo muy sencillo—. Sanguinario —dijo hablándole a la caverna—, ¿sigues queriendo un amo?

—El sanguinario custodia el tesoro hasta que el amo retorne.

—Muy bien —dijo Nad—, ¿y aún no has encontrado a ese amo al que esperas?

Nad sintió que el Sanguinario serpenteaba y se expandía, y oyó un ruido como de mil ramas secas arañando la piedra; parecía que algo gigantesco y musculoso entrara reptando en la caverna. Y entonces, por primera vez, lo vio. Pero más tarde, una vez pasado todo, jamás encontraría palabras para describir lo que había visto: algo gigantesco, sí; algo parecido a una serpiente descomunal, pero con cabeza de… ¿De qué?… Tenía tres cabezas y tres cuellos. Los rostros estaban muertos, como si los hubieran construido a base de fragmentos de cadáveres humanos y de animales, y estaban cubiertos de tatuajes, como espirales de color azul índigo, que dotaban a aquellos monstruosos rostros de una extraña expresividad.

Los rostros del Sanguinario olisquearon a Jack con curiosidad. ¿Querían golpearlo, o acariciarlo?

—¿Qué está pasando? —inquirió Jack—. ¿Qué demonios es eso? ¿Qué está haciendo?

—Lo llaman el Sanguinario. Es el guardián de este lugar y necesita un amo que le diga lo que debe hacer —le explicó Nad.

Jack alzó el puñal de piedra que tenía en la mano.

—Es magnífico —murmuró. Y, tras una pequeña pausa, dijo en voz alta—. ¡Pues claro! Y es a mí a quien estaba esperando. Eso es. Evidentemente, yo soy su nuevo amo.

El Sanguinario se enroscó en torno a la caverna.

—¿Amo? —inquirió, como un perro fiel que llevara demasiado tiempo esperando—. Amo —repitió. Parecía que estuviera ensayando la palabra, para comprobar cómo sonaba. Y sonaba muy bien, de modo que la repitió una vez más, con un suspiro de placer y de añoranza—: Amo...

Jack miró de nuevo a Nad, que seguía arrodillado sobre el altar.

—Hace trece años te perdí la pista, y ahora... Ahora nuestros caminos han vuelto a cruzarse. Es el final de una Orden y el comienzo de otra. Adiós, muchacho —dijo Jack y, colocando el cáliz junto al cuello de Nad, se dispuso a cortárselo con el puñal de piedra.

—Nad —lo corrigió el chico—. Mi nombre es Nad, no «muchacho». —A continuación, alzando la voz, se dirigió al Sanguinario—. Sanguinario, ¿qué vas a hacer ahora con tu nuevo amo?

—Nos lo protegeremos hasta el final de los tiempos. El sanguinario lo envolverá con sus tentáculos para siempre, y ya nunca más tendrá que hacer frente a los peligros del mundo.

—Pues, entonces, protégelo —le mandó Nad—. Ya.

—Yo soy tu amo. Es a mí a quien has de obedecer —dijo el hombre Jack.

—El sanguinario lleva tanto tiempo esperando —dijo la triple voz de aquella criatura en tono triunfal y, con gran parsimonia, fue envolviendo al hombre Jack con sus gigantescos tentáculos de humo.

El hombre Jack soltó el cáliz. Ahora tenía un puñal en cada mano —el de piedra y el del mango de hueso negro—, y empezó a gritar:

—¡Fuera! ¡Manténte alejado de mí! ¡No te acerques ni un solo milímetro más!

Se lió a dar tajos, tratando de cortar los tentáculos que se le enroscaban en torno al cuerpo, pero no había nada que hacer: los tentáculos del Sanguinario siguieron envolviéndolo hasta engullirlo por completo.

Nad corrió al encuentro de Scarlett y la ayudó a levantarse.

—Quiero ver… Quiero ver lo que está pasando —dijo Scarlett. Sacó su llavero-linterna y lo encendió…

Pero Scarlett no vio lo que Nad veía. No vio al Sanguinario, lo cual fue una bendición. Pero sí vio al hombre Jack y el miedo dibujado en su rostro, que le confería las facciones del que una vez fuera el señor Frost. Presa del pánico, era de nuevo aquel amable caballero que la había llevado en coche a casa. Se hallaba suspendido en el aire, primero a un metro y medio del suelo, y luego al doble de esa distancia, mientras seguía dando tajos al aire con ambos puñales, tratando de cortar algo que no conseguía ver.

El señor Frost, el hombre Jack, o quienquiera que fuese, estaba siendo apartado de los jóvenes, empujado hacia atrás, hasta que acabó estampado contra la pared de roca de la caverna, con los brazos extendidos como las alas de un águila, agitando frenéticamente las piernas.

A Scarlett le dio la impresión de que el señor Frost estaba a punto de atravesar la pared, de ser absorbido por la propia roca. Ya no le veía más que el rostro. Gritaba como un loco, desesperadamente, pidiéndole a Nad que lo librara de aquella cosa, que lo salvara, por favor, por favor... y, entonces, la roca engulló el rostro del hombre, y su voz se apagó.

Nad retrocedió hasta el altar, recogió del suelo el puñal de piedra, el cáliz y el broche y los restituyó a su lugar. El otro puñal, el del mango de hueso negro, se quedó donde estaba.

—¿No me dijiste que el Sanguinario no podía hacerle daño a nadie? Creí que sólo era capaz de asustarnos —comentó Scarlett.

—Sí, es cierto —respondió Nad—. Pero necesitaba un amo a quien proteger. Él mismo me lo dijo.

—O sea, que tú lo sabías. Sabías lo que iba a pasar...

—Sí. O al menos, eso esperaba.

Nad la ayudó a subir la escalera, y regresaron al devastado mausoleo de los Frobisher.

—Tendré que arreglar este estropicio —comentó Nad, como si nada.

Scarlett no quiso mirar los restos esparcidos por el suelo del mausoleo.

Al salir, ella repitió con voz monótona:

—Tú sabías lo que iba a pasar.

Pero esta vez Nad no dijo nada.

Scarlett lo miró, como si no supiera muy bien qué era lo que estaba mirando.

—Así que lo sabías. Sabías que el Sanguinario se lo iba a llevar. ¿Por eso me escondiste allí? ¿Fue por eso? ¿Y qué he sido yo, un simple anzuelo?

—No, Scarlett, no se trata de eso —le dijo—. Estamos vivos, ¿no? Y ese tipo no volverá a hacernos daño.

Scarlett sentía que una rabia incontenible empezaba a apoderarse de ella. El miedo había desaparecido, y todo cuanto quería ahora era liarse a patadas con algo, gritar con todas sus fuerzas. Pero decidió contenerse.

—¿Y qué ha pasado con los demás? ¿Los has matado también?

—Yo no he matado a nadie.

—Entonces, ¿dónde están?

—Uno de ellos está en el fondo de una fosa, con un tobillo roto. Los otros tres están... muy lejos de aquí.

—¿No los mataste?

—Pues claro que no. Éste es mi hogar. ¿De verdad crees que me apetece tenerlos rondando por aquí hasta el fin de los tiempos? —replicó Nad. Y, tras una pequeña pausa, añadió—: Mira, no te preocupes. Ya ha pasado todo, me he encargado de todos ellos.

Scarlett se apartó de él y le espetó:

—Tú no eres un ser humano. Los seres humanos no actúan de ese modo. Eres un monstruo.

Nad se puso blanco como el papel. Después de lo que había tenido que pelear aquella noche, después de lo que había pasado, aquello era, con mucho, lo más difícil de asimilar.

—No —replicó—. Eso no es cierto.

Scarlett se apartó de Nad.

Dio un paso, luego otro, y ya estaba a punto de echar a correr, de darse la vuelta y huir como alma que lleva el diablo, cuando un hombre alto, vestido con un traje de terciopelo negro, le puso una mano en el hombro, y le dijo:

—Creo que estás siendo muy injusta con Nad. Pero, indudablemente, serás mucho más feliz si no recuerdas nada de lo que ha sucedido hoy aquí. Así que, ven conmigo, y hablemos tú y yo de todo lo que te ha pasado estos días. Entre los dos decidiremos lo que debes recordar y lo que, por tu bien, debes olvidar.

—Silas —protestó Nad—, no puedes hacerme eso. No puedes hacer que se olvide de mí.

—Es lo mejor, créeme —replicó Silas—. Por su bien y por el de todos nosotros.

—¿Y yo qué? ¿Es que no tengo derecho a dar mi opinión? —preguntó Scarlett.

Silas no contestó y Nad dio un paso hacia su amiga.

—Ya ha pasado todo —le dijo—. Sé que ha sido muy duro, pero... Lo conseguimos. Tú y yo. Los hemos vencido.

Scarlett meneó suavemente la cabeza, como si se negara a aceptar todo lo que había visto aquella noche, todo lo que había experimentado. Luego miró a Silas y rogó:

—Quiero volver a casa, por favor.

Silas asintió y, juntos, echaron a andar por el sendero en dirección a la salida del cementerio. Nad se quedó mirando a Scarlett mientras se alejaba, esperando que se volviera una vez más y lo mirara, que le sonriera o que, al menos, lo mirara sin miedo. Pero ella no se volvió. Se marchó, sin más.

Nad volvió a entrar en el mausoleo. Se puso a recoger los ataúdes del suelo, a limpiar los escombros y colocó otra vez los huesos dentro de los ataúdes, aunque ninguno de los Frobisher, Frobysher ni Pettyfer allí reunidos parecían muy seguros de qué huesos eran los de cada uno de ellos.

Un hombre llevó a Scarlett a su casa. Más adelante, la madre de la niña no lograría recordar muy bien lo que le había dicho, pero se llevó un disgusto al saber que Jay Frost se había visto obligado a abandonar la ciudad a causa de una fuerza mayor.

El hombre se quedó un rato charlando con ellas en la cocina, acerca de sus vidas y sus sueños. Terminada la conversación, y sin saber muy bien por qué, la madre de Scarlett decidió que sería mejor regresar a Glasgow; a Scarlett le haría muy feliz vivir cerca de su padre y volver a ver a sus amigos de siempre.

Silas dejó a la chica y a su madre charlando animadamente en la cocina, haciendo planes para regresar a Escocia, y Noona le prometió a su hija que le compraría un móvil. Ni siquiera se acordaban ya de que Silas había estado allí, pero eso era exactamente lo que él pretendía.

Silas regresó al cementerio y se encontró a Nad sentado en las gradas del anfiteatro, junto al obelisco.

—¿Qué tal está?

—Borré sus recuerdos. Van a volver a Glasgow; ella tiene muchos amigos allí.

—¿Cómo has logrado que me olvide?

—La gente prefiere olvidar lo imposible; les hace la vida más fácil.

—Me caía bien.

—Lo siento mucho.

Nad quiso sonreír, pero no le salía.

—Aquellos hombres... dijeron que estaban teniendo problemas en Cracovia, y también en Melbourne y en Vancouver. Fuiste tú, ¿verdad?

—Sí, pero no iba solo —respondió Silas.

—¿Ibas con la señorita Lupescu? —inquirió Nad. Pero entonces, al ver la expresión de su tutor, preguntó—: ¿Se encuentra bien?

Silas negó con la cabeza y, por un momento, Nad no pudo soportar mirarle a la cara.

—Era una mujer muy valiente. Luchó por ti hasta el final, Nad.

—El Sanguinario se quedó con el hombre Jack; otros

tres Jack se fueron por la puerta de los *ghouls*, y hay uno herido, pero todavía con vida, en el fondo de la fosa de Carstairs.

—El último Jack —dijo Silas—. Tengo que hablar con él, antes de que amanezca.

Un viento frío barrió el cementerio, pero ninguno de los dos pareció notarlo.

—Scarlett tenía miedo de mí —afirmó Nad.

—Sí.

—Pero ¿por qué? Le salvé la vida. No soy una mala persona. Yo soy como ella, yo también estoy vivo. —Poco después, tras un breve silencio, preguntó—: ¿Cómo murió la señorita Lupescu?

—Con valentía —respondió Silas—. Luchando... Protegiendo a los demás.

—Podrías haberla traído aquí. —La mirada de Nad se había ensombrecido—. Si la hubiéramos enterrado aquí, ahora hablaría con ella.

—No, no tenía elección —replicó Silas.

—Solía llamarme *Nimini*. —Sintió escozor en los ojos—. Ahora nadie volverá a llamarme así. Nunca.

—¿Quieres que vayamos a comprarte algo de comer? —le preguntó Silas.

—¿Has dicho *vayamos*? ¿Quieres que vaya contigo?

—Ya no hay nadie que quiera matarte. Al menos, de momento. Hay muchas cosas que no volverán a hacer. Nunca más. Así que... Sí, puedes venir conmigo. ¿Qué te apetece comer?

Nad estuvo a punto de decirle que no tenía hambre, pero se dio cuenta de que no era verdad. De hecho, estaba un poco mareado, flojo, y tenía un hambre de lobo.

—¿Pizza, quizá? —sugirió.

Atravesaron el cementerio, en dirección a las puertas. Por el camino, Nad vio a los habitantes del cementerio,

273

pero dejaron que el chico y su tutor pasaran por su lado sin decirles una palabra. Se limitaron a mirarlos.

Nad quería darles las gracias por su ayuda, expresarles su gratitud, pero los muertos no hablaron.

Las luces de la pizzería eran muy potentes, demasiado potentes para Nad. Silas y él se sentaron hacia el fondo, y Silas le enseñó a leer el menú y a pedir la comida. (Él pidió un vaso de agua y una ensalada, que esparció cuidadosamente por el cuenco con el tenedor, pero no llegó a probarla siquiera.)

Nad se comió su pizza con los dedos y con verdadero entusiasmo. No quiso hacer más preguntas. Ya se lo contaría todo Silas cuando le pareciera oportuno. O quizá no.

—Hace ya tiempo —dijo Silas— que sabíamos de su existencia... Me refiero a los Jack... Bueno, en realidad, sólo los conocíamos por las secuelas resultantes de sus actividades. Sospechábamos que detrás de todo ello había una organización, pero sabían ocultarse muy bien. Entonces vinieron a por ti y mataron a tu familia. Y a partir de ahí, poco a poco, empecé a armar el rompecabezas y logré seguir su rastro.

—Con eso de «sabíamos» te refieres a ti y a la señorita Lupescu, ¿verdad? —le preguntó Nad.

—Entre otros.

—La Guardia de Honor —aventuró Nad.

—¿Quién te ha hablado de...? —Silas dejó la pregunta a medias—. Bien, es igual. Supongo que, como dicen por ahí, las paredes oyen. Efectivamente, la Guardia de Honor.

Silas cogió el vaso de agua, se humedeció los labios, y volvió a dejarlo sobre la mesa. La superficie de la mesa era negra y brillante, como un espejo, y si alguien se hubiera fijado, se habría dado cuenta de que el hombre no se reflejaba en ella.

—Así que... Ya has cumplido tu misión —comentó Nad—. ¿Y qué vas a hacer ahora? ¿Te quedarás aquí?

—Hice una promesa —respondió Silas—. Prometí que me quedaría hasta que fueras mayor.

—Ya soy mayor.

—No. Eres casi un adulto, pero no del todo.

Silas dejó un billete de diez libras sobre la mesa.

—Y esa chica —dijo Nad—, Scarlett, ¿por qué tenía tanto miedo de mí, Silas?

Pero éste no respondió, y la pregunta quedó en el aire mientras el hombre y el muchacho pasaban de la intensa luz de la pizzería a la oscuridad que aún reinaba en la calle; y al cabo de unos instantes, desaparecieron entre las sombras.

275

«Llevaba un pasaporte en la maleta y algo
de dinero en la cartera.»

Capítulo 8

Despedidas y separaciones

Ahora ya no siempre podía ver a los muertos. Había empezado a pasarle uno o dos meses antes, en abril o en mayo. Al principio sólo le ocurría de vez en cuando, pero cada vez le sucedía más a menudo.

Todo parecía estar cambiando.

Un día Nad se fue hacia la zona noroeste del cementerio, hasta la mata de hiedra que colgaba del tejo y bloqueaba casi por completo la salida del Paseo Egipcio. En medio del sendero, vio a un zorro, de pelaje rojizo, y a un enorme gato negro, con las zarpas blancas y una franja de pelo blanco en el cuello, que parecían estar charlando amigablemente. Al verlo llegar, alzaron la vista, sorprendidos, y corrieron a ocultarse entre la maleza, como si los hubiera pillado maquinando algo.

«Qué raro», pensó Nad. Conocía a ese zorro desde que era un cachorro, y llevaba toda la vida viendo a aquel gato merodear por el cementerio. Sabían perfectamente quien era, y cuando estaban de buen humor, incluso le permitían que los acariciara.

Se encaminó, pues, hacia la mata de hiedra, pero se

encontró con que no podía pasar. Se agachó, la apartó un poco y logró pasar con dificultad. Siguió caminando por el sendero, con mucho cuidado, sorteando las raíces y los socavones, hasta llegar a la suntuosa lápida que señalizaba la última morada de Alonso Tomás García Jones (1837-1905. «Viajero, deja a un lado tu cachava.»).

Nad llevaba varios meses bajando hasta allí muy a menudo: Alonso Jones había recorrido el mundo entero, y disfrutaba mucho relatándole sus viajes. Siempre empezaba la conversación diciéndole: «A mí nunca me ha sucedido nada extraordinario», y poco después añadía con tristeza: «Y ya conoces todas mis historias», pero entonces, sus ojos se iluminaban y puntualizaba: «Excepto quizás... ¿Te he contado ya...?». Y, tanto si lo que decía a continuación era: «¿... lo de aquella vez que tuve que huir de Moscú?», como: «... que una vez perdí una mina de oro en Alaska que valía una fortuna?», o bien: «¿... lo de aquella estampida en la pampa Argentina?», Nad siempre negaba con la cabeza y lo miraba como hechizado, sabiendo que, de inmediato, se vería envuelto en alguna fascinante historia llena de aventuras; historias de amor con hermosas doncellas, o relatos de malhechores acribillados a balazos o vencidos en un duelo a espada, o de sacos llenos de oro o de diamantes tan grandes como la yema de un pulgar; historias de ciudades perdidas y montañas gigantescas, de trenes de vapor y de grandes trasatlánticos, de océanos y desiertos, de la pampa, o de la tundra.

Nad se aproximó a la lápida fusiforme —alta, con antorchas invertidas grabadas en la piedra— y esperó, pero no vio a nadie. Llamó a Alonso Jones, incluso dio unos golpes en la lápida con los nudillos, pero no hubo respuesta. Se agachó, inclinó la cabeza hacia el suelo y llamó a su amigo, pero en lugar de traspasar el mármol, como de costumbre, su cabeza chocó contra la piedra y se dio un buen coscorrón. Volvió a llamar a su amigo, pero allí no había nada ni nadie, así que, con mucho cuidado, salió de allí y se encaminó de nuevo hacia el sendero. Tres urracas, que estaban posadas en un espino, levantaron el vuelo al ver que se acercaba.

No se encontró con nadie hasta que llegó a la ladera suroeste del cementerio, donde reconoció la peculiar silueta de Mamá Slaughter, tan menuda como siempre, ataviada con su enorme gorro y su capa; caminaba por entre las lápidas, con la cabeza gacha, contemplando las flores silvestres.

—¡Eh, jovencito! —lo llamó—. He visto unas capuchinas silvestres por ahí. ¿Por qué no coges algunas de ellas y las pones en mi tumba?

Nad arrancó unas cuantas capuchinas rojas y amarillas y las llevó a la tumba de Mamá Slaughter, tan estropeada y rota que lo único que se leía ya en ella era:

Ríe[12]

Aquella inscripción había desconcertado a los cronistas locales a lo largo de más de cien años. Con mucho respeto, Nad dejó las flores delante de la lápida.

—Eres un buen chico. No sé qué vamos a hacer sin ti —le dijo Mamá Slaughter sonriéndole.

—Muchas gracias —replicó Nad—, pero, dígame, ¿dónde se han metido los demás? Es usted la primera persona que me encuentro en toda la noche.

12. Juego de palabras intraducible. En la lápida sólo quedan cinco letras del apellido de la anciana: Slaughter. En inglés, *laugh* significa «reír» (infinitivo), o «ríe» (imperativo). *(N. de la T.)*

Mamá Slaughter lo miró con el entrecejo fruncido y le preguntó:

—¿Qué te ha pasado en la frente?

—Me he dado un golpe con la lápida del señor Jones. No pude...

Pero Mamá Slaughter hizo una mueca y ladeó la cabeza; sus brillantes ojillos escrutaron el rostro de Nad.

—Te he llamado *chico*, ¿verdad? Pero el tiempo pasa volando, y ya debes de ser casi un hombre, ¿no? ¿Qué edad tienes?

—Unos quince años, creo, aunque yo no me siento diferente...

Mamá Slaughter lo interrumpió:

—Yo también me siento igual que cuando era un cominín y hacía collares de margaritas en el viejo prado. Uno es siempre quien es, eso no cambia, pero uno va evolucionando continuamente, y no se puede hacer nada por evitarlo. —La anciana se sentó en su lápida y continuó hablando—. Me acuerdo perfectamente de cómo eras la noche en que llegaste aquí. Yo les dije: «No podemos permitir que el pequeño se vaya», y tu madre me dio la razón, pero los demás se enzarzaron en una terrible discusión, hasta que apareció la Dama de Gris que nos dijo: «Ciudadanos del cementerio, escuchad a Mamá Slaughter. ¿Es que no hay caridad en vuestros huesos?». Y entonces todos me dieron la razón. —La mujer meneó la cabeza y siguió divagando—. Aquí todos los días son iguales, no hay nada que te ayude a distinguir uno de otro. Se van sucediendo las estaciones, la hiedra sigue creciendo y las lápidas se caen. Pero cuando llegaste tú... En fin, que me alegro mucho de que te quedaras con nosotros, eso es todo.

La anciana se puso en pie, se sacó de la manga un mugriento pañuelo, escupió en él y limpió la sangre de la frente de Nad.

—¡Ea! Ahora ya estás más presentable —dijo, y se puso muy seria—. No sé muy bien cuándo volveré a verte, así que, por si acaso: cuídate mucho.

Nad, que no recordaba haberse sentido nunca tan disgustado como en aquel momento, echó a andar hacia la tumba de los Owens, y se alegró al ver que sus padres lo estaban esperando. Según se iba acercando, su alegría se transformó en preocupación: ¿qué hacían los señores Owens allí plantados, uno a cada lado de la tumba, como si fueran figuras de una vidriera? No lograba descifrar la expresión de sus rostros.

Su padre avanzó un poco y lo saludó:

—Buenas noches, Nad. Confío en que estarás bien.

—Pues tirando, nada más —replicó Nad, que era lo que respondía el señor Owens cuando algún amigo le hacía ese mismo comentario.

—La señora Owens y yo nos pasamos toda la vida deseando tener un hijo —le dijo su padre—. Pero creo que no habríamos podido tener uno mejor que tú, Nad. —El señor Owens lo miraba con verdadero orgullo.

—Vaya, muchas gracias, pero... —Se volvió hacia su madre, convencido de que ella le explicaría qué era lo que estaba pasando, pero su madre ya no estaba allí—. ¿Adónde se ha ido?

—¡Oh, claro! —El señor Owens parecía muy incómodo—. Esto... Bueno, ya conoces a Betsy. Hay cosas, momentos, en los que uno no sabe muy bien qué decir. En fin, ya sabes.

—No, no lo sé —replicó Nad.

—Me parece que Silas te está esperando —le dijo su padre, y desapareció.

Era más de medianoche. Nad se encaminó hacia la vieja capilla. El árbol que había nacido en el canalón del campanario se había caído durante la última tormen-

281

ta, arrastrando en su caída unas cuantas tejas de pizarra.

El chico se sentó a esperar en el banco, pero no veía a Silas por ninguna parte.

Sopló una ráfaga de viento. Era una noche de verano, cuando los atardeceres parecen infinitos, y hacía calor, pero Nad sintió erizársele el vello de los brazos.

Entonces una voz le susurró al oído.

—Di que me vas a echar de menos, so melón.

—¿Eres tú, Liza? —Llevaba más de un año sin ver a su amiga la bruja y sin saber nada de ella (desde la noche de los Jack)—. ¿Dónde has estado metida todo este tiempo?

—Vigilando —respondió la niña—. ¿Acaso una dama tiene que andar dando explicaciones sobre lo que hace en cada momento?

—¿Me has estado vigilando?

Liza le susurró al oído:

—De verdad te lo digo, Nadie Owens, lo que hacéis los vivos con la vida es un verdadero despilfarro. Yo no sé para qué la quieres. Como mínimo, di que me echarás de menos.

—Pero ¿adónde te vas? Claro que te voy a echar de menos, espero que...

—Serás idiota —susurró la voz de Liza Hempstock, y Nad sintió que la niña le acariciaba la mano—. Demasiado idiota para estar vivo.

Entonces también sintió los labios de Liza en la mejilla y en la comisura de los labios. Aquellos besos tan dulces lo desconcertaron de tal modo, que no supo qué decir, ni qué hacer.

—Yo también te voy a echar de menos —susurró la niña—. Siempre.

Una brisa repentina le desordenó los cabellos, o quizá fuera la mano de Liza, y Nad se dio cuenta de que volvía a estar solo en el banco.

Se levantó.

Fue hasta la puerta de la capilla, levantó la piedra que había al lado del porche y cogió la llave que había debajo (la dejó allí un sacristán que murió muchos años atrás). Abrió la pesada puerta de madera sin siquiera probar si podía atravesarla como antes. La puerta chirrió, como si protestara.

El interior de la capilla estaba oscuro, y Nad se percató de que ya no podía ver en la oscuridad.

—Pasa, Nad. —Era la voz de Silas.

—No veo nada —observó Nad—. Esto está demasiado oscuro.

—¿Tan pronto? —dijo Silas, y suspiró.

Nad oyó un frufrú de terciopelo y el ruido de una cerilla que sirvió para encender dos grandes cirios que había al fondo de la iglesia. A la luz de las velas, vio a su tutor, que estaba de pie junto a un gran baúl de cuero, tan grande que podría haber contenido el cuerpo de un hombre adulto. Al lado, se hallaba el maletín negro de Silas; Nad lo había visto ya en varias ocasiones, pero aún seguía impresionándolo.

El interior del baúl estaba forrado con una tela blanca. El chico introdujo una mano y tocó el forro de seda y algo de tierra.

—¿Es aquí donde duermes? —preguntó.

—Cuando estoy lejos de casa, sí —respondió Silas.

Nad se quedó muy desconcertado porque Silas ya vivía en el cementerio antes de que él llegara.

—¿Ésta no es tu casa?

Silas negó con la cabeza y le explicó:

—Mi casa está muy, muy lejos de aquí. Eso, si todavía sigue siendo un lugar habitable. Ha habido ciertos problemas en mi tierra natal, y la verdad es que no sé muy bien qué me encontraré cuando regrese.

—¿Vuelves a tu casa? —preguntó Nad. Por lo visto, todo lo que hasta ahora le había parecido inmutable estaba cambiando—. ¿Te vas, de verdad? Pero... Eres mi tutor.

—He sido tu tutor hasta ahora. Pero ya eres lo suficientemente mayor para poder cuidar de ti mismo. Yo debo proteger otras cosas.

Silas cerró el baúl y se puso a abrochar las correas y las hebillas.

—¿Y yo? ¿Puedo quedarme aquí, en el cementerio?

—No deberías —le respondió Silas, y el chico pensó que nunca le había hablado con aquel tono tan suave—. Aquí todo el mundo ha vivido ya su vida, Nad, por muy breve que fuera. Ahora te toca a ti. Tienes que vivir tu vida.

—¿Puedo ir contigo?

Silas negó con la cabeza.

—¿Volveré a verte algún día?

—Es posible. —Había amabilidad en la voz de Silas, y algo más—. Pero aunque no volvieras a verme, estoy seguro de que yo sí te veré a ti.

Silas apoyó el baúl contra la pared y, encaminándose hacia la puerta que había en el rincón del fondo, le dijo a Nad.

—Ven conmigo.

Nad lo siguió por la escalera de caracol que bajaba hasta la cripta.

—Me he tomado la libertad de prepararte la maleta —le comentó Silas al llegar abajo.

Sobre la caja que contenía los viejos cantorales, había un pequeño maletín de cuero que parecía el hermano pequeño del de Silas.

—Aquí dentro están todas tus pertenencias.

—Háblame de la Guardia de Honor, Silas. Tú formas parte de ella, y también la señorita Lupescu. ¿Quién más? ¿Sois muchos? ¿Qué es lo que hacéis exactamente?

—No somos suficientes, me temo —respondió Silas—. Y, principalmente, protegemos las fronteras.

—¿Qué clase de fronteras?

Silas no contestó.

—¿Quieres decir que os dedicáis a detener a gente como el hombre Jack?

—Hacemos lo que haya que hacer —repuso Silas. Parecía cansado.

—Pero obrasteis bien. Quiero decir, detuvisteis a los Jack. Eran muy peligrosos; unos auténticos monstruos.

Silas se aproximó a Nad, lo que obligó al chico a echar la cabeza hacia atrás para poder mirarlo a la cara.

—No siempre he obrado bien —murmuró Silas—. Cuando era joven... hice cosas mucho peores que las que hizo el hombre Jack. Mucho peores de lo que puedas imaginar. Por aquel entonces, yo era el monstruo, Nad, el peor monstruo de todos.

Al chico no se le pasó por la imaginación que su tutor estuviera mintiendo o bromeando. Sabía que era cierto lo que decía.

—Pero ya no lo eres, ¿verdad?

—La gente puede cambiar —replicó Silas y, después, se quedó callado.

Nad se preguntaba si su tutor —si Silas— estaba recordando su pasado.

—Ha sido un verdadero privilegio ser tu tutor, jovencito —dijo al fin Silas. Una de sus manos desapareció entre los pliegues de la capa y, cuando volvió a sacarla, tenía en ella una vieja billetera—. Toma. Esto es para ti.

Nad cogió la cartera, pero no la abrió.

—Dentro encontrarás dinero suficiente para empezar a vivir tu vida. Pero sólo lo justo.

—Hace un rato he ido a ver a Alonso Jones, pero no estaba allí. O a lo mejor estaba, y no he podido verlo.

285

Quería que me hablara de todos esos lugares lejanos que visitó a lo largo de su vida: islas, glaciares, montañas... Lugares en los que la gente viste los más extraños atuendos. —Nad vaciló un momento antes de continuar—. Esos lugares siguen existiendo. Quiero decir, que hay todo un mundo nuevo ahí fuera. ¿Podré conocerlo? ¿Puedo viajar yo a esos lugares?

—Claro que sí. Hay todo un mundo ahí fuera. Tienes un pasaporte en el bolsillo interior del maletín; va extendido a nombre de Nadie Owens. Y no fue fácil conseguirlo.

—Si cambio de opinión, ¿podré volver aquí? —quiso saber Nad, pero él mismo respondió a la pregunta—. Si vuelvo, ya no será mi hogar.

—¿Quieres que te acompañe hasta la puerta principal? —le dijo Silas.

—No... Prefiero ir yo solo. Esto... Silas, si alguna vez estás en un apuro, llámame. Te ayudaré encantado.

—Yo nunca estoy en apuros.

—No, claro. Pero de todos modos...

La cripta estaba muy oscura y olía a humedad y a moho y, por primera vez, a Nad le pareció muy pequeña.

—Quiero ver la vida. Quiero tocarla con mis manos. Quiero dejar mi huella en la arena de una isla desierta. Quiero jugar al fútbol. Quiero... —Nad se interrumpió—. Lo quiero todo.

—Estupendo —dijo Silas, pasándose una mano por los ojos, como si se apartara el cabello de los ojos; un gesto nada habitual en él—. Si en algún momento veo que estoy en un apuro, te prometo que te buscaré.

—¿Aunque tú nunca estés en apuros?

—Tú lo has dicho.

En los labios de Silas asomaba algo que podía ser una sonrisa, o un gesto de tristeza o, simplemente, un efecto óptico provocado por las sombras.

—Bueno pues, adiós, Silas. —Nad extendió la mano, como cuando era un niño, y Silas se la estrechó con su gélida y marfileña mano.

—Adiós, Nadie Owens.

Nad cogió su maletín, abrió la puerta y se fue de la cripta. Luego salió de la capilla y echó a andar por el sendero sin volver la vista atrás.

Hacía ya rato que habían cerrado las puertas del cementerio. Según se acercaba a ellas, se preguntó si se dejarían atravesar, o tendría que volver a la capilla a coger la llave, pero al llegar vio que la pequeña puerta peatonal estaba abierta de par en par, como si estuviera esperándolo, como si el propio cementerio quisiera de ese modo despedirse de él.

Delante de la puerta lo esperaba una figura pálida y regordeta. La mujer le sonrió con los ojos llenos de lágrimas.

—Hola, mamá —dijo Nad.

287

La señora Owens se enjugó las lágrimas, primero con el dorso de la mano, y luego con el delantal.

—¿Sabes ya qué es lo que vas a hacer? —le preguntó su madre.

—Ver mundo —respondió Nad—. Meterme en líos; salir de ellos; conocer selvas, volcanes, desiertos, islas... Y conocer gente. Quiero conocer a mucha, muchísima gente.

La señora Owens tardó unos instantes en reaccionar. Lo miró fijamente, y se puso a cantar una canción que a Nad le resultaba muy familiar. Era una nana que ella solía cantarle cuando era un bebé.

Duerme, duerme mi sol,
duerme hasta que llegue el albor.
Cuando seas mayor,
si no me equivoco,
viajarás por todo el mundo.

—No te equivocas, no —murmuró Nad—. Viajaré por todo el mundo.

Besarás a una princesa,
bailarás un poco,
hallarás tu nombre
y un tesoro ignoto...

Entonces la señora Owens recordó la última estrofa y se la cantó a su hijo.

Haz frente a tu vida,
habrá dolor y también alegría,
no dejes de explorar todos los caminos.

—No dejes de explorar todos los caminos —repitió Nad—. Todo un reto, pero haré lo que pueda.

Quiso abrazar a su madre, como cuando era un niño, pero fue como intentar abrazar una nube, pues allí ya no había nadie.

Al atravesar la puerta del cementerio, le pareció oír una voz que decía: «Estoy tan orgullosa de ti, hijo mío», pero quizá fuera cosa de su imaginación.

Era un día de verano, y el sol empezaba a asomar por el este. Nad echó a andar colina abajo, para reunirse con los vivos, en la ciudad, a plena luz.

Llevaba un pasaporte en la maleta y algo de dinero en la cartera. Una sonrisa quería asomar a sus labios, pero era una sonrisa tímida aún, pues el mundo era un lugar mucho más grande que un pequeño cementerio en la colina; tenía por delante muchos peligros y misterios que afrontar, nuevos amigos por descubrir, viejos amigos por reencontrar, errores que todavía debía cometer y, en definitiva, muchos caminos por recorrer antes de regresar para siempre al cementerio, o de cabalgar a lomos del inmenso caballo de la Dama de Gris.

Pero entre el presente y el futuro, estaba la vida; y Nad caminó a su encuentro con los ojos y el corazón abiertos de par en par.

Agradecimientos

Primero, por encima de todo y siempre, he de reconocer que este libro le debe mucho, consciente e inconscientemente, a Rudyard Kipling y a los dos volúmenes de *El libro de la selva*. De niño, su lectura me impresionó y me emocionó enormemente; tanto, que de mayor he vuelto a leerlos y releerlos mil veces. Si hasta ahora sólo habéis visto la película de Disney, deberíais leer la novela.

Fue mi hijo Michael quien me inspiró este libro. Comencé a pergeñarlo cuando él tenía dos años, viéndolo circular con su pequeño triciclo por entre las tumbas un día de verano. Luego sólo me ha llevado veintitantos años sentarme a escribirlo.

Una vez que me decidí (empecé por el capítulo 4), tan sólo la insistencia de mi hija Maddy, que quería saber que más pasaba después, me empujó a continuar después de las primeras dos páginas.

Gardner Dozois y Jack Dann publicaron *La lápida de la bruja*, y la profesora Georgia Grilli habló de ese libro incluso antes de haberlo leído; escucharla me ayudó a ordenar y concretar los diversos temas.

Kendra Stout estaba conmigo cuando vi por primera vez una puerta de los *ghouls*, y tuvo la amabilidad de acompañarme a visitar otros muchos cementerios. Ella fue la primera en leer los capítulos iniciales, y su amor por Silas fue realmente increíble.

Audrey Niffenegger, artista y escritora, es también una experta guía de cementerios, y fue ella quien me descubrió esa maravilla cubierta de hiedra que es la parte occidental del cementerio de Highgate. Muchas de las cosas que me contó acabaron formando parte de los capítulos 7 y 8. Olga Nunes, una antigua elfa, y Hayley Campbell, una asustadiza hija de la divinidad, lo hicieron fantástico y siempre me apoyaron.

Muchos amigos tuvieron la amabilidad de ir leyendo este libro a medida que lo iba escribiendo, y todos ellos aportaron interesantes sugerencias: Dan Johnson, Gary K. Wolfe, John Crowley, Moby, Farah Mendlesohn y Joe Sanders, entre otros. También me indicaron algunos puntos débiles que había que mejorar. Sin embargo, eché de menos a John M. Ford (1957-2006), que fue siempre mi mejor crítico.

Isabel Ford, Elise Howard, Sarah Odedina y Clarissa Hutton fueron las editoras de esta novela a ambas orillas del Atlántico. Entre todas me han hecho quedar mucho mejor. Michael Conroy dirigió con gran aplomo la grabación del audiolibro; el señor McKean y el señor Riddell lo ilustraron maravillosamente bien, cada cual con su estilo; Merrilee Heifetz es la mejor agente literaria del mundo y Dorie Simmonds lo hizo de maravilla en el Reino Unido. Jon Levin me aconsejó y se ocupó de los derechos de la película; la fabulosa Lorraine Garland, la maravillosa Cat Mihos y la asombrosa Kelli Bickman hicieron auténticos esfuerzos por entender mi letra, en general, con gran éxito.

Escribí este libro en varios sitios; entre otros, en casa de Jonathan y Jane, en Florida; en una casita en Cornualles y en la habitación de un hotel de Nueva Orleans; esta vez no pude escribir en la casa que tiene Tori en Irlanda, porque estuve griposo todo el tiempo que pasé allí. No obstante, Tori me ayudó y me inspiró a la hora de escribirlo.

Según redacto estas líneas, lo único de lo que estoy completamente seguro es de que me estoy olvidando, no ya de alguna persona importante, sino de varias docenas de ellas. Perdonadme. En cualquier caso, muchas gracias a todos.

Neil Gaiman

293

I said
she's gone
but I'm alive, I'm alive
I'm coming in the graveyard
to sing you to sleep now.

Tori Amos, *Graveyard*

(Yo dije / ella ya no está / pero yo sigo viva, sigo viva. / Y he venido al cementerio / para cantarte una nana.)

ESTE LIBRO UTILIZA EL TIPO ALDUS, QUE TOMA SU NOMBRE
DEL VANGUARDISTA IMPRESOR DEL RENACIMIENTO
ITALIANO ALDUS MANUTIUS. HERMANN ZAPF
DISEÑÓ EL TIPO ALDUS PARA LA IMPRENTA
STEMPEL EN 1954, COMO UNA RÉPLICA
MÁS LIGERA Y ELEGANTE DEL
POPULAR TIPO
PALATINO

* * *

* *

*

EL LIBRO DEL CEMENTERIO SE ACABÓ DE IMPRIMIR EN UN DÍA
DE VERANO DE 2009, EN LOS TALLERES DE BROSMAC, S. L.
CARRETERA VILLAVICIOSA - MÓSTOLES, KM 1
VILLAVICIOSA DE ODÓN
(MADRID)

* * *

* *

*